感动系列｜最新版

心灵的颤音

GAN DONG ZHONG XUE SHENG DE 100 PIAN WEI XING XIAO SHUO

感动中学生的100篇微型小说

总主编◎刘海涛

本册主编◎卢玉玲　李　浩

九州出版社 JIUZHOUPRESS｜全国百佳图书出版单位

图书在版编目(CIP)数据

心灵的颤音:感动中学生的100篇微型小说 / 卢玉玲,
李浩主编. —北京:九州出版社,2009.4(2021.7 重印)
("读·品·悟"感动系列:最新版 / 刘海涛主编)
ISBN 978-7-5108-0037-5

I. ①心… Ⅱ. ①卢…②李… Ⅲ. ①小小说-作品集-世界
Ⅳ. ①I14

中国版本图书馆 CIP 数据核字(2009) 第 053935 号

心灵的颤音:感动中学生的100篇微型小说(最新版)

作　　者　卢玉玲　李　浩　主编
出版发行　九州出版社
地　　址　北京市西城区阜外大街甲 35 号(100037)
发行电话　(010) 68992190/2/3/5/6
网　　址　www.jiuzhoupress.com
电子信箱　jiuzhou@jiuzhoupress.com
印　　刷　北京一鑫印务有限责任公司
开　　本　710 毫米×1000 毫米　1/16
印　　张　15.5
字　　数　214 千字
版　　次　2009 年 5 月第 1 版
印　　次　2021 年 7 月第 6 次印刷
书　　号　ISBN 978-7-5108-0037-5
定　　价　39.90 元

新课程·新学法·新成果

刘海涛

这是一种与以往不同的新的学习方式。

在中小学语文新课标里这种学习方式被定义为探究式学习，在高中和大学里被理解为研究式学习。同学们在教师的指导下，确立了一个探究文学问题的目标，为了解决这个问题就需要重新整合自己过去已学过的知识，重新确定新的阅读材料和阅读方法，通过自己投入身心的感受、体验以及创造性的写作去表达自己的理性认识和审美态度。这种阅读、品味、感悟的全过程就是一种语文选修课（研究型课程）要经历的全过程。这样的课程和过程，有利于培养过去的语文教学中比较忽略的鉴赏能力和语文素养；有利于激活同学们主动地创造性地进行自主学习的积极性；有利于把“成功素质教育”的实施真正落实到教与学的实处。

在大中小学语文学科的教学改革中究竟怎样有效地开发出这种带有研究性质的文学类选修课？怎样引导学生的课外文学阅读？怎样构建同学们开展研究式阅读和创造性写作的教学平台？这样一种“读·品·悟学习法”开始引起了众多师生的关注。“读·品·悟学习法”是让同学们在自己感兴趣的文体中开展广泛的有选择性的文学阅读，在广泛的文学阅读中挑选出一篇或一组真正感动了他们、启迪了他们的文学精品，并把这些挑选出来的文学精品当做他们研究社会、研究人生、研究历史，甚至是研究他们自己的案例。在赏析、解读、研究、评鉴的过程中，他们的思想、感情被文学精品隐含的意蕴激活了，他们联想了自己已经经历的生活，他们想象了自己未曾经历过的生活，他们初步学会了用一种人文社科的研究方法去探究文学案例，并创建一种他们用自己的眼睛和心灵观察过、体验过的生活世界和艺术世界。

多少年来一直被教育理论家倡导的“自主性学习”、“探究式学习”以致那种“快乐学习”、“快乐教育”的情景在这里显现了。同学们体验到了一种自己掌握自己学习的愉悦。他们好像是在大声喧闹着展开一场智力竞赛——看谁选的文章好看，看谁写的研究性文章分析到位，看谁编选的文集拥有的读者多。一种新的阅读方式在这种“竞赛”中启动了，一种真正的“我手写我口”、“我手写我心”的写作本体观在这种“竞赛”中重现了，一种“成功教育”、“快乐教育”的情景悄无声息地来临了……

他们在做着他们的老师在50岁时才开始做的主编工作，他们学会了用青少年的眼光和心灵去选择他们需要的文学精品和文学案例；他们选出来的文学精品甚至让他们的老师大跌眼镜——一些名不见经传的作者和作品频频亮相于他们的文集中——这并不奇怪，因为他们的选文标准是真正拨动了他们心弦的东西。经典的作品因为拨动了青少年的心弦他们选了，不那么经典的作品只要能拨动了青少年的心弦的他们也选。他们工作后的副产品能让许多社会学家、心理学家、青少年思想教育家颇感兴趣，因为这个“感动系列”已经成为一扇把握当代青少年学生的思想脉搏，了解他们那些或者是朴素的、或者是新潮的、或者是另类的价值观的一个窗口。他们的工作也可能会让一些当代文学的研究者、参与者颇感兴趣，他们实际上在做着一项分类准确、原则鲜明的当代文学选本工作，这样的选本可以说是为权威专家的文学选本贡献了一个特定的“补充”。他们的工作还可能会让一些课程理论专家和教学理论专家颇感兴趣，他们“读·品·悟”的全过程不正是一个典型的课程构建过程吗？

“读·品·悟学习法”催生了“读·品·悟感动系列丛书”。这套丛书的组稿与出版，显影了大中小学语文学科正在生长、发育的一种课程新理念，这就是——“审美型阅读、研究式学习、创造性写作”。这个语文新课程理念隐含着成功素质教育的内核，体现着现代教育的真正本质，也为基础教育、高等教育的课程改革培育了一个生动的教学案例。

目录

Part One 青春校园

有个时节，我们常常仰望天空中流淌而过的云朵；有个时节，我们踩踏着香樟树细碎的叶影走过。我们思考，欢笑，逐渐成长。窗外，纸飞机在蓝天划出一道优美的弧线，夕阳落在课桌上，留下一段耀眼的年华。

世界如此之大，不管我们走到哪里，心灵的角落里永远藏着那些菁菁校园和我们的青春故事。

002 每个女孩都是天使 / 庞婕蕾

009 隔窗相望 / 贺点松

013 你怎么看你自己 / 张力

016 让我流泪的香橡皮 / 纪广洋

019 分析题 / 安原

目录

Part Two 青涩往事

回忆像酒，越久远越醇香。回忆如糖，甜到忧伤。面对成长，我们藏起那些青涩的往事。它们是躲在柜子的牵线木偶，放在墙角的薄纸风筝，写到一半的日记本，贴了邮票尚未寄出的信……一件件，一种种，都藏着我们或欢乐或忧伤的时光，让我们忧伤，让我们怅惘。

024 三代日记 / 侯发山

027 半瓶香油 / 彭永强

029 母亲 / 李亚平

031 水知道答案 / 侯德云

Part Three 蓝色情调

青春如同一曲通体透蓝的钢琴曲，在我们心底清澈回响。我们遇到许多不经意的美丽与惆怅，如同夏日女孩子裙裾上的那道蓝边，画册里偶然翻到的那抹天蓝。空气如玻璃纸般透明，季节总是清清爽爽。无论时光怎样流逝，我们不会遗忘心中那婉转流淌的蓝色情调。

036 "田大叔"卖屋 / 江梅子

040 血型符号 / 马金章

043 平分生命 / 叶编

045 购买上帝的男孩 / 徐彦

048 我的妈妈很美丽 / 刘磊

051 爱的方式 / 段漠

055 深情 / 王莹

057 瓶水之爱 / 马德

060　擦鞋合同 / 一冰
064　回家 / 洪玲
067　午夜电话 / [美]利斯蒂·克雷格
071　血奶 / 佚名
073　孝女绳 / 陈伟克　栖云
076　感恩草 / 佚名
079　林老师 / 邱成立
082　画里的妈妈 / 王振东
085　父亲的肋骨 / 沈烈文
088　第八个女儿 / 王世虎

Part Four 蓝泪爱情

“多少人爱过你的青春片影 / 爱过你的美貌，以虚伪或者真情 / 唯独一人爱你那朝圣者的心 / 爱你哀戚的脸上岁月的留痕”多少风花雪月的故事在岁月的长河中泛黄暗淡，但叶芝这句深情的诗句永远在人们之间口耳相传。那些感人至深的爱情如同深海人鱼冰蓝色的眼泪，沉淀在时光的水晶宫殿。

094　黄昏泪 / 玉华
097　真情 / 殷健灵
101　大海的心跳 / 陈敏
104　心灵的眼睛 / 马新亭
107　窗外有棵法桐 / 郭凯冰
110　E时代爱情婚姻 / 无业良民

目录

Part Five 黄昏霞光

伸伸懒腰迎接一天的末尾。霞光暖暖地照在窗前的牵牛花上，厨房里传来母亲炒菜的香味。黄昏是最适合思考的时候，翻一页书，看落日熔金，夕阳西下。在白昼与黑夜交替的刹那美丽中，我们感受生活的美好，感悟生命的真谛。

116 谈判专家 / 黄桂华

119 匠心 / 祝春岗

122 当了回“傻帽儿”/ 黄守东

126 父亲节的礼物 / 于德北

129 黄昏在 1986/ 连俊超

Part Six 黄土风情

这是我们祖祖辈辈赖以生存的土地，每天都上演着无数故事，或让人莞尔，或让人心酸，或让人开怀，或让人伤感。每个人，每件事都鲜活如在眼前。在诱惑多多的现代社会，让我们再次品味那些黄土大地上的人世沧桑，让我们记住，那里埋有我们的根。

136 刁民老田头 / 钟德盛

139 野狼 / 聂还贵

142 进城的路 / 孙明华

146 放羊 / 刘黎莹

149 白老师与田 / 伍中正

Part Seven
黑金社会

高高的校墙之外是错综复杂的世界。有善举也有恶行，如同有光明也有阴影。在阳光照不到的地方，是怎样一种生存状态？黑夜给了我们黑色的眼睛，我们用它寻找光明。褪去青涩的外壳，披挂思想的武装，给自己一双火眼金睛，用寻觅来的光明照亮那个黑金社会。

156 儿子请客 / 茨园
158 被人教了 / 叶敬之
161 接班 / 马敬福
163 愿望 / 易水寒
166 我是一只想死的鼠 / 王纪金
169 我发现你头上有把刀 / 蔡楠
172 清单 / 周波

Part Eight
黑白玄机

世界真奇妙，如同一盘暗藏玄机的黑白棋局。大街小巷收购遗言的商贩，可以把整个城镇卷起来装进去的房子……多姿多彩的故事，形形色色的表现形式。在人生的各个角落，我们不断寻觅，寻觅黑白盘面下深藏的真理。

178 隐喻 / 滕刚
181 你错过了鹿群 / 张小失
182 独腿人生 / 罗伟章
186 女巫的面包 / [美]欧·亨利
191 魔术师的房子 / 安勇
194 没有童话的鱼 / 尹利华

目录

Part Nine
绿芽一代

我们在春天的原野上萌动发芽，在和煦的阳光中成长。我们豪迈地向世界宣告，这是绿芽一代！我们知道，只有经历风雨的洗礼，雷电的考验，烈日的曝晒，寒霜的敲打，我们才能脱颖而出，显现出与野花小草的区别——我们是参天大树！

200 让梨 / 邱成立
203 精神 / 谢志强
207 狼变 / 亦农
210 你有什么资格说尊严 / 赵宇玉
213 12岁的油漆匠 / 何晓

Part Ten
绿原异象

天下熙熙，皆为利来；天下攘攘，皆为利往。不知从何时起，我们周围变得复杂起来，荒诞开始滋长。面对形形色色的诱惑，面对不再单纯的世界，站在人生十字路口，我们该何去何从，作何选择？

218 最好吃的苹果 / 刘禹洲
222 失窃的尴尬 / 马新亭
225 仿佛 / 滕刚
229 良方 / 黎莎
232 杀羊 / 于心亮

Part One 青春校园

有个时节，我们常常仰望天空中流淌而过的云朵；有个时节，我们踩踏着香樟树细碎的叶影走过。我们思考，欢笑，逐渐成长。窗外，纸飞机在蓝天划出一道优美的弧线，夕阳落在课桌上，留下一段耀眼的年华。

世界如此之大，不管我们走到哪里，心灵的角落里永远藏着那些菁菁校园和我们的青春故事。

她那乐观的态度、横溢的才华以及令人痛惜的病逝，给人一种凄厉之美。

每个女孩都是天使

庞婕蕾

安琪是我们初二(3)班最受男生欢迎却最不受女生欢迎的女孩。

安琪的妈妈是做服装生意的，很年轻，打扮也很赶潮流，和安琪站在一起像是姐妹俩，这让我们都很羡慕。可是安琪没有爸爸，所以镇上的人都怀疑起她妈妈的个人作风问题。想想也是，这样漂亮的女人怎么可能没有感情纠葛呢？不过她总是热情地和我们班的同学打招呼，还让我们多关照安琪。

安琪本来就长得不错，精致的五官，眼睛很黑很深，好像会说话，皮肤白白的像婴儿般一样水嫩。再加上很会打扮，穿着入时，站在人群里很突出，像一只高傲的天鹅，而我们剩下的女生就是作为陪衬的丑小鸭了。

赵梅特别反感安琪。因为赵梅读小学时也是全校公认的一枝花，高傲得不得了，可是一进入初中，就被外来的安琪夺走了所有的目光和喝彩。这使得赵梅很没面子，常常在私底下说安琪漂亮全靠有个做服装生意的妈妈，要是没有这么多漂亮衣服支撑着，她肯定也会淹没在人群中。也许不完全是这样，因为在赵梅有意识地注意打扮以后，我们还是觉得她不及安琪，因为赵梅的漂亮是俗气的那种，而安琪则是超凡脱俗的。

我们班男生的数学学得特别好，参加全国数学竞赛都能拿好几个奖回来，女生呢，通常只有安琪能在初赛中胜出参加最后的决赛。她拿一个鼓励奖和一个三等奖，所以男生对安琪是很尊重的，说她既有美貌又有智慧，说她真的是天使，“安琪”本来就是天使的意思嘛。

总之，安琪在男生中人气指数是很高的，生日的时候贺卡雪片似的飞过去。一到下雨天，会有男生排长队要把雨伞借给她，每天还有不固定的护花使者送她回家。来实习的男老师上课点名的时候都多看她几眼，解答她的提问也会特别有耐心。去春游，碰到其他学校的学生，陌生的男生都会追着她吹口哨。不过也没见过她答应了谁或者是得罪了谁，总之她和所有的男生关系都很铁。就连那个不声不响的王云也暗恋她，有过含蓄的表示。王云可是我们很多女生心目中的白马王子，不仅长得帅，而且学习棒，又乐于助人。赵梅和他是青梅竹马一起长大的，以前他们的关系一直不错，可是自从有了安琪，王云明显对安琪亲近，这让赵梅更加恼火。

总之我们女生都不喜欢安琪，因为她夺走了所有男生的目光，她那么鲜活靓丽，让我们黯然失色。没有女生愿意和她同桌，也没有女生愿意和她一起吃午饭。“三好学生”评选的时候，全体女生都很有默契地没有选她，最终一个各方面都逊色很多的男生获此殊荣。上体育课的时候，我们都挤作一团嬉笑玩耍，只有安琪远远地一个人站着，更像一只离群索居的高贵天鹅了。

安琪有成群的仰慕者，却没有一个知心的朋友。不过她好像也不怎么介意，依旧做她既高贵又孤独的天使。她不会主动和你套近乎，见了面只是给你一个惯常的微笑。也许她也知道就算主动接近我们，我们还是不理睬她。

安琪有一个与众不同的地方是她用左手写字，谁都不知道她为什么会这样。但至少大家都很钦佩她能这样，因为我们写字都是从左到右的，用左手的话会很别扭。安琪就是安琪，连写字都与众不同。到了初三，安琪更

加突出了，又拿物理竞赛的奖又拿作文竞赛的奖，简直就是一个全能的才女，连很多骄傲的男生都不得不俯首称臣。王云更是在公共场合说安琪是他出色的竞争对手，也是最好的朋友，他们还常常被老师誉为最佳搭档呢。赵梅的火气是越来越大了，她有一次偷偷把安琪的自行车的气给放了，安琪着急得很，这个时候王云过来陪她去车铺打足了气还送她回家。赵梅嫉妒得在教室里又是砸桌子又是扔扫帚，可是这些管什么用呢。

初三下学期，重点中学给了我们一个保送名额，学校经过商议把这个名额给了安琪，但是一定要通过民主选举才能最后定下来，重点中学的领导到时也会来检查。那些领导先是找了安琪谈话，可能交谈结果很满意，安琪是微笑着从会客室走出来的。接下来他们又到了我们教室说想听取大家的意见，开民主生活会，当然安琪是回避的。

一开始大家都不肯发言，沉默着，谁都怕说错话。在领导的再三鼓励下，大家才开始说安琪成绩很好，各方面都好。“那么她的人缘怎么样呢？”领导又问，“我们想从各方面对她有个了解。”

大家你看我我看你，谁都不说话，教室里连蚊子飞过的声音都那么清晰。“安琪只和男生要好，平时根本就不理我们女生。”赵梅尖细的声音一下子打破了安静。

“安琪很注重打扮，和每个男生的关系都很好，可是她没有一个女生朋友。她只管自己成绩好，却从来不帮助我们女生一起进步。”赵梅接着说，她肯定是想借此机会来发泄几年来的不满和委屈。

接着领导问我们是不是这样，我们都点了点头。安琪的确没有女生朋友，可那是我们不愿意接近她，并不是她不理睬我们。安琪的确受男生瞩目，可那是她的错吗？领导意味深长地点了点头，然后走了。

后来那个保送的名额给了王云，事情来了个 180 度的转弯。

这个消息在全校公布以后，大家议论纷纷，都在猜测为什么安琪中途被放弃，各种说法都有。得知消息的安琪在走进教室的一刹那晕倒了，我们都觉得过意不去，可是再想想自己也没有做错什么啊，于是又心安理得了。

这样的日子过了几天，班主任给我们开了一个班会，是关于安琪的。班主任说安琪的身体出了点“故障”，要在医院待一些时间，那都是我们的年少无知引起的。

“唉，你们这些不懂事的孩子啊，让我说什么好呢？”班主任叹了口气，不再说什么，教室里又是可怕的安静，如同那次领导来检查。

那个明媚的下午，我们全班浩浩荡荡去医院看安琪。安琪的妈妈依旧热情接待了我们，脸上还挂着泪痕，也许安琪真的病得很重。

情况比我们想象的还要严重。

安琪的妈妈说安琪生下来就有心脏病，靠右的心脏近乎瘫痪，所以她写字只能用左手。她奶奶嫌弃她，要把她送到福利院去，让她妈妈再生一个健康的孩子，可是安琪妈妈不答应，于是安琪的爸爸和她离婚了。安琪妈妈一个人把安琪带大，其中的艰辛也就不说了。

安琪的身体一直不好，可是她从来都没放弃过学习，本来体育课是可以免修的，可是她吵着要和我们一起上，她说她不想让自己特别。但是每次体育课过后她都会难受好一阵子，要借药物才能缓解过来。安琪一直希望人家能把她当做正常人对待，所以她一直默默坚持，就连班主任也是最近才知道她的病情。

医生说安琪随时都可能会倒下，最乐观的预计也是到20多岁。总之，安琪会带着遗憾离开这个世界。安琪的每一天都是她生命的倒计时，所以她格外珍惜。她去学唱歌，学绘画，她害怕时间真的不够用，所以想抓紧时间好好地体验生命。她尽量做一个好学生好女儿，不让大家为她操心。

她也努力做一个优秀的女孩，可是我们这些无知的女生啊！安琪妈妈一直建议她考中专，生怕高中三年的学习生活会彻底击垮她的身体。可是她的梦想是考上医科大学，要找到一种治愈类似于自己的病人的方法。她说有限的生命不想虚度，真的，当有一天你的生命也进入倒计时的时候，你绝不会愿意碌碌无为地走过这段日子，肯定是想让它每一刻都

精彩都有意义。

安琪有很多漂亮的衣服，那是因为她的人生实在太短，所以安琪妈妈想尽量让她每一天都能光彩照人，充分享受一个女孩的权利。唉，没想到这居然成为我们排斥她的理由。

安琪妈妈说着这些的时候，整个病房都寂静得可怕。她哽咽着说了这些，眼泪肆无忌惮地浸湿着这个漂亮女人的脸，梨花带雨也有别样的美丽。

我看看周围的女生，都含着悔恨的泪花，因为年少而犯下的错误会被原谅吗？

安琪躺在病床上，脸色很苍白，她微笑地看着我们，这是我们第一次看到她穿着简单的病号服。原来她穿什么都很动人，我看到了一种名为气质的东西在她身上闪耀。真的，她的笑是那么温和，好像从来都不知道什么是憎恨，她那样恬静地笑着，午后的阳光照耀在她身上。男生都送上了礼物，有音乐盒，有巧克力，还有鲜花。我们女生都躲在后面，不敢看她那明亮的眼睛。

“你们过来吧，怎么啦，我有那么可怕吗？”安琪招招手示意我们走到她的床边。

那个时候，安琪的妈妈和班主任以及全体男生都走了出去，只剩下我们女生和安琪面对面，我们都低着头不敢看她的眼睛。那个下午安琪说了很多很多，说她的童年，说她的求学历程，说她对未来的期待。那么坦诚的交谈还是第一次，我们终于承认安琪确实是天使，不仅是男生的天使，也是女生的天使。

赵梅哭得很大声，眼泪像决堤的河水泛滥，一发不可收拾。安琪用手帕给她擦干了泪水：“你没有做错什么，真的，不要放在心上。”“其实每个女孩都是天使。”这是安琪说的话，让我们牢记一辈子。

每个女孩都是上帝派往人间的天使，谁都不该看轻自己。天使要履行给人带来快乐的责任，安琪说她很抱歉，她没能给我们所有的人带来快乐。但是谁都不会否认安琪就是传说中的那个天使，原来天使真的会降临人间。

那个下午的交谈是我们这些女孩子经历蜕变的过程，也许真正长大也只是在瞬间。

安琪住院期间，王云每天都给她送复习资料。因为他被保送了可以不去学校上课了。王云一度想去找学校谈谈，把这个保送的名额还给安琪，但被拒绝了，她说她也想试试自己的临场应战能力。赵梅呢，每天都认真地记录上课的笔记，让王云带给安琪。我们全班的奋斗目标是不仅要自己考好，还要让安琪顺利进入重点高中。

安琪出院以后，坚持每天来上课上晚自修。看着她越来越苍白的脸，我们真的很不忍心。但是她微笑如昔，说多一份人生经历也是一种财富。

那个炎热的夏天，我们初三(3)班有 11 个同学拿到了重点中学的通知书，这是我们学校创办以来的最高纪录。安琪的考分是全校最高的，她又一次绽放出美丽的笑容。

谁能想到也就在那个炎热的夏天，安琪离开了我们。

8 月，我们参加了军训，安琪完全有理由不参加，可是她一如既往和我们站在一起来。我们是在军训结束以后从爸妈的口中得知的，因为学校向我们封锁了所有的消息，我们过了一个看似轻松的军训，然而心情却是那么沉重。

后来我们女生还是会常常去安琪妈妈的服装店，这个漂亮的女人开始衰老了，时间就是这样无情的东西。我们总是能享受贵宾的待遇，所有的新装都会给我们打八折。安琪妈妈说因为看到了我们，也就像看到了安琪，每个女孩都是天使。

美丽心灵　人间天使

◎ 谭青惠

安琪既是一位美丽的天使又是一位全能的才女。她最受男生欢迎但

最不受女生欢迎，原因无他，这一切都是她的美貌和智慧惹的祸。美貌遭到嫉妒，智慧受到排斥，从而使安琪曲曲折折的命运变得更加坎坷多变，比如安琪只有成群的仰慕者，却没有一个知心的朋友。没有哪个女生愿意和她同桌，也没有哪个女生愿意和她一起吃饭。评“三好学生”时，没有女生选她。她只是一只既高傲又高贵而且孤独的白天鹅。可是她对这些并不介意，也不因此而沮丧，而是更加的发奋学习。到了初三，又拿物理竞赛奖又拿作文竞赛奖，简直就是一个全能的才女，能不让人羡慕和嫉妒吗？而这又促使了她与女生之间的矛盾进一步深化。学校要把保送名额给安琪，可是事情来了个180度的转弯，名额给了王云。这都是女生们嫉妒的结果。然而，谁会想到这位美丽天使的背后却隐藏着一个不为人所知的不幸呢？当她住院治疗后，这个秘密才被揭开。这让所有的人都大吃一惊：一个患重病的女孩要取得成功，需要比常人付出的更多！安琪的善良、才气、毅力和胸怀得到了大家的肯定和赞赏，也成为每个人心中的天使。遗憾的是，她却悄悄地离开了我们。她虽走了，可她的品格却久久感动着我们。

文章的成功之处有四点。一、作者在文中多处巧埋伏笔。一开始文章就概括性地介绍了安琪的家庭背景和安琪妈妈是做服装生意的，为后面“我们”排斥安琪的理由埋下伏笔。还有一处是安琪为什么用左手写字也为安琪的病因埋下伏笔。二、这篇故事的经历者和故事的记述者都是同一个人。作者讲这个故事时，本身还是一个中学生，她写的是自己亲见亲历的故事。我们读后，不仅被主人公对命运的抗争感动，同时也体会了当时作者失去同学的那种悲痛之情，惋惜之心，还有悔恨之痛。作者基本上采取的是客观的叙述视角，并没有直接地对安琪作出评价，而只是通过精心挑选的几个代表人物从侧面对安琪进行评价。三、作者安排了主人公十几年来与病魔抗争，从不向病魔屈服，顽强地活下来，并争分夺秒地去努力学习，从不在意自己是一个病人，力求当一个正常人。她那乐观的态度、坚强的品质以及令人痛惜的病逝，给人一种凄厉之美。这种美的毁灭给人们心灵上造成极大的震撼，可以说这是人物命运与人物精神的两重矛盾冲突。作者对保送和住院进行了两次具体的叙述，尤其住院那段是文章的高潮。它通过安琪妈妈的详述，具体展示了安琪面对死亡的豁达态度。一个人自小面对死亡的威胁还是那样豁达，足见其坚韧难得。这在我们日常生活中是一种非常少见的精神境界。四、这篇作品的主题不仅仅是歌颂安琪那种与病魔抗争到底，心灵美的高尚品德以及豁达态度，同时还赞扬了母爱的伟大。

在迷茫和自卑的面前，容易产生一种自暴自弃的心理，而这种心理需要“另类”教育。

隔窗相望

贺点松

一棵梧桐树的阴影下，蹲着一个黑瘦的中年汉子。他上穿一件皱巴巴的衬衫，下穿一条脏兮兮的黑裤子，脚上一双“踢死牛”布鞋，没穿袜子。他不断地取下脖子上的短毛巾揩额上、颊上大颗大颗的汗珠。他的脚旁放着一只鼓囊囊的塑料袋，塑料袋里装着一套衣服、几包方便面，还有许多鲜黄的杏子。

学校是新建的学校，梧桐树是去年才栽的，它投下的阴影勉勉强强地能遮住壮年汉子。

我经过他身旁时，他正又一次用短毛巾揩脸上的汗。

“找学生吧？”我问。

他赶紧站起来，脸上堆着笑：“是找学生。”

我又问：“在哪一班？”

他说：“二(3)班。”

“二(3)班？”

“嗯。”

“学生叫什么名字？”

“赵飞。”

我心里“咯噔”一下。

“刚才下课没找着呀？”

“来得不巧，进校门时刚敲上堂(课)钟(铃)。”

我看看表，第二节课才上5分钟。就是说，这位父亲还得在酷暑中苦熬40分钟！

我说：“这儿太热，教学楼北边台阶上凉快，坐那儿去吧！”

不敢再多看这位父亲，赶紧走进教学楼。

赵飞是我班的“双差生”，学习差，成绩差。作为班主任，从高一到高三，我不知做了他多少思想工作，都没有什么效果，近来，顽劣程度还有所增加。我上了二楼，走到班的教室外，隔窗观察。是语文课。王老师正在动情地讲着，学生们听得入神。可是，赵飞已趴在靠窗的课桌上睡觉。赵飞此举，我已见怪不怪，而今天却让我非常恼怒，真恨不得冲进去把他揪起来狠狠地揍一顿。

我点起一支烟，猛吸一口，有了一个主意。我轻敲一下窗子，示意赵飞的同桌叫醒他，让赵飞出来。

赵飞被叫醒了，揉着眼。“跟我来！”赵飞跟着我进了办公室。大概认为我又要教训他了，摆出一副水泼不进刀枪不入的满不在乎的架势。

我说：“往里边站点儿，赵飞。”

赵飞往里边站了点儿。

我说:“再往里边站点儿,站到窗户前。”

赵飞大大咧咧地站到窗前。

我说:“这节语文课,你在睡觉吧,赵飞?”

赵飞轻描淡写地说:“是。”

我说:“我想让你观察一个人。观察之前我想提醒你,今年夏天天气干旱,持续高温,今天的气温是38℃。你要一边观察一边思考:那个人来干什么?他为什么蹲在那儿?他一生最大的愿望可能是什么?——好啦,隔着你旁边的这扇窗户,那个人你抬眼就能看见——开始吧!”赵飞抬眼一望,转身就要出去。我用极其严厉的语气说:“站住!按我说的做!”

赵飞不敢再动。

办公室里静极了,只有吊扇转动的“呼呼”声。

赵飞的眼里有了亮晶晶的东西。

赵飞的喉头在蠕动。

赵飞的双肩剧烈地抖动着。

下课的铃声响了,赵飞终于“哇”的一声哭出声来。

“老师,我……”赵飞泣不成声。

我严厉而又语重心长地打断了他的话:“什么也别说,去吧,我相信你是一个善于思考的学生,我不想听你现在怎么说,我想看你今后怎么做!”赵飞咬着嘴唇重重地点点头,向我深深鞠了一躬,转身跑出办公室。

从此,赵飞像换了一个人,期末考试,赵飞的成绩跃入了全班前列。

前后对比 意味深长 ◎ 豆海珠

在小说文体中,比较艺术通过人物与人物之间或者事件与事件之间前期和后期的变化与反差,产生强烈的对比效果,以达到突出主题的目的。由于长中短篇小说有较为宽阔和充裕的艺术空间,因而可以把由对

比而产生的艺术反差展示得十分充分，把由对比而产生的艺术气氛渲染得淋漓尽致。微型小说也是如此，但更讲究其中的意蕴。

《隔窗相望》采用的是人物与人物之间的对比：窗外苦苦煎熬的父亲与课桌上沉沉入睡的儿子；自暴自弃的赵飞与翻然醒悟的赵飞。文中的“我”并不是真正的主人公，“我”在这里只是一条线索，一条引主人公出场的线索。先以“我”作为旁观者的视角观察，看到的是一位憨厚朴实的庄稼人，一位为儿子前途忧虑的慈父。再以“我”作为赵飞班主任的身份出发，看到的却是一位不求上进的学生，一位自暴自弃的“双差生”。在这里，通过父与子的反差，作者已完成第一次人物对比。在采取对比的同时，作者也在故事细节上费了心机，如“壮年汉子不停地揩脸上的汗”，侧面描写衬出了天气的炎热。“赵飞的眼里有亮晶晶的东西，他的喉头在蠕动”，细节描写使故事的发展得以开拓。再从环境来看，壮年汉子只能站在能勉勉强强遮住身子的梧桐树下，没一丝风，汗流浃背。而赵飞则在宽敞、明亮的教室里呼呼大睡。这又是一次强烈的对比。

在故事情节的安排上，作者巧设悬念。当他得知壮年汉子找的是赵飞后，转身走进教学楼，原本故事在这里似乎没戏了，但当“我”看到睡觉的赵飞时，突然愤怒异常。于是“我点起一支烟，猛吸一口，有了个主意”，这句话让人眼睛一亮，有戏！这也容易促使读者产生好奇心，“究竟什么主意？”由此引发另一个对比：自暴自弃的赵飞与翻然醒悟的赵飞。

《隔》文让人咀嚼的意蕴是否还可以这样理解：在现实的生活中确实有许多像赵飞这样的人，在迷茫和自卑面前，容易产生一种自暴自弃的心理，而这种心理需要“另类”教育，比如，羞辱，打击。我们不妨设想一下，赵飞如果没有亲眼目睹父亲在烈日下等待自己，他会心有所动吗？如果无动于衷那又是一个怎样的结局呢？了解生活，懂得生活的人一定猜得出来。

赵飞的故事应该给正处于成长期的我们一个很好的启发。

讲述故事时，仅有层面上的语言是不行的，还要有内涵的寓意。这是《隔窗相望》的成功之处。

敢于面对自己的不幸，敢于接受命运的挑战，笑对人生，相信每一个人都能创造出精彩的世界。

你怎么看你自己

张　力

她站在台上，不时不规律地挥舞着她的双手；仰着头，脖子伸得好长好长，与她尖尖的下巴扯成一条直线；她的嘴张着，眼睛眯成一条线，诡谲地看着台下的学生；偶尔她口中也会咿咿唔唔的，不知在说些什么。基本上她是一个不会说话的人，但是，她的听力很好，只要对方猜中或说出她想说的话，她就会乐得大叫一声，伸出右手，用两个指头指着你，或者拍着手，歪歪斜斜地向你走来，送给你一张她画制成的明信片。

她叫黄美廉，一位自小就患脑性麻痹的病人。脑性麻痹夺去了她发声讲话的能力。从小她就活在肢体不便及众多异样的眼光中，她的成长充满了血泪。然而，她没有让这些外在的痛苦，击败她内在的奋斗精神，她昂然面对，迎向一切的不可能，终于获得了加州大学艺术博士学位。她用她的画笔，以色彩告诉人"寰宇之力与美"，并且灿烂地"活出生命的色彩"。全场的学生都被她不能控制自如的肢体动作震慑住了。这是一场倾倒生命，与生命相遇的演讲会。

"请问黄博士，"一位学生小声地问，"你从小就长成这样，你怎么看你自己？你没有怨恨吗？"我的心头一紧，真是太不成熟了，怎么可以在

大庭广众之下问这个问题，太刺人了，很担心黄美廉会受不了。“我怎么看自己？”黄美廉用粉笔在黑板上重重地写下这几个字，她写字时用力极猛，有力透纸背的气势。写完这个问题，她停下笔来，歪着头，回头看着发问的同学，然后嫣然一笑，再回到黑板前，龙飞凤舞地写了起来：

一、我好可爱！

二、我的腿很长很美！

三、爸爸妈妈那么疼爱我！

四、我会画画！我会写稿！

五、我有一只可爱的猫！

六、……

教室内鸦雀无声，没有人敢讲话。她回过头来定定地看着大家，再回过头去，在黑板上写下了她的结论：“我只看我所有的，不看我所没有的。”掌声从学生群中响起，看着黄美廉倾斜着身子站在台上，满足的笑容从她的嘴角荡漾开来，眼睛眯得更小了，有一种永远也不会被击败的傲然，写在她脸上。

面对自己 笑看人生 ◎ 谭美赖

世界是多姿多彩的，就看你如何生活；人不是十全十美的，就看你怎么看待。看了《你怎么看你自己》，相信每一个读者都会感到极大的震撼。《你》文讲的是一位残疾女孩如何面对自身的残缺，如何生活得有滋有味的故事。黄美廉自小就患脑性麻痹症，但她是那么坚强，生活得如此完美，以独特之美来弥补自己的不足，过得比一般人更充实，更快乐。

当我看到“她是一个不会说话的人，但她听力很好”时，我就想：幸好天无绝人之路，老天不会把一个人弄得太惨。即使她“从小就活在肢体不便及众多异样的眼光中”，也“没有让这些外在的痛苦，击败她内在奋斗的精神，她昂然面对，迎向一切的不可能，终于获得了加州大学艺术博士学位”。这是何等的坚强！面对困难，不会退缩；面对艰苦，硬挺过去。一个残疾人尚能如此面对不幸的生活，仍能抗争厄运，我们常人如何？这是我们每个人都会从中思索的问题，我们从黄美廉的身上看到了闪光点。她能“站”在台上给学生们上课，让孩子们了解她是如何站起来的，这本身就是一场倾倒生命、与生命相遇的演讲。

我们如何看待人生的幸与不幸，如何看待自己的得与不得呢？患脑性麻痹症的黄美廉是这样认为的：

一、我好可爱！

二、我的腿很长很美！

三、爸爸妈妈那么疼爱我！

四、我会画画！我会写稿！

……

这是一个很不幸的人的人生感悟。她如此告诉别人，她如此赞美自己，是想告诉我们，一个残疾人，如果选择坚强，没有因先天不足而感到自卑、怨恨，同样可以跟常人一样拥有幸福、快乐、美好，同样可以跟常人一样生活在同一片蓝天下。

敢于面对自己的不幸，敢于接受挑战，笑对人生，相信每一个人都能创造出精彩的世界。

为他人着想，这是一种君子之风。正是因为有她，我们整个世界才如此美妙。

让我流泪的香橡皮

纪广洋

初二开学那天，按高矮个重新分座，和我同村的纪翠兰成了我同桌。她是个漂亮且优秀的女生，但令人遗憾的是，学习成绩名列前茅的翠兰，家庭状况却最糟糕。在她刚出生不到一个月，母亲忙于麦收被暴雨淋湿从此落下了病，常年药不离口；在她考上初中入学的第三天，父亲去集上给她买自行车，回来的路上，刚买的自行车车闸失灵，父亲跌入深壕摔断了大胯和腿骨，一年后还离不开双拐。这样一折腾，她家的情况就可想而知了。看吧，在我们校园里，没有哪个女孩比翠兰更清秀，也没有哪个女孩比她穿戴得更寒酸。在学习中她也最节省、最俭朴，买个练习本总先用铅笔在正反面写，再用钢笔覆盖一遍，她甚至捡一些瓶塞、管头等橡胶制品代替橡皮来用。

那天，我买了两块包装精美的香橡皮，准备送给翠兰一块。午休，我乐呵呵地跑进教室，正好只有她一人在。我把那块橡皮放在她面前的书上："送给你的。"她抬头看了看我，犹犹豫豫地拿起橡皮："你干吗买这么贵的橡皮？我才不要呢。"我怕伤了她的自尊心，就说："既然买了，你就收下吧。我去买橡皮，一看挺好的，就给你捎了一块。""这样说我就收下，"她下意识地摊平了手，“多少钱一块？”“我就不能送给你一块小小的橡皮吗？”我一听她问价格，心里猛然涌起一种说不上来的滋味，提高了嗓门说，“咱俩同村、同姓、同族、同辈分，按生月我还得叫你姐姐哩，又没有别的意思，又不怕别人说闲话……”“你不怕，我还怕呢！”她也提高了嗓门说，“我知道我家穷，可我凭什么要你的东西！我用不着别人可怜我……”

就在这时，几个同学说笑着走进教室，我不便再和她理论，就顺手拿起她的那本书盖在橡皮上面。她神情复杂地凝视我一阵，便趴在桌上不动了。

班主任宣布下午全体同学到操场上清除杂草。翠兰离开座位前，用书把那块橡皮推过了我与她的“三八线”。我装作没看见，与同学一起走出了教室。就在操场上的杂草清除得差不多时，有同学发现翠兰的手上有血（她揪一种三棱草时划伤的），班主任就让她去清洗一下，提前回教室。10分钟后，我先同学一步回教室，看到她的手已止血，就没再说什么。这时，翠兰忽然问我：“记得那块橡皮吗？你没收起来，怎么不见了？”我以为她改变了先前的主意，又乐意收下那块橡皮了，才和我这样幽默一下，就以一种无所谓的口吻说：“不见就不见吧，不见就对了。”“你这是啥意思？”翠兰表情忽然严肃起来，一副焦灼万分的模样，“那块橡皮真的不见了！”看她那认真相，我才意识到橡皮真的不见了。可我一时又找不出原因，就暂且找缘由安慰她说：“或许哪个同学拿去看了……”“哪个同学能拿去？所有的人都去了操场。况且是咱俩最后出去的，而我又是最先回来的……”翠兰说着说着竟有了哭腔，“今天是怎么啦？真是见了鬼了不成……”

这时，已有同学陆续走进教室。我说：“明天再说吧。也许当时都忙着出去，忘了具体细节了。”翠兰不说话了，眼里却凝聚着浓重的疑云。

放学后，在回家的路上，我一遍遍寻思：这件奇怪的事还没有结束，明天翠兰还会提起。她的心够苦了，不能再让她遭受这不白之冤。思来想去，我急中生智……跑到商店再买一块同样的橡皮，就说我昨天顺手放到兜里了……

第二天，我在去学校的路上追上翠兰，没等她发话，我就哈哈笑着从口袋里掏出两块一模一样的橡皮，装成自怨自艾的样子："哎呀，我真糊涂，回家一摸口袋，两块都在里面……"

"你胡说！"翠兰停下自行车，一边掏书包一边幽幽地说，"那块橡皮在我包里呢。是我不留神把它夹在书里面的，回家一掏书，就掉在地上……你说实话，是不是跑到商店里又买了一块？"

我只好不打自招："昨天，我也弄不清橡皮是怎么不见的，怕你惦记，就……""别说了，"翠兰半嗔半怨地笑起来，"其实这事儿全怪我，我太执拗、太不近人情了，才惹出这样的误会。让你受委屈了，请你原谅。"

我嘿嘿地笑了，笑着笑着眼睛就开始发涩、发热……而让我真正不能自已地流下眼泪来，是在两天之后的物理课上。

那天上物理课，赵老师手里拿着一块精美的橡皮，径直朝我走来，嘴里还不停嘟囔着："前天你们在操场上劳动时，我从教室窗外经过，偶尔看到放在你课桌上的这块四四方方的新橡皮，就联想到我正为初一准备的浮力课，打算用它做个试验，看把它放在水中能浮出几分之几……没耽误你用吧？"

赵老师回到讲台上，目瞪口呆的我，也重重地坐下了。我想，我肯定是流泪了，不然，翠兰怎么一边夺我手里的橡皮一边这样说——"两块橡皮我都要，四块橡皮我都要……别哭了，好吗？"说着说着，她竟也泪流满面。

君子之度 清风荷香 ◎ 郑怡婷

《让我流泪的香橡皮》写出了人世间最纯洁的一种情感——彼此的理解，彼此的关爱。这种纯真的情感犹如山间清风，夏日荷香，令人陶醉，这是一种君子的风度。

翠兰是一个漂亮且品学兼优的女孩，但又是一个不幸的女孩，她生活在一个状况特别糟糕的家庭（母亲常年药不离口，父亲摔断大胯与腿骨）。面对残酷的生活，一个自尊心极强的女孩子内心变得非常敏感。

所有缘由都因一块包装精美的橡皮引起。与主人公同村的“我”对她的家庭情况一清二楚，对她捡瓶塞、管头等胶制品代替橡皮来用更是看在眼里。出于好意，“我”便送她一块橡皮，却想不到引起了一场“风波”。翠兰面对“我”的礼物，拒而不收。这是本文的精彩之处，形象地突出主人公自尊但又自卑的心理，这很耐人寻味。一个自尊心强但又处于劣势的人，她自卫的方法只能是拒绝一切——不管善意，还是坏心。

然而，令人感动的是，翠兰和“我”为了抚平对方心中的坎，不约而同地都买了同一种橡皮回来，并且不惜用善意的谎言来“欺骗”对方，以求得对方心安理得。为他人着想，这是一种君子风度。正是因为有这种风度，我们的世界才如此美好。故事的结局皆大欢喜，真相的大白使翠兰和“我”都流出快乐的眼泪，因为他们都彼此感受到对方的关爱与善良。他们有理由相信，有理解的支撑，生活就是一个妙不可言的享受。

《让》文的艺术构思手段是从一个侧面告诉我们一个道理：以宽人之心待人，生活就是一种美。

教室里一片寂静，同学们都没有再说话，因为大家看到校长的脸上已经流下了两行泪水。

分析题

安 原

老师年纪不大，但是位好老师，不光盯着分数不放，还强调素质教育。经常在课堂上开展讨论，猜谜语，讲笑话，出一些脑筋急转弯什么的。用老师自己的话说，既活跃了课堂气氛，还能锻炼学生的思维能力。

老师在书上看到一道分析题，觉得很适合训练学生的发散思维，就把题出给了同学们。分析题下面写着答案见封底，但老师自己也没看答案。他也想锻炼一下自己的发散思维，暗中和同学们比一比，老师还是有些童心的。另外，不看答案，游戏做着会更有意思些。

分析题是这样的：大雨天，一个走在路上的男人，看见前面有一个女人没带雨具，怀里抱着孩子，胳膊上挎着包，就主动把自己的雨伞送给女人，接过孩子抱在怀里。请问，这个男人为什么要这样做？

最先站起来回答的是班长，他是公认的好学生，成绩好，口才好，模样好，没啥不好的地方。班长说："因为这个男人是人贩子，用这种方法抢孩子，他接过孩子，马上就会拔腿而逃。"

老师笑笑，点点头。

第二个站起来的是班里的调皮鬼，他成绩不错，但经常搞一些恶作剧。他不直接回答，反问老师："那个女人长得漂亮吗？"老师愣了愣，没明白他是什么意思，含糊其辞地说："你就当她漂亮吧。"调皮鬼摇头晃脑地说："答案很简单，因为那个女人长得漂亮，那个男人早就看上了她，却一直找不到机会，故意用这个办法套近乎。"

教室里一阵大笑。

数学课代表站起来说："因为这是那个男人的职业，他借伞、帮女人抱孩子都要收费。前几天下大雨，铁路桥下一片汪洋，就有一个男人靠来回背人挣钱，一次收 10 块，不讲价。我计算了一下，如果天天下那样的雨，他很快就能成为万元户。"

老师点点头："同学们回答得都不错，还有没有其他的答案？"

话音刚落，又有一个同学站起来，有些得意地说："你们可能都忽略了女人胳膊上挎着的那个包，我想，那个男人是醉翁之意不在酒，目的是为了取得女人的信任后抢东西。”

一个女生站了起来，怯生生地说：“老师，那个男人能不能是搞推销的？”老师疑惑不解，用眼神鼓励她说下去。女生接着说：“那个男人是卖伞的，女人用了他的伞，就不得不买了。”

老师等了一会儿，见没有人再站起来，笑笑说：“我也有一个答案，那个男人之所以这么做，是因为他是那个女人的丈夫。你们想想有没有道理？”

同学们哄堂大笑，纷纷说老师的答案最巧妙。但也有几个同学不服气，要求老师公布书上给出的答案。老师不太想公布答案，觉得同学们回答得都很踊跃，锻炼思维能力的目的也就达到了，这类问题本来不应该有什么正确答案。

这时候，老校长走进了教室，他是被教室里的讨论声吸引来的。校长先对同学们说：“大家的发言都很好。”然后又对老师说：“不妨公布一下答案，我也想听听书上是怎么说的。”老师找到答案，大声地念道：“不为什么，因为那个男人的名字叫雷锋。他不仅把伞借给女人，最后还把她送回了家。”

教室里一片大乱，同学们纷纷说这不可能，这不现实。调皮鬼喊得最响，他大声说：“那个女人的丈夫呢？如果一个陌生男人送自己的老婆回家，他会怎么想？”

校长听到答案后一直沉着脸，最后他抬起手示意同学们静一静，问身边的老师觉得这个答案怎么样。老师低下头，想了想说：“说实话，我也觉得这个答案不太现实，于情于理，都说不太通。”

校长点点头说：“你们大概都不相信，30年前，我也做过这样的事。不仅仅是我，那时候，很多人都做过如今我们看来不现实的事情。”

教室里一片寂静，同学们都没有再说话，因为大家看到校长的脸上已经流下了两行泪水。

30年前不用猜 ◎田　野

一个陌生男人为什么会主动借伞给一个陌生的女人，并且帮着她抱孩子，把她送回家？说实话，如果让我们来回答这道“分析题”，我们未必马上说这是“雷锋在做好事”。因为在现实中我们看到了很多反面的事例。假如今天我们在大街上碰到同样的一幕，恐怕我们也会像小说中的学生们一样，联想到抢劫、诈骗、套磁甚至买卖和推销，却很难想到是男人在学雷锋做好事吧。换句话说，即便真有这样的陌生男人想做好事，那个女人会放心地把孩子交到他手上，并且让他送他们回家吗？

然而，正如老校长所说的，在30年前，这个答案是不用猜的，这样的事情是很常见的。那时候，很多人都做过如今我们看来不现实的事情。那时候，人人都在学雷锋。那时候，人和人之间的交往简单而友善。只是，时代不同了，我们所处的这个社会，生活中多出了很多阴谋和欺骗，人心变得越来越复杂，人和人之间的交往也变得越来越复杂，因此，30年前一件很简单、很平常的事情，搁到今天才会变得如此的不可思议。因此，我们不能怪小说中的孩子们想得太复杂，只因为现在的社会太复杂！

时代在变化，社会在发展，但那种简单、友善、和谐的社会风气，那种团结友爱、互相信任、互相帮助的雷锋精神，仍然是值得我们继承和发扬的。

Part Two 青涩往事

回忆像酒，越久远越醇香。回忆如糖，甜到忧伤。面对成长，我们藏起那些青涩的往事。它们是躲在柜子的牵线木偶，放在墙角的薄纸风筝，写到一半的日记本，贴了邮票尚未寄出的信……一件件，一种种，都藏着我们或欢乐或忧伤的时光，让我们忧伤，让我们怅惘。

作者精心挑选了三则日记，犹如电影的“蒙太奇”效果，既巧妙衔接，又各有内涵，产生了别有意味的艺术效果。

三代日记

侯发山

我到一位朋友家做客，偶然在书橱里发现了他们祖孙三代的日记，阅后甚觉有趣，经他本人同意，现各选一篇，以飨大家。

朋友父亲的日记是在一沓散发着潮湿味的麻纸上画着的(他父亲不识字，只能用图记下当时的情景，朋友看图说话，我把意思记下来)：

1937年12月2日　大雪

我已经两顿没吃饭了。娘说：“喝水吧，狗蛋。”我摇摇头。我不顾寒冷蹲在门口，望着飘着雪花的院子，等待着爹的归来——爹早早出去要饭。娘说：“狗蛋，我有办法让你不饥，你躺到炕上去。”我乖乖地躺到炕上。娘技术性地把枕头抽了塞到我屁股下面，又把被子叠方正垫到我双腿下面。娘苦笑着说：“饿不饿了？”“还饿。”娘说：“你抵住炕，屁股靠墙，两条腿贴着墙尽量往上伸……”哈，我倒立起来后，果然感觉不到肚子饿了。

朋友的日记是写在一本发黄的白纸上的：

1962 年 8 月 5 日　阴

我和妹妹正在树下看蚂蚁搬家，冷不防爹踢我一脚："你要耍，今儿晌午不让你喝汤。"我忙从地上爬起来摸着干瘪的肚子："我不耍了。"爹暖了脸："提个篮去挖野菜。"村里大人小孩天天疯了似的挖，哪还有啊！爹说："去后山沟。"于是，我勒了勒裤腰带，就提个小篮去了后山沟。

我前、后、左、右看得很仔细，生怕漏掉一棵灰灰菜、刺角芽、毛妮棵、面条棵……忽然，我发现前面地堰上有几棵酸枣树，上面挂着嘟噜连串的红枣。我高兴坏了，忙攀上去摘一个尝尝，嘿，又酸又甜。我又吃了几个后，忙把小篮里的野菜倒了，开始手忙脚乱地摘酸枣，唯恐有人来跟我抢了。几棵树摘完了，竟摘了满满一小篮。我一路跑回家里，等待着大人的夸奖。

不料，爹看到红枣不但没有笑脸，反而扬手在我的屁股上打了一巴掌，随后把一篮子酸枣全倒进了茅坑里。

我委屈得哇哇大哭。

"他还是个孩子，知道啥？"娘剜了爹一眼，拉我到怀里，用衣襟给我擦了把泪，叹道，"孩子，你不知道，酸枣开胃啊。"我愣愣地盯着娘，还是迷瞪不开。娘说："人吃了它，就越想吃饭……"

朋友儿子的日记是记在一本精美的日记本上的：

1992 年 3 月 2 日　晴

我在看动画片，妈喊我吃饭。我说不饿。妈说："阳阳，你是不是又吃零食了？"我摇摇头。她见我还坐在电视机前，就给我

端了碗饺子，嘟囔道："整天不吃饭怎么行？"我接过碗，用筷子往嘴里扒拉一个，努力往肚里咽："又是羊肉馅。"妈在一旁监视着我吃，我灵机一动，说，"妈，给我端杯茶。"妈扭身进了厨房。趁此工夫，我把饺子往沙发下扒拉了两个。妈端来水，立在旁边不走。我又说："妈，把健胃消食片给我拿来。"妈不知是计，转身去取。我故技重演又往沙发下塞了几个……就这样，不大工夫，我便把这碗饺子报销了。妈嗔道："还不饿呢？"晚上，妈去跳舞了。我就把饺子从沙发下弄出来，倒进院子里的狗槽内，看着它吃完，我才回房间打游戏……

三则日记　三代印记 ◎ 陆艳萍

微型小说因篇幅的限制，因而讲究高度精练，即使应当出现的背景描写，必要时也会省略许多。作者采撷了几个历史片段，形象地透视了社会与人生的变迁。三则日记中都强调了"吃"，但各有不同。第一则写朋友的父亲小时候的生活有了上顿没下顿，是靠要饭过活的，为了感到不饿，做了一系列荒唐的举止。第二则写"我"的朋友为了填饱肚子被父亲叫去摘野菜，而朋友摘回一篮子的酸枣却挨了揍，原因是酸枣吃了让人更想吃饭。第三则写的却是朋友的儿子被母亲"逼"着吃饭，他为了应付了事，想法子把妈妈支开趁机把饺子藏在沙发底下，最后是家中的狗帮他解决掉的。这犹如电影运用"蒙太奇"处理历史片，既巧妙衔接，又各有内涵，产生了别有意味的艺术效果。

这三则日记，让时间跳跃，影射出生活时代的不同，向我们述说了中国近几十年来巨大的变化。第一篇写了民不聊生；第二篇写了日子过得紧巴；第三篇写了奢侈生活。最有意味的是第三篇，它从侧面反映出，经过改革开放，社会积累了丰富的物质财富，人民的生活水平也大幅提高，但随之也出现一个问题，即在日子过得越来越火红的今天，我们如何教育下一代？

本文给读者创造了很大的想象空间，读者尽可以结合自己的阅历，通过分析、推测和想象来完成这一幕幕历史变迁的图景。

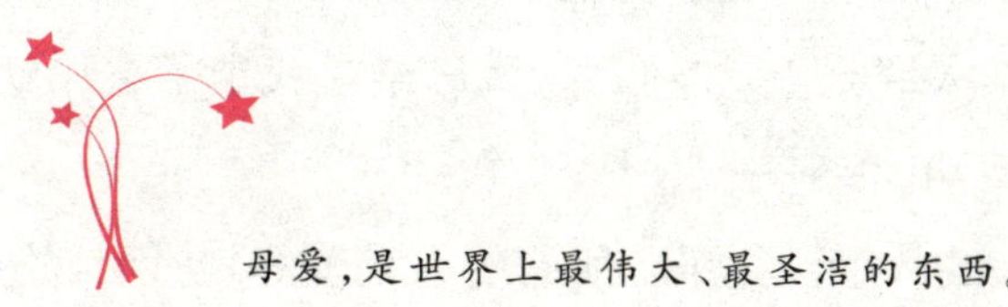

母爱，是世界上最伟大、最圣洁的东西。

半瓶香油

彭永强

故事发生在1993年。那时离春节只有一个月的时间了。从香港海关到大陆的人特别多，因此，工作人员也格外忙碌。

一位老人吸引了他们的目光。他衣着朴素，随身仅带一个简易的旅行包，然而，令人不解的是他的左手提着一个瓶子，瓶子里有半瓶黄澄澄的液体。一位工作人员按捺不住好奇心，问他：“这位先生，您的瓶子里装的是什么呀？”

老人淡淡地说：“是香油。”

这时，所有在场的人都感到不可思议，这位老人千里迢迢地赶往大陆，竟带着半瓶香油。“您这是为什么呢？”另一位女士终于忍不住问道。

老人脸上浮出了凄楚的神色，缓缓地说：“这是我母亲要我买的。44年前的一个中午，母亲正在做饭。饭马上就要做好了，却发现家中没有了香油。她拿出一些零钱来，让我到不远处的一家卖油铺去打半斤香油。临

走时，她还说：‘孩子，你跑快一点，娘马上就把饭做好了，别耽误吃饭。’”

这时，泪从他的眼角流出来。顿了一顿，老人接着说：“我刚走出家门，就碰到了一群穿军装的人，他们用枪逼着我，让我帮他们拉大炮。后来，为了活命，我就跟随着他们一起打仗。再后来，我随着军队到了台湾……这几十年，我得不到一点儿家中的消息。直到三年前，我才和家乡的亲人联系上。他们说，我母亲在我走了之后就疯了，见人就说等着我打香油回家……”

老人的故事讲完了。所有的人都安静地听着，不少人眼中泛起了闪闪的泪光，老人已是满脸的泪水。

母爱涓涓 如饮甘泉 ◎ 李惠珍

这是一篇简短，却蕴涵着丰富感情的文章。作者给我们讲述了一个历尽沧桑的故事，一段不能忘怀的母爱。

一位老人经过几十年的光景，历尽沧桑，依然没有忘记当年母亲要他去打香油的事。少年时的他出门买香油，谁料天有不测风云，被一群穿军装的人带走了。为了活命，为了能再见到等待自己归来的母亲，老人参加了战争。老人一直思念着在家乡等他归来的老母亲。作者巧妙地运用香油来寄托老人的感情。通过香油来传达几十年来老人对母亲的思念，对家乡的思念之情。这也是打动读者的一个方面，让读者深深地体会到这位老人的一片赤子之心。

文章没有重点描写母亲是怎样思念儿子的，而只是通过一件事来体现母爱的伟大。当她发现自己的儿子一去不复返时，竟然思念成疾，逢人就说等着儿子回家。天下的母亲都是一样的，儿子始终是母亲心头的一块肉，而有的母亲是幸福的，有的母亲是不幸的，这位母亲就是不幸的。谁来可怜这位母亲的不幸？谁能弥补这位母亲的损失？战争发起者？还是历史错位？

母爱是世界上最伟大的、最圣洁的东西，不管身在何处，魂牵梦萦的都是她，一旦失去，则永远无法弥补！

母亲敢拼敢闯，有坚强的意志，她希望后代也能像她一样，敢于面对一切困难。

母亲

李亚平

坚强，多简单的两个字，又有着多丰富多深刻的意义。每个人对它都有着不同的理解。我认识到的坚强，不是什么与病魔顽强斗争，也不是在敌人面前英勇不屈，那些也许遥远了一点。这两个字的深意，我是从母亲身上体味到的。

在我很小的时候，父母离异了。家里没有了男子汉，沉重的生活担子压在母亲的肩上。有一年夏天，她去换气，搬罐出门时，不小心砸伤了脚。痛得她闭上了眼，眉头紧拧在一块，我蹲下一看，妈妈的脚被砸破了，鲜红的血顺着脚背往下淌。我吓得大哭起来。妈妈强忍着痛，轻抚着我的头："不哭，妈妈没事。"泪眼蒙□中，我看见妈妈的笑很勉强，因为她几次转过脸去，不愿让我看见那张因痛苦而被扭曲的脸。血，又涌了出来。"妈妈，让隔壁肖健哥哥帮咱换吧。"我央求着。"那怎么行，"妈妈轻声说，"我现在完全可以走，不必麻烦别人了。"包扎好后，妈妈就跛着脚，推着那辆因放了煤气罐而往一边歪的自行车，挂着满额的汗水，踏着

暮色走了。那瘦瘦的脊背，挺得直直的。

从妈妈同事的口中，我知道了一件他们经常说起的事："那时候呀，你妈妈骑着小斗斗车，天天奔波于单位、家里和幼儿园之间。北京的冬天你是知道的，风猛沙大，刮得昏天黑地的，别说骑车，就是走路也困难，更别提是一个女同志骑车带着孩子。真难哪！每天来回一个多小时，可她硬是咬牙挺过来了，从没影响过工作。"

是的，在我被唤起的记忆里，我看见风中正有一个摇晃的身影，不住地一前一后晃动着。不，不要以为是猛烈的西北风将要把她吹倒，风能够折断树根，能够摧毁房屋，但她的意志绝非这狂风可以动摇的。你看，看那紧握车把的有力双手，那紧盯前方的坚定双眸，不是最好的证明吗？

一次，我把妈妈气哭了，当我怀着万分后悔的心情向她认错时，妈妈用含泪但异常深沉的眼睛望着我，过了许久，才一字一句地对我说："知道吗？我一个人也能教育好你。"接着她又说，"人不能只想着依靠别人，一定要自己有本事，顶得住风浪，才能立足于社会。"背后的灯光勾勒出一个纤小但不可动摇的清晰轮廓，那两眶晶莹的泪也早已隐去，代之的是信心十足的光芒。

坚强作证 ◎黄少春

《母亲》的作者是以自己的母亲为对象，先是由作者与别人对"坚强"这一词的深意理解与众不同，从而引出母亲。作者理解的"坚强"是从母亲的身上体味到的。然后，采用回忆的方式，具体来叙述了母亲坚强的特点。文章具体写了三件事情，从这三件事中我们可以看到母亲这个单身女人能把儿女拉扯大是一件很不容易的事情。所有这些，都源于她坚强的意志。她是想用自身告诉女儿，面对一切困难，敢接受各种挑战，才能安身立命。

作者对于体现母亲坚强的三件事情作了精心的安排，第一件事和第三件事是正面表现，而第二件事则是反面描写，这对表现母亲的坚强和勇敢有异曲同工之妙。文章中有些地方加进了作者的抒情和议论，使母亲坚强和勇敢的性格显得更为突出。

小暑的妈妈凭空就是一阵心酸。傻闺女，四年多了，你爸爸在饭桌上喝的都是水啊。

水知道答案

侯德云

小暑的心情像夏天的阳光一样灿烂，同时也像夏天的气温一样高涨。虽说眼下天寒地冻的，西北风呼呼地号叫着，像是吓唬谁，但这些都不妨碍小暑的心情。从省城回家的一路上，她的心情都像夏天一样，夏天的阳光，还有夏天的温度。

小暑是踩着黄昏的霞光回到家里的。到了万家灯火的时候，餐桌上已经摆满了各种各样的菜肴，都是小暑最爱吃的。餐桌旁边还摆上了两张开心的笑脸，那是爸爸和妈妈的笑脸，都是小暑最爱看的。

这是小暑上大学之后的第一个寒假。再过一段时间，春节就要到了。春节是什么日子？是家家户户团圆欢乐的日子。要是这么说，小暑家的春节已经提前来临了。团圆了也欢乐了，有了春节的形式也有了春节的内容，不是春节又是什么？

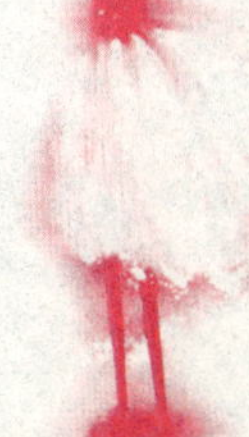

小暑从旅行袋里拿出两瓶白酒，是极品的二锅头。小暑特意从省城

的超市里给爸爸买的，她知道爸爸喜欢喝二锅头。小暑把其中的一瓶打开，放到餐桌上，对爸爸说："爸，今晚你喝这个。"小暑的妈妈看在眼里，心口一热，涌出了无限的安慰，对自己说，这闺女，懂事了，真的懂事了。这样一想，反倒惆怅了，暗暗地叹了一口气，唉。

小暑的爸爸咧着嘴，把酒瓶拿起来，转来转去，盯着看，说："好酒，好酒啊。"

小暑到厨房里找爸爸的酒杯。她觉得好奇怪，爸爸的酒杯怎么塞到一个角落里了？她拿起来看看，觉得不干净，就用自来水冲洗了一遍，然后再冲洗一遍，甩干了水珠，拿到餐桌上，倒满了酒，说："爸，你喝酒。"

小暑的爸爸说："先吃菜，来来，你俩都坐下，先吃菜。"

"不嘛，"小暑撒娇了，"爸，你先喝，你不喝我就不吃。"

小暑的妈妈别过身子，她的眼圈红了。

哪个做父亲的能拗过女儿的撒娇呢？小暑的爸爸端起了酒杯。他感觉到了，他的手在微微颤抖。为了不让小暑看出来，他快速把酒杯贴到嘴唇上，喝了一口。喝得太快了，他的嗓子还没有准备好呢，一下子呛着了，他大声咳嗽，连眼泪都出来了。

小暑的妈妈责怪地瞅了小暑她爸一眼，说："慢点喝，没人跟你抢。"

"妈，别这样说我爸。"小暑接过妈妈的话头，转脸又对爸爸说，"爸，你慢点喝。"

小暑的妈妈再一次别过身子。唉，这闺女，懂事了，真的懂事了呀。

其实，小暑的妈妈说得也对也不对。小暑懂事了，不过不是现在才懂

事的，四年前，读初三上学期的时候，小暑就懂事了。说来话长，这就要从小暑她爸喝酒的事情说起了。

小暑的爸爸很早就开始喝酒了，中午晚上都喝。不多，每顿饭只喝一杯，一两半的样子。他酒量不大，只是有韧性，一顿不端酒杯，就抓耳挠腮，像是缺了点什么。虽然是一个普通的工人家庭，这点嗜好不算过分吧？

小暑对爸爸喝酒已经习惯了。她喜欢看爸爸喝酒的样子。抿一小口，咽下去，然后嘴里发出咝咝的声音，像是很难喝的样子，像是遭罪的样子。小暑不止一次在心里笑，难喝你还喝，遭罪你还喝，做出个怪样子给谁看呢？

初三的上学期，小暑发现爸爸不喝酒了。每顿饭都是匆匆忙忙地吃，没有了往日的悠闲，而且吃完饭就出去了。一连几天都是这样。小暑觉得奇怪，爸爸咋不喝酒了呢？问妈妈，妈妈吞吞吐吐的，不想说。问急了，才叹着气说："你爸爸，下岗了。"

小暑心里咯噔了一声，她不再说什么，心里却像是压了一块石头，很沉。小暑想搬掉那块石头，可是她的力气太小了，搬不动，还累得气喘吁吁。就从那天开始，小暑懂事了。

出人意料的是，接下来的两次月考，小暑的成绩都在下滑，一次比一次滑得厉害。她不知道这是怎么回事。妈妈问她，她总是吞吞吐吐的，不是不想说，是不知道。小暑很委屈，她真的不知道啊。

事情很快就有了改变。妈妈对她说，爸爸有了新的工作，工资比原来还高呢。小暑相信妈妈的话。她看见爸爸又端起了酒杯，还是像以前的样子，抿一小口，咽下去，然后嘴里发出咝咝的声音。小暑心里的石头一下子就没了。她轻松了。成绩也很快赶了上去。

自从爸爸重新端起酒杯，就再也没有放下过，直到小暑考上重点高中，直到小暑考上大学。

在这个团圆的欢乐的夜晚，小暑的爸爸破例喝了三杯二锅头。不喝

不行的。小暑一会儿对爸爸说："爸，你就再喝点嘛。"一会儿又对妈妈说："妈，你就让我爸再喝点嘛。"这闺女，撒娇还上瘾了呢。别说小暑的爸爸，连小暑的妈妈都扛不住了，对小暑她爸说："闺女让你喝，你就再喝点吧。"

就这样，小暑的爸爸喝多了。糙皮糙脸的汉子，喝多了酒，竟然像个小孩子似的哭了。眼泪哗哗的，像是受了多大的委屈。小暑的妈妈慌了，赶紧送他到卧室里睡了。

夜深了，小暑跟妈妈依偎在一起，像是在看电视，其实是在小声说话。小暑问妈妈："爸爸怎么哭了？"

小暑的妈妈凭空就是一阵心酸。傻闺女，四年多了，你爸爸在饭桌上喝的都是水啊。他为什么哭？问问水吧，水知道。可这话她怎么能对小暑说呢？

小暑的妈妈揉了揉眼睛，平静地说："你爸他喝醉了。"

伟大的父爱 ◎田 野

读了《水知道答案》，不由让人感叹父爱的伟大。一个嗜酒如命的人，下岗后为了节省花销，供女儿上学，强迫自己戒了酒；可当女儿因为父亲不喝酒而感到生活的压力，情绪和成绩出现波动时，父亲为了安慰女儿，让女儿看到生活的希望和信心，他又重新捡起了酒杯——只是，四年多来，他在饭桌上喝的不是真酒，而是无滋无味的水啊！

读到这里时，我们的心砰地一下就被打动了。为了父亲的良苦用心，为了父亲在饭桌上日复一日的"表演"——"她看见爸爸又端起了酒杯，还是像以前的样子，抿一小口，咽下去，然后嘴里发出咝咝的声音。"透过这些生动的细节，我们不得不说，父亲是一个多么优秀而伟大的"演员"啊！他一生中最好的角色，应该就是扮演一位父亲吧！而他一生中最好的作品，不就是那个有出息的、懂事的女儿吗？

Part Three 蓝色情调

青春如同一曲通体透蓝的钢琴曲，在我们心底清澈回响。我们遇到许多不经意的美丽与惆怅，如同夏日女孩子裙裾上的那道蓝边，画册里偶然翻到的那抹天蓝。空气如玻璃纸般透明，季节总是清清爽爽。无论时光怎样流逝，我们不会遗忘心中那婉转流淌的蓝色情调。

在短暂的阅读空间里巧妙地设置悬念形成了多次陡转，情节大起大落，使读者吃惊未完之际又接着大吃一惊，既出奇制胜，又合乎情理。

“田大叔”卖屋

江梅子

田大叔喝退那条大狗，把瘦高儿个让进了屋。瘦高个儿西装笔挺，缓缓在厅中靠墙的一把椅子上坐下，将一只精巧的黑提包放在茶几上，笑着问：“听说您这屋要卖？”

田大叔为客人倒了杯茶，点点头说：“门口的告示你看过啦？”

“看了，连这旧屋带院子一共要卖 4 万元，是不是价钱太高了点？”瘦高个端起茶杯，很斯文地呷了一口。

“是贵。我那广告贴出几年了，至今没几个人来问。”

“不能少吗？”

“不能少。懂行的人把它买下决不上当。”

“我不懂您的意思。”

“要是有人肯出钱买下这屋子，我就把它的秘密告诉给他。”

“我把它买下来。”瘦高个站起身，拉开提包，把钱递给田大叔。

田大叔接过钱，略略数了个大概，把钱放在一边：“还是你爽快。请问贵姓？”

“免贵姓马，马千里。”

“马老板，我刚才说了，交易一成，我就把这屋子的秘密向买主交个底”。

“我倒想听听。”瘦高儿个重新坐下。

“6年前一天夜里，我刚躺下，狗叫了，有人敲门。我开门一看，是我儿子。他手里提着一只黑皮箱，人又黑又瘦，我很心疼，张罗着要给他做饭。他说吃过了，要我到邻居家去坐两小时。我只好照办。等我回屋，儿子已经睡了。约莫三更时分，我听到儿子房里有争吵声，忙披衣起床，朝儿子房门口走去。我只听到他们正在争着分什么文物。忽然，我儿子大叫一声，不响了。我家的那条狗汪汪叫了两声，好像正向那人扑了过去。紧接着，那人和狗同时狂叫。我推开门一看，那人已从窗口跳了出去，地上倒着两具尸体，一具是我儿子，一具是那条狗。狗身上留着一把尖刀。”

“后来，公安局破案了吗？”瘦高儿个听得入神，关切地问。

“我没报告公安局，因为我知道我儿子不是正路人。只对邻居说，我儿子暴病而亡。过了几天，我才听说，我们邻县一个宋朝宰相的坟墓被盗。至今一直没有破案。”

“这案子跟您儿子有什么关系呢？”

“有。我联想起我儿子和那人争吵的事来，那宰相墓八成是我儿子和那人一同去盗挖的。我儿子原想独吞那批文物，回家后大概把那些文物埋在院子里的某个地方。”

“那些文物您没挖？也没别人来挖？”

“我年纪大，不想挖，挖了也卖不出。别人想来挖，不过没法下手。”

“这几年您守着这老屋靠什么生活？”

“靠借债。我对债主说，不出几年，自有人为我还债。”

“谁？”

“买这屋子的人，具体地说，就是你。”

“我？如果我不来买您的屋子呢？”

“我相信你一定会来买。”

“您那么自信？”

“因为那个杀死我儿子的跳窗人知道那批文物就埋在这院子里。”

“这么说，您怀疑我就是当年那个凶手？”

“对！我们追捕你已经6年了。”

“田大叔，您认错人了！”瘦高个惊慌失措，两手扶着椅子把手，身子前倾，准备站起身来。

“没错，我们在那条被杀死的狗嘴里发现一截被咬下的无名手指头。请你伸出左手来看看。”

“不，这是巧合……”瘦高个下意识地把左手藏到身后，嘴唇开始发抖，“你，你到底是什么人？”

“我是6年前就退了休的原公安局局长。”

“那田大叔呢？”

“他在儿子死后第二年就去世了。为了破这个案子，我主动要求‘冒名顶替’田大叔！”

瘦高个儿脸上现出绝望神色。忽然，他眼露凶光，从腰间利索地拔出一把雪亮的匕首，“呀”的一声狂叫，飞快冲向对方，猛力刺去。

“田大叔”冷冷的一双眼睛盯着朝他扑来的瘦高个儿，胸有成竹地坐在那里纹丝不动。

只见他身边那条大狗箭一般地蹿了上来，一口咬住了瘦高个握刀的手腕。

“啊——”

“当啷”一声，匕首落地。

巧设悬念 引人入胜 ◎ 魏华润

微型小说为了在精短的篇幅里，形成对读者瞬间的“速率刺激”，往往靠的是情节的曲折与波澜，并且大多数读者都钟爱微型小说精巧的构思和情节。就《“田大叔”卖屋》而言，它是通过设置情节的多次反转和曲折来制造意外结局的。同时，先故意设下“圈套”诱导读者作某个特定方向的想象，麻痹读者的艺术注意力，当这种艺术积蓄工作全部完成时，情节的发展突然出现逆转，与读者想象的方向完全相反，让读者始料不及，于是，产生了惊奇的艺术效果。这就是微型小说独特的情节趣味。

《“田大叔”卖屋》一开头，就设置了一个小悬念：田大叔那旧屋竟要卖4万元，卖了几年也卖不出去，还一分钱也“不能少”，为什么呢？这是一个悬念。接着马千里就登场了，还干脆利落地买下了，这又是为什么呢？这又是一个悬念。

悬念由田大叔揭开。6年前，田大叔的儿子被杀了，田大叔却不报案。原来是田大叔的儿子因合伙盗窃文物，因分赃不均而被同伙所杀。通过这一情节的反转，悬念似乎得到合乎情理的解答，但读者还是会问，这些都是真的吗？这又是一个悬念！

随着情节的推进，一个个谜团逐渐被揭开面纱。首先，马千里原来就是当年杀死田大叔儿子的凶手，他因贪心，又回来打院子里赃物的主意。其次，更让人意想不到的是，作者在情节陡转时又揭示了一个与开头相反的谜底，此“田大叔”并不是彼“田大叔”，而是退休的原公安局局长。原来当年的田大叔报了案，只是案子一直没有破，而这有勇有谋的“田大叔”就将计就计，设下这罗网，终于擒获凶手。读至此，真是大快人心，也不禁对“田大叔”肃然起敬。

作品在短暂的阅读空间里巧妙地设置悬念形成了多次陡变，情节大起大落，一张一弛，引人入胜，使读者吃惊未完之际接着又大吃一惊，既出奇制胜，又合乎情理。虽然作品波澜起伏，但由于作者弄清了各个悬念的主次，洞悉了哪个悬念对读者更具有震撼力，从而能安排好故事的流程，形成了艺术的美感。

那令人感动而又心酸的"强根定理"不正是一个个军人、战士的"魂"吗？

血型符号

马金章

那天夜里，熄灯号悠长的颤音像一只无形的手，一下揪住了他的心，揪得他七慌八乱，离凌晨五点仅剩七个小时了呀。

"娘，您路上劳累，就先歇吧。"他截断娘绵长无尽的话，抓起军上衣，想赶紧在左口袋上沿儿缝上部队代号、姓名和血型。

娘把军衣从他手里扯过去："让娘缝。"

"我会缝。到部队一年，我连被子都会缝呢。"

"会归会，娘在跟前，就该娘缝。"

"是缝字。"他知道娘大字不识一个。

"你用笔写上。依着样儿，娘还能描花绣凤哩。"

他掏出钢笔，在口袋上沿儿一笔一画写上"33702 张强根 O 型"的字样儿。

"衣上缝字干啥？"娘一边穿针引线，一边问。

"战友这么多，一色一式衣服，缝上字，不易串换，丢了好找。"说这话时，他舌头有点打拐发硬。

娘嗯了一声。她沉默了一会儿，停下手中的针线，看着他问："根儿，离家一年了，想娘不？”

他心一紧，但还是用平静的口气说：“想娘时，合上眼，娘就到跟前了。”

娘笑了。娘心中盛不下的甜蜜正从她那眯细的眼角溢出来。

他入伍离家的那天晚上，娘摸着他的头说：“根儿，到了部队，若想娘，就合上眼，心里轻轻喊声娘，娘就到你跟前了。”他当时以为娘开玩笑，可到部队一试，果真灵验。后来，他就把这法儿传给了战友，战友们试了都说灵。他们戏称这法儿为“强根定理”。可这定理的发现者不是他强根，是娘啊。

他端详着娘：娘的头发已由去年的灰白变为银白，脸上的皱纹也加深了一些，像一道道反画的抛物线。娘今天突然来部队，莫非听到了什么风声，还是意外巧合……强根想了想，试探着问：“娘也想儿吧？要不，这么远来……”

娘咧嘴笑了：“儿是娘身上掉下的肉，想不想，你说呢？”

强根嘿嘿笑了。笑过，心一沉，嗫嚅地说：“娘，前一段，我参加了部队高校统考，但没考上，孩儿无能，这辈子，恐怕不能穿四个兜儿的军服给娘荣耀了。”说过这些，他不安地看着娘。

娘停住针，用异样的眼光审视儿子一会儿，说：“根儿，娘送你到部队，不图你混个一官半职，只求你出息个人样儿。”

娘的话，似一股清凌凌的泉水在儿子心头漫过。强根感到清爽爽、甜丝丝的。

娘这时已缝到“O”字，缝着缝着，娘的手哆嗦起来。娘慢慢抬起头，意味深长地打量着儿子：“根儿，这是血型符号吧？”

他惊愣了，娘怎么认识血型符号？

“根儿，你有事瞒着娘。抗美援朝时，送你爸上前线，我给你爸缝衣服，你爸衣服上，就有这么个圈圈儿。”

娘的声音发颤。

听了娘这话，强根心头一阵滚热，欣喜和愧疚的泪水夺眶而出，他觉

得再也不能隐瞒娘了，他抹着泪水说："娘，天一亮，我就要随部队，奔赴前线保卫边疆了。"

娘听了什么也没说。

在娘手里，绿军装上红色的圆慢慢合拢了。

"娘。"他一下扑到娘的怀里。

娘紧紧地搂着儿子。

这时，世界上一切声音都不复存在了。他听到的，只有娘怦怦的心跳声。

母爱几何 衣衫最知 ◎ 欧啸泾

当兵的儿子要上前线了，千里迢迢前来探望的母亲，毅然支持儿子的决定，即使当年丈夫也是这样离自己而去。读完《血型符号》，相信读者们的心灵都会为之一颤，文中洋溢着多么伟大的奉献精神。

微型小说通常是通过表现人物一个主要的性格侧面以达"形神兼备"的艺术效果，《血型符号》亦不例外，它没有过多的叙述，情节十分简单，主要是由人物心理描写和对话组成。"儿子是娘身上掉下的肉"，不识字的母亲只求儿子"能出息个人样儿"，"朴实""慈祥"的母亲非常疼爱儿子，这也为下文作了铺垫。母亲给儿子缝军衣的字，当她绣到"O"型符号时，明白了内情，却"什么也没说"，而"绿军装上红色的圆在娘的手中慢慢合拢"，同时她的手又"微微颤抖"着。丈夫是这样离自己而去，如今儿子又要上前线，母亲的思想斗争是激烈的，作者不点明却给读者以无限的想象的空间。这是多么伟大的妻子和母亲哪，默默地奉献着，默默地承受一切，小说为我们塑造了一个真实、可敬的慈母形象。母亲的形象是通过特有的语言来写活的，而儿子是通过心理活动的描写和气氛渲染使其形神兼备的。作为儿子，要上前线了，怕娘担心不敢相告，所以"熄灯号悠长的颤音像一只无形的手，一下揪住了他的心，揪得他七慌八乱”，可是他又盼着能与娘多相处一会儿。当听到母亲支持他上前线时，他的“欣喜和愧疚的泪水夺眶而出”。毫无疑问，强根是一个孝顺的儿子，同时他又是一个尽职的、爱国的军人。正因为家庭和职责不能顾全，人物的心理矛盾才会如此强烈。强根这个人物形象之所以动人是因为他正好是生活中“默默奉献，不图名利”的军人的真实写照。那令人感动而又心酸的“强根定理”不正是一个个军人、战士的“魂”吗？

因为贴近生活，所以真实；因为真实，所以感人。在这一点上，我们可以说，《血型符号》是成功的。

牺牲自己，成全别人，让我们感受到男孩身上所体现的人类最无私纯真的爱。

平分生命

叶 编

男孩与他的妹妹相依为命。父母早逝，她是他唯一的亲人。所以男孩爱妹妹胜过爱自己。

然而灾难再一次降临在这两个不幸的孩子身上。妹妹染上了重病，需要输血。但医院的血液太昂贵，男孩没有钱支付任何费用，尽管医院已经免去了手术费。但不输血妹妹就会死去。

作为妹妹唯一的亲人，男孩的血型与妹妹相符。医生问男孩是否勇敢，是否有勇气承受抽血时的疼痛。男孩开始犹豫，10 岁的他经过一番

思考，终于点了点头。抽血时，男孩安静得不发出一丝声音，只是向着邻床上的妹妹微笑。手术完毕，男孩声音颤抖地问：“医生，我还能活多长时间？”

医生正想笑男孩的无知，但转念间又被男孩的勇气震撼了：在男孩的大脑中，他认为输血会失去生命。但他仍然肯输血给妹妹，在那一瞬间，男孩所作出的决定是付出了一生的勇气并下定了死亡的决心。

医生的手心渗出了汗，他握紧了男孩的手说：“放心吧，你不会死的。输血不会丢掉生命。”

男孩眼中放出了光彩：“真的？那我还能活多少年？”

医生微笑着，充满爱心地说：“你能活到100岁，小伙子，你很健康！”男孩高兴得又蹦又跳。他确认自己真的没事时，就又挽起了袖管——刚才被抽血的胳膊，昂起头，郑重其事地对医生说：“那就把我的血抽一半给妹妹吧，我们两个每人活50年！”

所有的人都震惊了，这不是孩子无心的承诺，这是人类最无私纯真的诺言。同别人平分生命，即使亲如父子，恩爱如夫妻，又有几人能如此快乐，如此坦诚，如此心甘情愿地说出并做到呢？

鲜活生命 无私之爱 ◎彭月全

读罢《平分生命》，给人印象最深的是主人公——男孩对妹妹的爱，是那样的深切，那样的无私。他说：“那就把我的血抽一半给妹妹吧，我们两个每人活50年。”

本文的主人公最突出的性格特点便是他爱的无私，但作者没有静止地刻画这一性格，为了使人物形象变得鲜活生动，作者紧紧地围绕主人公这一性格元素，采取了变点式的结构来组织情节。作者在文中构造矛盾、制造悬念，使人物的形象更突出。作者一开始就写到因父母早逝，男孩与他的妹妹相依为命。妹妹染上重病，当医生问男孩是否有勇气接受抽血时，“男孩开始犹豫”，怎么会这样呢？因为在男孩认为献血就意味着死亡，但男孩爱妹妹胜过爱自己，10岁的他经过一番思考，“终于点了点头”。没有真爱，焉能如此?！抽血过后，男孩“声音颤抖地”问大夫他还能活多久，当他听到医生说他能活100岁时，男孩高兴得又蹦又跳，又“郑重其事地”对医生说，“那把我的血抽一半给妹妹吧”。至此，悬念才被解开，男孩抽血前的犹豫，之后的颤抖，都是在思考：抽多少给妹妹，才能使她和自己同时活下去呢？男孩爱妹妹真的胜过爱自己！这伟大无私的男孩的形象深深地留在我们的脑海中。

作者对男孩的刻画除了上述的正面描写外，也有精彩的侧面烘托。男孩子问大夫他还能活多长时间，医生还想笑男孩的“无知”，但转念间又被男孩的勇气所震撼，因为在男孩的大脑中，认为输血会失去生命。“医生的手心渗出了汗，他紧握了男孩的手”，并“微笑，充满关心地”告诉男孩他能活100岁！医生对男孩看法和态度的转变，实际是对无私之爱的肃然起敬。牺牲自己，成全别人，我们从男孩的身上感受到人类最无私最纯真的爱。

爱，一个任何时代都不陌生的字眼，一种体现着人与人之间最真挚的情感。

购买上帝的男孩

徐　彦

一个小男孩捏着1美元硬币，沿街一家一家商店地询问：“请问您这儿有上帝卖吗？”店主要么说没有，要么嫌他在捣乱，不由分说就把他撵出了店门。

天快黑时，第 29 家商店的店主热情地接待了男孩。老板是个 60 多岁的老头，满头银发，慈眉善目。他笑眯眯地问男孩：“告诉我，孩子，你买上帝干吗？”男孩流着泪告诉老头，他叫邦迪，父母很早就去世了，是被叔叔帕特鲁普抚养大的。叔叔是个建筑工人，前不久从脚手架上摔了下来，至今昏迷不醒。医生说，只有上帝才能救他。邦迪想，上帝一定是种非常奇妙的东西，我把上帝买回来，让叔叔吃了，伤就会好。

老头眼圈也湿润了，问：“你有多少钱？”“1 美元。”“孩子，眼下上帝的价格正好是 1 美元。”老头接过硬币，从货架上拿了瓶“上帝之吻”牌饮料，“拿去吧，孩子，你叔叔喝了这瓶‘上帝’，就没事了。”

邦迪喜出望外，将饮料抱在怀里，兴冲冲地回到了医院。一进病房，他就开心地叫嚷道：“叔叔，我把上帝买回来了，你很快就会好起来！”

几天后，一个由世界顶尖医学专家组成的医疗小组来到医院，对帕特鲁普进行会诊。他们采用世界最先进的医疗技术，终于治好了帕特鲁普的伤。

帕特鲁普出院时，看到医疗费账单上那个天文数字，差点吓昏过去。可院方告诉他，有个老头帮他把钱全付了。那老头是个亿万富翁，从一家跨国公司董事长的位置退下来后，隐居在本市，开了家杂货店打发时光。那个医疗小组就是老头花重金聘来的。

帕特鲁普激动不已，他立即和邦迪去感谢老头，可老头已经把杂货店卖掉，出国旅游去了。

后来，帕特鲁普接到一封信，是那老头写来的，信中说：年轻人，您能有邦迪这个侄儿，实在是太幸运了，为了救您，他拿1美元到处购买上帝……感谢上帝，是他挽救了您的生命，但您一定要永远记住，真正的上帝，是人们的爱心！

爱心如荷 真情似水 ◎ 张宇翔

曾有一首歌这么唱道："只要人人都献出一点爱，世界将变成美好的人间。"爱，一个任何时代都不陌生的字眼，一种体现着人与人之间最真挚的情感。《购买上帝的男孩》揭示的正是这种情感。

从整篇文章来看，作者以叙述为主，这种表现主题的方式乃是最为普通的。但作者的叙述处处扣住主题，不浪费一点笔墨。开篇即写一小男孩子拿1美元硬币到处购买上帝，一下子就吸引住读者：这孩子买上帝干什么？能买到吗？别人怎么对待他？这一切都给下文埋下了伏笔。接着我们从文章中可知道，小孩购买上帝是出于一种天真、善良且充满爱的幻想——只有上帝才能救得了把他抚养大，至今昏迷不醒的叔叔帕特鲁普。这种真挚的情感，多么令人感动！老头从货架上拿了一瓶"上帝之吻"的饮料给男孩，后来叔叔的伤也治好了，是老头救了他们。

这位老人就是他们的"上帝"。不，应准确地说，爱心才是他们的"上帝"。

本文给读者的收获还不止这些，一篇立意充满哲理的文章会拥有让人无限联想的空间。笔者认为，在目前这个物质化的社会里，不少人认为爱所占有的分量越来越轻了。人们在对待自己的"帕特鲁普"时，更多的是放弃。其实，只要你拿着手中的"1美元硬币"，不断努力，终能找到属于你的"上帝"。让社会的每一个角落充满爱，让"上帝"来到每一个人的身边。平凡的一篇文章，最终告诉读者的却是"爱"这一所向无敌的真理。

作者主要把自己的真实感情投射到当今社会中这种善良、真实的母爱上。这种情感不是肤浅的，它有着道德净化的作用。

我的妈妈很美丽

刘　磊

常言道:儿不嫌母丑,狗不嫌家贫。可新河中学的马小花同学却偏偏讨厌她妈妈长得丑。

也难怪,她妈妈脸庞上有大块大块的像被火灼了似的乌黑印记。大凡见过她妈妈的同学,都被她妈妈脸庞上的印记吓得再也不敢多看一眼。

这天,班主任李老师偶尔听到同学们正在小声议论马小花,说她母亲的形象如何如何丑陋,这立刻引起了李老师的重视。为了配合学校正在兴起的素质教育,上课的时候,李老师着重讲解了“母亲”一词的分量,并临时将课堂作文的题目改为《我的妈妈很美丽》,要求用真情实感写出母亲内心世界的伟大和美丽,不要在外表上做文章。

李老师布置完作业,同学们就全都埋头书写起来。同学们交作文的时候,李老师有意识地检查马小花的作文。没料到,李老师读着读着,竟然被马小花的作文感动得抽泣起来。原来马小花的母亲是在一场大火中,为了抢救国家财产而被烧伤的。面容被毁坏之后,小花的父亲竟然抛弃她们母女,另寻新欢去了。她们母女两人相依为命,生活得非常艰难……

李老师马上叫起马小花，要她在讲台上朗诵这篇作文。同学们在下面听着听着，眼泪就不自觉地簌簌掉落下来。

第二天，李老师和同学们买了鲜花，一起来到了马小花的家，都想看看这位英雄的母亲。

马小花的家非常简陋。李老师和同学们到她家的时候，她妈妈不在家。过了一会儿，她妈妈才背着一大捆破烂回家了。见到家里突然来了这么多人，她妈妈吓得瞪大眼睛问："出了什么事？出了什么事？"

李老师忙说："没有什么事，我们只是想来看看您！"

她妈妈不好意思地说："没事看我干什么？"

李老师又说："我们今天才知道，您脸上的疤痕是为了抢救国家财产而留下的。并且……"

马小花的妈妈突然拉长了脸，问："这是谁说的？"

"这是马小花同学的作文里写到的。"

"唉！"她妈妈长叹一声粗气，说，"我知道小花嫌我长得丑，害得她在同学们面前抬不起头。"

"不，您不要这样说。您这是为了抢救……"

"老师，您不要说了，我这脸上的疤痕是先天性的。根本不是什么为了抢救国家财产留下的！"

"什么？"李老师呆住了，同学们也呆住了，马小花却悄悄低下了头。片刻后，李老师又细声问："这到底是怎么回事？"

"这话说起来就长了。"马小花的妈妈轻轻擦了擦眼角的泪痕，接着说，"我一直不知道我的亲生父母是谁。我听我的养母说，我也是她在垃圾桶旁边捡到的。由于我脸上的疤痕太让人害怕，所以不管我走到哪里，人家都像看怪物似的盯着我。我找不到工作，也没有哪个人愿意要我。养母去世后，我一直都靠捡破烂为生。"

李老师不解地问："那马小花……"

"记得那天夜里，我很晚才回来，刚走到离家不远的地方，忽然听到

路边有个小孩嘶哑的哭声，我赶紧跑过去把她抱了起来。那孩子瘦得皮包骨，并且还发着高烧，我急忙又把她送到医院。经医生诊断，她患了急性肺炎，须住院治疗。我手上哪里有钱，只好偷偷跑到血站卖血……”

马小花听到这里，忙扑向妈妈的怀抱，轻声说：“妈妈，是我不对。”

她妈妈摸着她的头说：“当初我只是想把你的病治好后，就把你送给一户经济条件好的家庭去做女儿，让你吃好一点，穿好一点，今后还能上一流的大学。可娘俩在一起时间长了，妈妈对你有了感情，妈妈舍不得把你送给别人。小花，妈妈对不住你，让你吃了好多的苦！妈妈我……”

马小花急忙抬起手，要为妈妈擦去喷涌而出的泪水，边擦边哭泣着说：“妈妈！是我不好，我哪儿也不去，你永远是我最好的妈妈！你永远是我心目中最美丽的亲妈！”

妈妈把她抱得更紧，控制不住自己，索性放开嗓子大哭起来……

李老师哭了，同学们也哭了。

丑乎美乎 情也爱也 ◎ 邓梅珍

刘磊的《我的妈妈很美丽》的成功之处在于，作者真实地写出了受现代社会污染的子辈，与具有中国传统美德的母辈不同的内心世界。作者主要把自己的真实感情投射到当今社会中这种善良、真实的母爱上。

《我》文主要写马小花因母亲长得丑而讨厌母亲的那种虚荣心，与母亲不惜一切代价奉献自己一生的那种精神形成对比，这就很能突出母爱的伟大。

马小花因为妈妈长得丑而讨厌她，但是在写作文时马小花为了满足自己的虚荣心而撒了一个谎，说妈妈是因为抢救国家财产而毁容。但这个谎言在老师和同学的拜访时被撕破，原来妈妈的丑并不是因为抢救国家财产毁容所致，而是天生的。而且，丑妈妈在谈话中说出马小花的身世以及对她无私付出的一切。这个感人的核心是通过四个写人的细节连接铺陈的，一个善良、伟大的母亲就活现在读者眼前。

作者写人方法的机智还在于他不光从正面叙述那几个材料，而且在对话的过程中还注意人物逼真的外部形态描写，同时伴随着真情实感的流露，比如：丑妈妈回家看到那么多人吓得瞪大眼睛；丑妈妈在讲马小花的身世时，轻轻擦了擦眼角的泪痕；马小花听完妈妈的话后激动地擦去妈妈的泪水等，这些都充分地流露出人物的真情实感。当然，这种情感不是肤浅的，它有着道德净化的作用。因为，它不但打动了我们，而且促使马小花抛弃虚荣，走向善良。这篇文章的高超之处在于平淡之中，更见真情。

毫无保留地把自己全部的爱情都给予，从不去掩饰自己对追求爱情的完美，这是一种淳朴之爱，她能穿越时间、阶层的重重障碍！

爱的方式

段　漠

这是一个人人羡慕的家庭。父母亲在南方一个大城市工作，两人都是高级知识分子。他们唯一的儿子顺利考上了北京大学，并且学的是最好的专业。生活在他们那里几乎是完满的而且洋溢着幸福感。

一转眼男孩上大二了。随着学问一同增进的，还有男孩完善的品格，健壮的体魄，风度翩翩的举止。叔叔阿姨们开始对男孩的父亲母亲提出男孩的终身大事，介绍各自的或亲戚的或美貌或权势或富贵的女孩给男孩父母。

经这么一提醒，父亲母亲觉得怎么这么大的事一直忽略了呢？他们不愿意儿子是只会读书的“书呆子”，错过了一辈子的幸福，一点儿也不愿意。

打电话给男孩时，父母一气说出了自己美好的愿望。不料电话那端传来男孩笃定的决定：爸妈别操心了，我有女朋友了。儿子恋爱了？女孩是什么样的？和儿子相配吗？这一连串的问号搅得父母寝食难安，于是坐了飞机赶到北京。

父母见到了女孩，见到女孩的第一眼他们交换了一下眼色：女孩果然很普通，很一般。可是在自己的父母面前，男孩毫不掩饰对女孩的疼爱，父母便不着痕迹地不愉快地结束了这次会面。

回到家，父母亲寡言少语：是的，他们觉得，至少看起来女孩配不上自己的儿子。

20 年来，对于儿子，他们第一次感觉到了困扰。不接纳女孩，阻挠儿子？可是男孩失去女孩的同时，父母也可能就此失去儿子。他们也就会从此远离了幸福安宁。

两天，一个星期后，父亲慨然作出了决定。他对妻子说：“儿子爱的，我们也得爱！他们俩是同学，一个是班长，一个是团支书，了解该是很深的。我们要相信儿子的选择，女孩看起来是很一般，但儿子爱她，就一定有值得他爱的理由。”果然，男孩郑重其事地写了信来，讲了关于女孩的两件小事。

女孩家在农村，自然没有富裕的金钱供给女孩，但是女孩坦然地面对贫穷，朴素而刻苦。对同学友好温和，对误解的目光不卑不亢。有一天，男孩请女孩吃饭，男孩既然已经明确地表示出对她的好感，就特别渴望尽可能在物质上体贴女孩一点。但是，买单的时候，女孩仍然是像每次那样也掏出了钱，笑着说：“AA 制。”男孩刚要推回女孩的钱，女孩清澈的眼神制止了他。那眼神里，女孩克制、自尊、自爱的庄严情感令他肃然动容。

男孩女孩的学习都很努力。经常一大早到图书馆排队占位置。细心的女孩会一并把两人的午餐也准备好。两个饭盒:红的是女孩的,绿的是男孩的。饭菜简单却有足够的营养,男孩从来就是粗心地只管享受这份体贴,从没发现什么异样。这一早上,女孩忘了东西又回到寝室。男孩接过两个饭盒,站在图书馆门前等她。很偶然地,他好奇地打开了两个饭盒。

这一眼,他的心热热地跳动起来,就在这一瞬间,他认定了:这就是我要找的爱人。

饭盒里是两个相同的面包,不同的是绿盒里的面包中间夹着厚厚一块牛肉,红盒里的面包却什么也没有。对于家境贫寒的女孩来说,一块牛肉是她能默默奉献的全部的爱情。

儿子最后说:爸妈,真正深邃绵长共度风雨的爱情,能够超越美貌、金钱、权势的表象啊!读完信的父亲母亲完全消除对儿子爱情的迷惑,心情回复了宁静的幸福。只是母亲觉得:得做点什么,让儿子感到真心诚意的祝福以及对女孩隐隐的歉意。

爱是付出 爱是理解 ◎ 吴春婷

这是一篇讲如何选择爱的微型小说。选择爱的理由多种多样,有的真挚、完美,有的麻木、放纵。选择爱只有出于真挚、完美,才会给予"爱"之清水,"爱"之和风!

文章一开始就说明了这一家人生活很美满,幸福的花环经常围绕在他们的身边。但是,他们对爱缺少真正的理解。"叔叔阿姨们开始对男孩的父亲母亲提出男孩的终身大事,介绍各自的或亲戚的或美貌或权势或富贵的女孩给男孩父母",从这里可以看出"叔叔阿姨们"对爱情的真谛还没有明了到底,只有麻木地去选择男孩的配偶。"他们不愿意儿子是只

会读书的‘书呆子’,错过一辈子的幸福,一点儿也不愿意”。可以说,男孩的父母对自己儿子是关心的,“打电话给男孩时,父母一气说了自己美好的愿望”。但是,男孩的父母对自己儿子的婚姻是不理解的。急于求成、势利选择,用世俗的眼光去为儿子选择爱情,那肯定是一种麻木。“儿子恋爱了?女孩是什么样的?和儿子相配吗?这一连串的问号搅得父母寝食难安,于是坐了飞机赶到北京”。男孩的父母对儿子的婚姻大事的担心加剧,这是关爱,但更是霸道。“可是在自己的父母面前,男孩毫不掩饰对女孩的疼爱”,男孩表现出对女孩的体贴与呵护,同时也想在父母面前表明自己已经找到了真爱。然而,“回到家,父亲母亲寡言少语:是的,他们觉得,至少看起来女孩配不起自己的儿子”,男孩的父母只是从外表来看待一个人,而不会从内在欣赏一个人,从而导致了“20年来,对于儿子,他们第一次感到困扰。不接纳女孩,阻挠儿子?可能男孩失去女孩的同时,父母也可能就此失去儿子。”父母对儿子是极度疼爱的,但他们不理解儿子的爱。“儿子爱的,我们也得爱”,终于,幸运的是,父母悟出了爱的道理、爱的真谛……是什么让儿子的父母理解了儿子的选择?“那眼神里,女孩克制、自尊、自爱的庄严情感令他肃然动容”。是女孩的自爱、坚强、自力更生赢得了儿子的父母的理解,赢得了自己的爱情。你看,“细心的女孩会一并把两人的午餐也准备好。两个饭盒:红的是女孩的,绿的是男孩的。饭菜简单却有足够的营养,男孩从来就是粗心地只管享受这份体贴,从没发现什么异样”,粗心的男孩“很偶然地,他好奇地打开了两个饭盒。这一眼,他的心热热地跳动起来,就在这一瞬间,他认定了:这就是我要找的爱人。”什么是爱情?“对于家境贫寒的女孩来说,一块牛肉是她能默默奉献的全部的爱情”,是体贴,是付出。男孩的心灵终于找到了真正依靠的港湾,心灵不会再次迷失方向,找到了他的挚爱。毫无保留地把自己全部的爱情都给予,从不去掩饰自己追求爱情的完美,这是一种淳朴之爱,它能穿越时间、阶层的重重障碍!真挚的爱情对男孩来说可以超越一切,儿子最后说:“爸妈,真正深邃绵长共度风雨的爱情，能够超越美貌、金钱、权势的表象啊”。

爱是什么？爱是真挚，爱是诚心，爱是执著，爱是付出，爱是理解，爱是……让我们挽着真挚、诚心、执著、付出、理解去追求清纯之爱，和美之爱吧！

那款款的深情还是穿透字行、跃然纸面，无论是父与女、母与女，还是父与母、婆与媳。

深 情

王 莹

记得我小学4年级时，夜晚总喜欢踢被子，妈妈怕我着凉，常半夜起来为我盖被子。

一次，妈妈在帮我盖好被子时，发现我的头怎么热得像个大火炉似的，就拿来体温计为我测了测体温，怎么这么高啊，“39℃。”妈妈连忙叫起爸爸，爸爸迅速地用被子裹着我把我抱起来送往医院。医生经过一番检查说：“没事，开几付退烧的药，烧就会很快退下来的。”听了医生的话，家人的心才恢复平静。

回到家，奶奶让妈妈去休息，要不然第二天上班就没精神了。妈妈连忙说：“妈，没事，您放心，我明天去单位请个假就行了。”“要不然莹莹由我来看，你先去睡，明天照常到单位上班去！”奶奶和蔼可亲地对妈妈说。“我怎么能让您来为我看孩子呢？您老身体也不好。”妈妈怎

么也不肯。

两天过去了，妈妈除了吃饭，其余的时间都坐在床头看护我，生怕我又出什么毛病。工夫不负有心人，我的烧终于退了，全家都高兴得不得了。可妈妈因为两天来从未合眼而病倒了，爸爸连忙抱起妈妈冲往医院，医生经一番细致检查，确定是腰肌劳损，医生安慰我们道："没什么大碍，只要好好休养很快就会好的。"听了医生的话，我们全家紧张的心才渐渐地平静下来。可我的心却久久不能平静，怎么说妈妈也是因为我而得了这个病的，我真内疚，不知该怎样才能弥补。我便问妈妈："妈妈您需要什么，不要自己起身只要叫我一声，我会帮您办好的。"我细心地对妈妈说。妈妈听了这番话，心里像喝了蜜一样甜，高兴得抱着我哭了，我也哭了。家里人以为又出了什么事，连忙跑上楼来问。一看才明白原来是咱们家的小祖宗——莹莹，长大了，懂事了，懂得去关心别人了。听了大人们这样的称赞，我的心里美滋滋的。

不着一情　满纸是情 ◎ 朱全满

文题记以"深情"，然正文全不着"深情"二字。就初一学生而言，这已是难得，此为本文的一大亮点。虽然如此，但那款款的深情还是穿透字行，扑面而来，无论是父与女、母与女之情，还是父与母、婆与媳之爱。

作者一开始便开门见山，致命式地击中生活万千琐事中的典型事例——女病母忧，彻夜看护。作者以此作为起笔，引发下文，尽写母爱，更以"常半夜"的细节将母爱写到极致——母爱无私——读者阅而流涕。

第二段在第一段的基础上充分展开，成功地引出了"我发烧"这一更典型事例。这看似顺理成章，实为别出心裁。你看，点到即止的心理描写和动作描写很好地写出了家人的无微不至的体贴。而且，描写心理时没有给予华丽的修饰，前后感情的起伏造成了令读者欲罢不能的艺术魅力。

第三段作为第二段的升级，通过婆媳间的简单对话将家人单方面的关怀上升到家人相互的关爱。这里对语言还是不作华丽的雕琢，但从中更可看到真善美的一面。

第四段看似是全文的结束，但作者在叙述上很灵活地虚晃一枪，然后亮出最后一道王牌——作者的自我心理描写——这既是前后感情的反差效果，又是真挚感情的流露。它将一家人相互之间的关怀、体贴与爱心挥洒得淋漓尽致。

末段更是挑战“巧妙”的一段，它不以长篇大论取胜，只以短小精悍动人。

文章自始至终，无以华笔，通篇朴素。笔锋过处，言及要义，虚伪无存。以情贯文，不作矫饰，行云流水，乃是本文特色。

在每一个母亲的心中，儿子无论多大，他永远是自己长不大的儿子。生活的多姿多彩，全是因为母爱的存在。

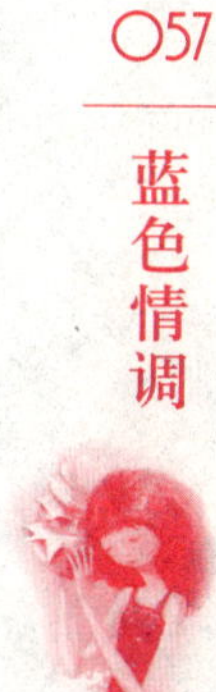

瓶水之爱

马　德

一个不常出差的年轻人这次要出差，是去很远的地方，而且途中还要辗转好多个地方。

临行前，母亲在一旁为他整理行囊，不一会儿，便装了鼓鼓囊囊的一大包东西。他一边翻捡着背包一边露出不以为然的笑意，因为里边除了必要的物品之外可带可不带的东西实在是太多。他对母亲说，出远门，不需要拿这么多东西的。于是，他把母亲装进去的东西又一件一件地拿了出来。他怕伤了母亲的心，每拿出一件的时候，都要简单地解释一下。

到后来，他翻出一瓶水，用很大的塑料瓶盛着的一瓶水，他随即把这瓶水也拿了出来。心想带这个实在没必要，火车站，码头，到处有卖水的地方，一两元一瓶的矿泉水，极便宜的。带一瓶水，多重啊。虽然他依旧是笑着解释不带的理由，但看得出来，他心里多少有些责备母亲在帮倒忙了。

在此之前，母亲一直静静地站在一边，任由儿子把她装进去的东西，再一件一件地拿出来。但当儿子拿出这瓶水的时候，母亲似乎并没有听儿子的解释，便抓起那个瓶子，重新塞进背包里。嘴里念叨着，这个你一定得带上，这个你一定得带上。

母亲还未放妥当，谁知儿子又一次把水瓶扔出来。水瓶落在床上，发出“咚”的一声闷响。带这个干什么，这么重，谁愿意背包！看来他有些不耐烦了。

空气似乎凝滞了一会儿。最后还是母亲打破了这片刻的沉闷，她有些蹒跚地走过去，把那瓶水又重新装进了包里。说，还是带上吧，重就重些，这次你去的地方远，妈怕你水土不服，特意为你装了一大瓶家乡的水。

母亲接着说，在你很小的时候，第一次带你回东北的老家，你却闹起了肚子。那时候妈妈不懂，害得你闹肚子好长一阵子，人也瘦了许多，后来，听说这叫水土不服。老辈人讲，到了一个生地方后先喝几口家乡水，情况就会好些，妈把这话牢牢地记在了心里。以后再带你回爷爷家，妈在大背包中，总忘不了带上一大瓶家乡的水。别说，这一招还真管用。现在你大了，水土不服的毛病早就没有了。可妈好像改不了“老毛病”，一听说你要出远门，就又为你准备下这瓶水，心想带上终归没有坏处的。

这次儿子没再拒绝，泪眼婆娑地看着母亲为他所做的一切。

我们或许并不是每时每刻都能意识到，平淡的生活中其实蕴藏着许多爱的细节。它琐碎、细小，像一丝风，似一缕雾，淡淡的，藏在生活不起眼的某个环节上。或者说，它更像是一滴水，早已默默地渗透在了生活的深处。可惜，活得很粗糙的我们，往往感受不到。就像这瓶水，我们更多的时候只把它简单地看成了一瓶水，殊不知，在水的晶莹中，蕴涵着母亲那玲珑剔透的爱心。

瓶水之爱 慈母之心 ◎ 吴春婷

《瓶水之爱》从另一种角度写了母爱的伟大，让我们感到人世间每一件小事情都蕴涵着深奥的秘密。

一个不常出差的人将要出差。在他出差前，母亲在一旁为他精心整理行囊，从这里可以看出母亲对儿子远行的关心和挂心。当儿子在包中看到一瓶水时，他不理解母亲的用意，便从包中拿出来，母亲坚决把它放在行囊中并唠叨着：“这个你一定得带上。”儿子并不明白这瓶水承载了母亲怎样的慈爱、期望和牵挂。母爱的光泽很多时候不是在轰轰烈烈中表现，更多的是从琐碎的东西中闪现。而未经世事的年轻人，如何能理解母爱的这种细腻和深沉？！

在这之前，母亲静静地站在一边，任由儿子把她装进去的东西一件件拿出来。从“静静”可以看出，当时母亲对儿子的做法感到不高兴，但还可忍耐。但当儿子拿出那瓶水的时候，母亲再也忍不住了，不管儿子怎样解释，都坚决要求儿子一定把这瓶水带去出差。瓶子里装的与其说是家乡的水，倒不如说是沉淀着母亲浓厚的爱的水；出差带水与其说是解喉口之渴，倒不如说是解思念之渴。儿童时回东北老家，因水土不服，弄得肚子疼痛不已，对母亲来说，这是从来不会忘记的。试想，如果没有爱，哪会有这种犹新的记忆？

每一个母亲对儿子的关心和照顾都是无微不至的。《瓶水之爱》没有从大处下笔拓开去写，仅仅从一瓶水着手，写母之爱，写母之念，写母之慈。年轻人一开始并没有理解母亲这么做的用意，说明了年轻人对母爱只有享用，不会理解，更谈不上回报，当然他也不会认真去思考过。母亲总是付出，而且不在意回报，这就是母爱的伟大。

母爱是深沉的，而且日久弥坚。在一个母亲的心中，儿子无论多大，他永远是自己长不大的儿子。生活的多姿多彩，全是因为母爱的存在。

残疾人能忘掉自己的痛苦去帮助别人，这些行为本身就体现了一种动人心弦的人生价值和人格力量。

擦鞋合同

一 冰

张志林中专毕业后，长期找不到工作，邻居李大婶给他出了一个擦鞋的主意，张志林只有咬咬牙，上街擦皮鞋。

第一天上街，张志林很不好意思。拎着擦鞋工具躲躲闪闪，直到中午也没擦到一双鞋，饥肠辘辘地在街头徘徊，终于痛下决心，从街两边的店铺挨个寻找生意。

张志林路过一家书店，鼓足勇气走进去。书店不大，四壁摆满了书，30 岁左右的女老板正静静地看书，他问："大姐，要不要擦鞋？才 5 角钱，不贵的。”街上擦皮鞋的都是1元钱。

女老板放下书，认真地打量他一下，然后伸出手向屋里一指，笑着说：“床边有一个床头柜，上面有一个鞋盒，你把鞋盒里面的鞋拿出来擦擦。”张志林很快拿到鞋：“大姐，这双鞋还没穿过，不用擦，有没有穿过的鞋？”

女老板说：“这双鞋买回来还没上油，就擦这双把。”张志林只好拿出工具，认真擦起来。不一会儿把红皮鞋擦得油亮油亮的。

女老板小心翼翼地捧着红皮鞋，像对待一件容易破碎的珍宝，拿出一张百元大钞，递给他，张志林一见这么大的钱，手足无措地说：“大姐，我今天是第一次出来，没带零钱。”

女老板轻轻笑了，双手抚摸着百元大钞：“小兄弟，我跟你定个口头合同，行不行？”张志林忙问：“啥合同？”

女老板说：“这100块钱，请你每两天过来一次，给我擦100次鞋，行不行？”张志林接下钱。心里暗暗决定，无论如何，一定要每两天来给女老板擦一次鞋，不能失信于人。他信心百倍地沿街往下走，挨门问人家：“老板，擦皮鞋吧，5角钱。不贵的。”很幸运，张志林接下来又擦了好几十双鞋，到晚上算算账，不算女老板的100元，还挣了20多元。

第二天，张志林照昨天的办法跑了另一条街，挣了30多元。

第三天，他按约又到书店。女老板从柜台后面递出皮鞋，仍是那双红皮鞋，但根本没穿过。张志林知道女老板是想照顾自己的生意，只好再擦一遍。不过这次他擦得仍十分仔细，连鞋缝合处的灰都擦干净了。张志林擦鞋的时候，偶然抬头看了一眼女老板，只见她呆呆地盯着红皮鞋，眼睛里仿佛还噙着泪水。他吓了一跳，但他不好问什么。

又过了两天，张志林去书店，女老板还是拿出那双红皮鞋让他擦。张志林再也忍不住：“大姐，我知道您是想帮助我，但您这双鞋已经不用擦了。我还是过几天等你穿脏了再来吧。”说完，张志林转身就要走。

女老板诚恳地说：“小兄弟，你也看得出来，这种鞋只有婚礼上才能

穿，这就是我结婚那天穿的鞋。我想让它永葆青春，记住那个难忘的时刻。”原来这双鞋凝聚着她一生的美好回忆。张志林点点头，答应了她的要求。

从此张志林风雨无阻，隔天都要来为女老板擦一次红皮鞋。不知不觉，一年过去了。

由于张志林的勤奋，他很快有了积蓄还清了欠账，又谈了个女朋友。因为他长期擦皮鞋，对鞋子的皮质，式样有了研究，女朋友建议他开个皮鞋店，张志林想想也是，总不能一辈子都擦皮鞋。鞋店开起来后，张志林特意挑选了一双最漂亮、最新潮的女式皮鞋，准备送给那个女老板，以感谢她对自己的帮助，并再为女老板擦最后一次皮鞋。到了书店，仍和往常一样认真地擦过皮鞋后，他拿出一双新皮鞋：“大姐，是您鼓励我走上了再创业的道路，为了表达我的感谢，特意给您买了一双鞋。”

女老板仔细端详着新皮鞋，眼里渐渐有了泪光：“谢谢你的好意，可惜，不论什么鞋子对我都没有用了。”张志林奇怪了：“为什么？”女老板苦涩地微笑一下，说：“这一年来，你什么时候见我站起来过？”张志林吃了一惊，走向柜台一看，女老板原来坐在一个轮椅上，而她的双脚，只剩下两截空空的裤管！女老板平静地说：“我的脚在 3 年前就没有了。”

“大姐——”张志林惊呆了。他的脑子里嗡嗡作响，不知该说什么才

好。他为一个没有脚的人擦了一年的皮鞋！是一个没有脚的人指引他站了起来。

施而不骄 贵在真诚 ◎ 豆小惠

《擦鞋合同》叙述了一个有一定时间跨度的故事，写了男主人公张志林从无奈待业到成功创业的生活片断。

整篇文章抓住了张志林与卖书女老板定下口头合同为女老板擦鞋这个细节进行反复的渲染和铺垫展开。作者利用擦鞋来制造悬念，并通过反复渲染擦红皮鞋来进一步强化悬念。作者设下“圈套”，让读者对反复擦红皮鞋的情节发展和对故事的最终结局有许多推想和猜测：女老板为什么总让他擦同一双没穿过的红皮鞋？难道她没有别的脏鞋了吗？……故事的精彩之处在于作者将释消悬念的情节来个180度大转弯，结尾出人意料——张志林为了感谢女老板对他的善意理解、对他的支持帮助，在鞋店开业后送给女老板一双最漂亮、最新潮的女式皮鞋，这时才知道女老板是一个3年前就已没有了双脚的残疾人！一个善解人意的女性形象顿时跃然纸上。

这篇作品的意蕴包含着一种深刻的生活本质，张扬了一种人性美的东西。张志林作为一个待业的失落青年，最后有了自己的鞋店，拥有了新的生活和新的人生。而获得成功的动力是什么呢？是一个残疾人给予他的支持、帮助和鼓励。一个残疾人能忘记自己的痛苦，去支持、帮助和鼓励别人，这些行为本身就体现了一种动人心弦的人生价值和人格力量。

《擦鞋合同》设置了一个“反转突变”的情节，前面通过对同一双干净红鞋擦拭的反复渲染，设置悬念，紧紧扣住读者的探究心理，引导读者步步深入主题的所在。然后在故事的高潮之处，才对悬念释消。这样，所产生的情感冲击会给读者的心灵造成极大的震撼。这也是文章构思的巧妙之处，故事能使人深深思索，久久回味。

眷恋家就像眷恋母亲的怀抱，让我们感到的是一种充盈的深情和深深的感动。

回　家

洪　玲

爹说：先子很狠心。

娘说：先子再也回不了家了。

先子年少时正是过去那个年代。那时候，先子在这个城市的另一个区上中学，离家 30 余里地，公共汽车要 1 角 2 分钱的车票。每个星期日，先子都要风雨无阻地乘车赶回来。每到那一天，先子的弟弟和妹妹，都会早早地站在家门口，等先子回来，好一起热热闹闹地吃一顿比平常略微强一点的饭菜。第二天，再让先子哥领着到郊外的小河滩里去玩去疯。

就有那么一回，爹对先子说："先子，你……你以后不到过节，放长假，平常就不要回来了……"

爹说得挺犹豫。先子知道，爹每月工资 46 元，自己还有两个哥哥，都很爱自己，双双在外地上大学，娘又没工作。先子每个星期的来回路费，2 角 4 分钱，对这个家庭着实有些重要。

先子连着两个星期没回家。

又是一个星期六，天已经很晚了，风刮得很大。先子突然回来了。先子就气喘吁吁地说："爹，娘，你们别不高兴，我没坐汽车，我是跑着回来的。”

爹和娘一时无语。

过后，娘赶忙给先子做饭，热几个掺菜叶的窝头，再做一锅玉米面疙瘩汤，想想，又狠狠心放了一勺荤油，很幸福地看先子吃得很香的样子。

就这样，日子向前滑过很长的一段。

又有那么一回，娘思虑很久，还是对先子说：“先子……孩子，这样还是不行啊，你看你的鞋，过去半年一双，现在两个月就得一双……”

先子又是几个星期没有回来。

先子再回来时，天寒地冻。娘老远就看见先子赤着双脚，一双鞋套在手上，裹一身寒风跑回来。

娘愣住了。爹愣住了。

先子看着爹娘，怯怯地说：“我没有穿鞋，我是光着脚跑回来的。”

娘猛地搂住先子，紧紧搂住，红着眼睛，流泪。爹转了身去，走到屋外，外面很冷，爹站在院里一动不动。

这些都是许多年以前的事情了。

现在的先子已近中年。现在的先子是一名警察。

每到周末，先子的父母家很是红火热闹。哥哥、弟弟和妹妹都会带着人来看爹娘，老少三辈10多口人，围在一张丰盛的大餐桌旁……亲情洋溢，其乐融融。

可先子却极少来，倒是先子的媳妇常领着女儿，拎着一堆花花绿绿的营养品来，说是先子让带来的。

有时候，娘忍不住问爹：“原先天再冷，光着脚走再远的路，先子也要回家。可如今生活好了，先子怎么不回来了呢？”

爹就会对娘说：“你又不是不晓得，先子是警察，工作忙哩。”

后来，就有那么一回，在制止一次突发的暴力案件时，先子受了重伤，当时就有些不行了。送医院的路上，先子拉着战友的手，说：“我想回家，看我娘……我4个多月没能回家了……”说完，就真的不行了。

娘哭,爹也哭了。

亲戚朋友也都哭。后来,就不得不忍着悲痛劝花甲暮年的爹和娘,先子没给您二老丢脸,先子是烈士……

爹呜咽:"先子是好样的,可先子再也回不成家了……"

娘却说:"不,先子永远回家了,再也不走了!"娘紧紧地抱着先子的遗像,泪珠儿滴滴掉在先子的脸上。

大家责己 小家在人 ◎ 梁翠霞

《回家》向我们讲述了一段割舍难忘的亲情:"回家多好啊!"眷恋家就像眷恋母亲的怀抱,让我们感到的是一种充盈的深情和深深的感动。

家是温暖的,是充满温馨,充满亲情的栖息之地,一个人如果没有家的感觉是孤独的,凄凉的,甚至是悲哀的,无望的。作者对回家的渴望在先子身上淋漓尽致地描述出来。先子在每个星期日都风雨无阻地乘车赶回家,为了节省来回"2 角 4 分"的车费(这对于拮据的家庭很重要),先子连续两个星期没回家,可是最终耐不住心中的渴望,又连夜气喘吁吁地跑回家,重温家中的温情,幸福地吃着玉米面疙瘩汤。又为了节省一双鞋,几个星期不敢回来,但最终耐不住心中的空虚、焦灼,不管天寒地冻,不惜赤着双脚,裹一身寒风跑回家。先子对家的强烈爱恋由此可见一斑。

家是什么?家,是心灵的港湾,一切都无法挡住心灵向往的地方!家,是每到周末都亲情洋溢,其乐融融的地方。先子对家的挂念是无时无刻不在的。即使是在临死之际,也是念念不忘:想回家,看我娘。先子在生命的终端,牵挂的还是对回家的渴望,对回家的爱恋!

但是,一个爱家胜过爱一切的人,工作之后不能回家,为什么?为了"大家"的平安,牺牲"小家"的温馨也!这是一种伟大的人格魅力,也正是这种魅力,才能产生震撼的力量。作者前面以大量笔墨描写先子回家,后面以一个惊心动魄的牺牲结尾,目的就在于有力地衬托了这样一个忘我工作，为大家，舍小家的公安干警形象。一个对家梦牵魂绕的人不能回家，使读者领略到什么叫“为公忘私”，这也是令我们的心灵震撼不已的核心。

学会聆听，世间就会多一些美丽；学会聆听，我们就会懂得生活是多么美好；学会聆听，生活中就会少了很多抱怨。

午夜电话

[美]利斯蒂·克雷格

我们都知道午夜的时候突然来一个电话会是什么样的感觉。这个午夜电话也是一样。我一听到电话铃响，就立刻从床上爬起来去抓话筒，同时看了看墙上的红色数字。午夜。当我抓住话筒的时候，各种各样的恐慌想法充斥着我睡意蒙□的大脑。

“你好？”

我的心突然沉重地一跳，下意识地把话筒握得更紧些，眼睛注视着我的丈夫，此时，他正把脸转向我这一侧。

“妈妈？”由于静电干扰，我几乎听不见电话里的低语声，但是我立即想到了我的女儿。当电话另一端那个年幼带着哭泣腔的绝望声音变得越来越清晰的时候，我伸手握住了丈夫的手腕。“妈妈，我知道现在已经很晚了。但是，不要……不要说话，听我说完。在你问话之前，是的，我喝了酒。我一路驾车回来，跑了好多英里的路……”

我猛吸了一口凉气，松开丈夫的手腕，把手覆在前额上。睡意仍然搅扰着我的大脑，我努力压抑住内心的恐惧。有什么事情不太妙。“我很害怕。我所能考虑的是如果警察对你说我已经死了，这会对你造成多大的伤害。我想……回家。我知道离家出走是错误的。我知道你很为我担心。我几天前就应该给你打电话了，但是我害怕……害怕……”极度压抑着痛苦的啜泣声通过话筒灌注到我的心里面。我女儿的面孔立即浮现在我的脑海里，我睡意蒙口的意识变得清晰起来：“我想……”

“不！请让我把话说完！我请求你！”她恳求道，声音里没有太多的愤怒，但充满了绝望。

我住口不言，开始考虑该说些什么。这时候，她继续说：“我怀孕了，妈妈。我知道我现在不应该喝酒……尤其是现在，但是我很害怕！”声音再次中断了，我咬着嘴唇，觉得自己的眼睛湿润了。我朝丈夫看了看，他正静静地坐在那里。他问：“是谁？”我摇摇头，因为我不知道该如何回答。他跳下床，走出房间。几秒钟后拿着一台手提电话回来了。他把电话贴在耳边听着。她一定听到电话里的咔嚓声了，因为她问：“你还在听吗？请不要挂断电话！我需要你。我觉得很孤独。”我抓着话筒，注视着我的丈夫，寻求指导。“是的，我在听，我不会挂断的。”我说。“我早就应该告诉你，妈妈。我知道我应该告诉你。但是我们一谈话，你就只是告诉我应该怎样做。你读过所有关于如何处理事情的小册子，但是一直以来，都只是你一个在说。你从不肯听我说。你从不肯听我告诉你我的感觉，好像我的感觉一点也不重要。因为你是我的母亲，你认为你知道所有的答案。但是有时候，我不需要答案，我只想有人听我说。”

我觉得喉间哽着一块硬块，眼睛注视着床头柜上放着的那本打开的《如何跟你的孩子交谈》的小册子。“我在听着呢。”我轻声说。

“你知道，我驾车回到这条路上来，才开始想到我的孩子，想保护他。接着，我看见这个电话亭，我仿佛又听到你说不应该喝酒，更不应该酒后开车的话。于是我叫了一辆出租车，我想回家。”

“你做得很对，亲爱的。”我说，我觉得心里的痛苦有所减轻。我丈夫坐得离我更近一点，把他的手指插进我的手指中。我从他的触摸中知道他心里想的和我一样，并且认为我说的恰到好处。

“不过你知道，我认为我现在能开车。”“不行！”我猛咬了一下嘴唇。我的肌肉变得紧张起来，我紧紧地握住丈夫的手，“你要等出租车来。在出租车来之前不要挂断电话。”

“我只想回家，妈妈。”

“我知道，但是为了你的妈，你必须这样做。请你等出租车来。”

我听到电话里一片沉寂，心里很害怕。我听不到她的回答。我咬着嘴唇，闭上眼睛。无论如何，我必须阻止她亲自开车。

“出租车来了。”

仅仅在我听到电话里有人叫出租车的那一刻，我才感到如释重负。“我回家了，妈妈。”我听到电话咔嚓一声挂断了，接着话筒里一片寂静。

我下了床，眼里盈满了泪水。我走到客厅里，来到我的16岁女儿的房间里，黑暗、沉寂笼罩着房间里的一切。我的丈夫来到我身后，用胳膊搂着我，他的下巴贴在我的头顶上。我擦去脸颊上的泪水：“我们必须学会聆听。”我对他说。

他把我的身体扳过去面对着他：“我们会学会的，你就瞧着吧。”然后他把我拥进怀里，我把头伏在他的肩膀上。我任由他抱着我。过了一会儿，我站直身子，注视着女儿的床。他深思了一秒钟，然后问道：“你认为她会知道她拨错号码了吗？”

我看着我们熟睡中的女儿，然后转向他说：“也许这并不是一个拨错的号码。”

“妈妈，爸爸，你们在干什么？”女儿的声音从棉被底下传出来，有点模糊。女儿从床上坐起来，我走到她的床边。“我们正在练习。”我回答。“练习什么？”她咕哝了一句，又躺了回去。她的眼睛很快又闭上了。“练习聆听。”我轻说着，用手抚摸她的脸颊。

学会聆听 学会生活

◎ 梁海俏

《午夜电话》以一个拨错的电话揭开序幕。女主人公在午夜接到了她“女儿”的电话。女儿哭诉了她离家出走的后悔、害怕和怀孕的错综复杂的心情，她在酒后开车中又意识到应该保护自己的孩子，同时又想到妈妈的叮嘱，于是就想叫一辆出租车回家。看到电话亭后，就打电话回家向妈妈诉说自己的遭遇。其实，正是那个女孩的妈妈的不恰当教育而使她走向了歪道。大人们总觉得自己是对的，一味地要求儿女们这样做那样做，却从不肯听儿女说说自己的心里话，使儿女们心中有了过多的压抑，致使离家出走。女主人公设法缓和“女儿”的情绪，从电话里倾听的苦衷，以一个妈妈的态度对待“女儿”，使她一吐为快，以便安心地回到家中。由此也启发了女主人公，含着泪对丈夫说：“我们必须学会聆听。”

作者以奇巧的构思，表现出一个社会问题：父母应怎样与子女沟通，应以怎样的方法教导孩子？

这是一个拨错了的电话，却给了主人公和我们读者无限的启示：在人与人之间的交际中，我们应该学会聆听。学会聆听，世间就会多一些美丽；学会聆听，我们就会懂得生活是多么美好，我们就会懂得享受生活、珍惜生活；学会聆听，生活中就会少了抱怨，少了失望，少了伤心的泪水……

作者采用鲜明的对比手法，烘托了人物的形象，电话中的“女儿”和睡在床上的女儿，女主人公与电话中的“女儿”的亲生母亲，虽然另一个母亲的形象在文中没有出现，但通过“女儿”的痛诉，她那种专横的形象便昭然若揭，读起来不由令人心酸。

这本是一个拨错的号码，但女主人公却说：“也许这并不是一个打错的电话号码。”如果“女儿”的电话没有打到她家中的话，也许就不会了解到做母亲的应学会的东西：多一些理解孩子们的想法，多一些聆听他们的心里话。

母亲在我们气馁时鼓励我们，骄傲的时候告诫我们，伤心的时候安慰我们；而从来不会让我们看到她的苦恼、悲伤、哭泣。

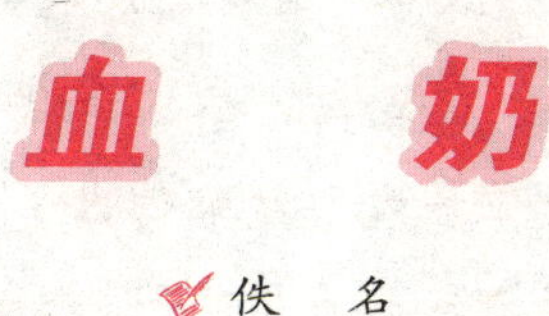

血　奶

佚　名

当年唐山大地震，有一位年轻的母亲正一边织毛衣，一边用脚踩着摇篮逗她仅五个月的宝贝女儿。

天崩地裂的一刹那，母女一起坠入黑暗无边的废墟，所幸是母女俩都完好无损，惊吓后的孩子在母亲怀里睡着了，醒来后啼哭不止。母亲知道她是饿了，忙开怀喂奶。一天一夜后滴水未进的母亲奶水枯竭，孩子的哭声越来越弱，绝望的母亲这时触摸到毛衣针，心里猛地一动，用衣针刺破手指，塞进孩子嘴里。

一周之后，人们发现了母女，孩子一息尚存，小嘴仍吮着母亲的手指头，母亲气绝。人们惊奇地发现，母亲的个个手指头都有一个小破洞，脸色像雪一样洁白。

年轻的母亲为孩子流尽了最后一滴血奶。

血浓于水　爱浓于血

◎谭　洁

有的人一生中经历过很多轰轰烈烈的事情，感动于很多惊心动魄的

故事，而最能令天地为之动容的，应数伟大的母爱。母爱是航灯，引导一只只迷茫的小船归岸；母爱是星星，频频散发着迷人的光辉。在无际的大海中，在浩瀚星河里，我看到了一盏很亮的航灯，一颗很大星星，这就是《血奶》。

《血奶》使我再一次感受母爱的伟大。在一次地震中，一对母女被埋在废墟里，女儿因肚饿而哭泣，此刻母亲却已奶水枯竭，在这种情况下母亲毅然用毛衣针刺破自己的手指，让女儿汲取自己的血来维持生命。等救援人员救出她们时，母亲已经死亡，女儿却仍剩一口气。

多么伟大的母爱！一位伟大的母亲付出了自己的生命，使儿女获得了第二次生命。这也许是源于母亲的本性，然而，使我想起很多。

在现实生活中，我们有许多人漠视母亲的付出，嫌弃母亲的贫穷、衰老，认为她的存在对自己是一种负担，而丝毫没有想过母亲为他们的成长牺牲了多少。他们也不曾想到是谁生育了他们，是谁抚养了他们。

有的母亲忍辱偷生，为的是什么？还不是为了自己的儿女能健康生长；有的母亲日夜操劳，为的又是什么？还不是为了望子成龙，望女成凤，可我们用什么来报答她们呢？如果现在问一些人说："你长大后会怎样报答你的母亲？"可能很多人说得都很动听，但是，母亲需要的是儿女们的实际行动，而不是虚渺的承诺。

母亲是什么？母亲是在我们气馁时鼓励我们的人，是在我们骄傲时提醒我们的人，是在我们伤心时安慰我们，陪我们哭，陪我们笑的人。即使我们曾经堕落，母亲也不会放弃我们，而是想方设法让我们重新振作起来。因为她是我们的母亲，我们是她的儿女。一个母亲是不会轻易放弃自己的儿女的，即使是非常痛苦的事情，她也会默默地承担下来。她把伤心的事藏在自己心中，把快乐的事展现在我们面前，尽量不让我们看到她苦恼、悲伤、哭泣。

可是，又有几个人能理解母亲内心深处的孤独与无助？母亲需要我们的也许仅仅是体谅和理解。这样做，也许是对她最大的回报吧？做母亲是一件幸福的事，同时也是一件艰难的事，当我们长大成人时，我们就有责任让她每一天的生活都充满欢乐。

这种敢于挑战命运的精神，是强者内心深处的呼唤，是强者灵魂的呐喊！

孝女绳

陈伟克　栖　云

每天清晨5时，城市里的绝大多数人还在酣睡。在一间10平方米的简陋小屋里，两张单人床之间的一根细细的绿色尼龙绳动了动。于是，一个小女孩醒了，她是被系在脚腕上的绳子拉醒的。女孩强迫自己睁开惺忪的双眼，利索地穿衣起床，新的一天开始了。她熟练地浇水做饭，服侍爸爸洗漱完毕，吃好早饭，准备好爸爸服用的药物和午饭，然后又匆匆忙忙地去上学。

女孩叫李根，是一个五年级的小学生。李根的童年浸满了泪水，爸爸李太允因患严重的肺病导致一侧肺坏死、两耳失聪、语言能力基本丧失，长期卧床不起。妈妈不堪重负悄然离家出走。从此，李根细细的尼龙绳传递着父女之间的信息，也维系着深深的父女亲情。

为了给爸爸治病，家里花光了所有积蓄，还卖掉了房子，好心的亲戚借给他们一间10平方米的小屋，才使父女俩结束了居无定所的生活。

放学后，李根放下书包，麻利地洗菜做饭，喂爸爸喝汤。之后，挽着爸

爸出去散步，回来后，又烧水给爸爸擦洗身子，清洗换下的脏衣裤，等一切家务活都干完之后，已经是晚上 11 点钟了。李根开始打开书包做作业、看书，午夜一点，她把一根细细的尼龙绳拴在自己的脚腕上，另一头连着爸爸的床头，然后轻轻入睡。

这根细绳是父女俩传递信息的工具，自从爸爸变成聋哑人后，李根和爸爸之间的交流只能通过笔和纸，时间长了，她发现这种方法也不好：爸爸半夜咯血，需要扎针吃药，就不得不起身，一点一点挪到李根的床前叫醒她。聪明的李根想出了一个绝妙的主意：她找来搬家时用过的尼龙绳，一头系在自己的脚腕上，一头系在爸爸的床头。这样，半夜爸爸可以拽动绳子叫醒李根。

望着这根凝结着女儿许多心思的"孝女绳"，李太允常常含着泪水不忍心去拽它……

李根心里有一个永远也解不开的结。那天，她放学回家，爸爸递给她一张字条，上面是妈妈的笔迹："我挣钱去了。"李根一声不吭，只是默默地做完了平日里妈妈做的所有家务。

以前她只是妈妈的帮手，现在，李根忽然成了家庭的轴心。

在突然降临的灾难面前，许多成年人往往会退缩、会绝望，然而灾难却造就了小李根顽强、忍耐、执著的性格；不幸的遭遇使李根过早地咀嚼了人生中最苦涩的滋味。然而，在灾难面前，小李根却是那样坚强、沉着。她几乎是在一夜之间长大了。

的确，生活磨难并没有阻止李根求学的步伐，5 年来，从第一学期到第九学期，她捧回了 9 张"三好学生"的奖状、9 个"优秀学生干部"的荣誉证书……

在师生们眼里，李根是一位懂事又稳重的好学生。她的学习条件很差，但她的成绩很好；她的衣服很旧，但她洗得很干净。同学们记得放学回家的路上有几个水果店，几个卡通屋，而她心里最清楚的是经过几个垃圾箱。校门口，小同学扑在大人怀里撒娇、亲亲热热，李根形单影只，独自走在回家路上。今天她得在回家路上拣一些值钱的东西换些零钱，因为病重的爸爸已经好几天没吃到一点青菜了。

她用从垃圾箱里捡来的3个易拉罐、两个空酒瓶卖了7毛钱，在菜市场买了一个鸡蛋、一个西红柿，她想给爸爸做一个西红柿蛋汤。

李根不但要照顾爸爸的起居生活，还要兼做爸爸的护士。去年的夏天，天格外热，爸爸身上长了疮，李根一天几遍为爸爸翻身擦身，一刻不停地用蒲扇替爸爸降温。有一天早晨，爸爸从阵痛中醒来，刚想拉那根细绳，却发现女儿又困又累几乎处于昏迷状态，可手中的扇子却一直摇着……那天，李根意外迟到了，为了赶走瞌睡，她竟偷偷用小刀刺自己的腿，鲜血浸湿了她的裤子，也浸湿了学校师生的眼眶……

在李根的记忆中，1997年的春节是最凄凉的。妈妈走了一年多，她多想妈妈呀！她常常一个人默默地来到火车站的出口处，痴痴地望着熙熙攘攘的人群，她盼望妈妈能奇迹般地出现在她的眼前，可是，好多天过去了，李根只能在梦里和妈妈"见面"。她知道，爸爸也很想念妈妈，爸爸忧郁地望着门外的眼神明明白白地诉说着这一切。李根不敢说出来，只能把心里话写成作文，投到《希望周报》。大年三十，李根买了半斤猪肉、一棵白菜，一个人包着饺子。门外，爆竹"噼噼啪啪"的震耳欲聋；门内，父女俩相对无言。新年的钟声响了，李根从书包里拿出一双白袜子（这是她用4元钱稿费买的），连同一张写着"祝爸爸新年快乐早日康复"的字条递到爸爸面前。望着辛劳而孝顺的女儿，爸爸的鼻子酸酸的。除夕夜，父女俩抱头痛哭。

日复一日，细细的绿色的尼龙绳在那间小屋里一次次被牵动，女儿的坚韧、勇敢和关怀就在这一次次牵动中为病弱的爸爸注入生命的能量。这不是一根普通的绳啊，这分明是女儿用血汗和亲情编织成的"孝女绳"。

孝子之绳　赤子之心 ◎ 朱博全

在一间又窄又旧的屋子里，一个被生活重负折磨得面黄肌瘦的小女

孩，正在那里不停地料理着家中的一切——她，一个既平凡而又不平凡的女孩——李根。李根是一个不幸的女孩，命运之神过早地把灾难降临到她的身边。在李根读五年级时，家庭经济困难，父亲重病卧床，母亲又因不堪重负而离家出走。从此，整个家庭的重担便狠狠地压到李根稚嫩的肩上。但年幼的李根并不因此而绝望，坚强的她毅然站了起来，在她坎坷的人生道路上画下一个又一个凯旋的惊叹号……

已经记不清读过多少遍《孝女绳》了，只知道它带给我的震撼和思考，总是那样的强烈，总是那样的深刻。当这沉重的书页再次被合上时，李根那倔犟的身影无论如何也挥之不去。多伟大的女孩！是的，面对绝望的她，从来不曾怨恨，不曾逃避，不曾自暴自弃。她是多么坚强，她才是生活道路上的真正强者！

面对困境，是弃械投降，还是接受挑战？想到李根那股不屈不挠、不折不扣的精神，我明白了答案。敢于挑战曲折的命运，那是强者内心深处的呼唤，是强者灵魂的呐喊！

我在心里默默地说：老师，请收下这棵感恩的生灵。

感恩草

佚　名

我一直很害羞。

害羞是一种病。

我很早就患上了这种病，是一种对陌生环境的畏惧感。

多动症让我无来由地在课堂上说跑就跑，老师们都拿我没办法。他们唯一能做的就是把我的母亲叫来训一通。说实在的，每次看到母亲灰溜溜的脸，我就会沾沾自喜，谁让她不告诉我父亲是谁，谁让她叫我没有一个固定的家，没有一个固定的学校。过不了多久她就要换一个地方，我的学校也随着家的搬迁不停地变动。

生活没有什么乐趣，大多数的时候没有人来看我，我曾经有过几个朋友，但很快就失去了联系。我一直没有认识到一个真正的朋友，没有遇见一个我喜欢的老师。我因孤独而哭泣的时候比其他任何人都多。

母亲也想改变我，设法让我平静。她买回了一些花花草草放在阳台上，让我放松心情。一天下午，我走出房间给花浇水，我听见外面有人在叫我。我的第一反应就是赶快躲开，直奔我的房间，“咣”的一声把门关上。忽然，一个轻柔的声音传了过来：“你好，邵阳，一个男子汉用这种态度迎接客人是不礼貌的。”我仔细一听，原来是我的班主任李老师家访来了。

“切，我刚 13 岁，怎么就成男子汉了！”我冲着外面喊。

她听到我叛逆的回答，并没有生气，也没有离开，她接着说：“邵阳，你知道植物也会笑吗？”

我不屑地说：“鬼都不信。”

她笑了笑，说：“植物和人一样，真的会笑，不信你出来看一下呀。”

由于强烈的好奇心，我把门打开一个小缝儿。我看见李老师站在外面，笑吟吟地看着我。她指着我刚刚浇过水的海棠说：“看，这几朵海棠就一直笑着，你天天给它们浇水，难道没发现吗？”她又指向一株刚刚开花的杜鹃说：“你看，它笑了没有？”我情不自禁地笑出了声，旋即又羞红了脸。这是在我记忆中最快乐的一个下午，因为我好久都没有笑过了。

李老师用了很长的时间来了解我，她的宽容和温和让我渐渐能够安静地坐在她身旁听她讲话。有一次，她把自己的经历讲给我听。她在很小

的时候就被父亲抛弃了，和她一同被抛弃的还有她的母亲。那天，当她看见父亲提着大包小包离开她们的时候，她像过节一样快乐，因为从此再也没人打骂她和妈妈了。当时，我惊讶得说不出话来。她的童年生活竟然和我如此相似。经过两个多月积极的交流，我的自闭症有了很大的好转，不久，我还交到了几个志趣相投的好朋友。在我的英语成绩糟透了的那些日子里，李老师每天逼迫我问她三个问题。这三个问题真够灵的，刚刚半年，我的成绩就一跃而起。她一直在生活上关心我，在学习上鼓励我，直到我拿到录取通知书……

临走的那天早上，我把一株精心养育了多年的感恩草放在她的窗前。

这是一种看起来并不起眼的草，细细的叶子，简单的纹路。但它会在每天清晨流出一滴泪，挂于叶尖。其实那是一种回报，是这小小的生命为了感激给它水分和营养的人而流出的回报。

我在心里默默地说：老师，请收下这棵感恩的生灵。

爱如阳光 ◎田 野

这篇小说讲述的是一个关于爱和感恩的故事。李老师的宽容与爱心，像阳光一样驱散了“我”心底的阴霾，拯救了“我”失落的灵魂。当我脱胎换骨、羽化成蝶——拿到录取通知书之际，“我”悄悄地将一株感恩草放到老师的窗前……

故事很简单，但它带给我们的思索却很多。

首先，关于爱。不难想象，假如没有林老师的关爱，一个患有自闭症的孩子如何能迎来生命中的春天？爱如阳光，在医治孩子创伤的心灵的同时，也为他照亮了未来的路。我想，如果人人都能像林老师那样付出真情，关爱别人，这个世界一定会少了很多痛苦和黑暗，变得更加温暖和美好。

其次，关于感恩。小说中的“我”没有辜负林老师的心血，“我”的转变，“我”的进步，“我”的成长，就是对林老师的最好回报。而那棵感恩草，更代表了“我”知恩图报的一片心意！感恩是一种美好的情感，懂得感恩，也能让爱你的人感到幸福。

校长看了看跪在院子里痛哭流涕的林老师的学生们，点了点头说：“我也相信会的。”说完，鼻子一酸，两行热泪夺眶而出。

林老师

邱成立

林老师的名字叫林克齐，一个普普通通的小学民办教师。

走在大街上，或者走在校园里，如果你看见一个瘦高瘦高的老头，一头雪白雪白的头发，一副极厚极厚的眼镜，不用问，那准是林老师！林老师林老师，不管是学校领导还是同事，也不管是学生还是家长，一见面都是这么叫他。时间久了，林老师的名字倒渐渐地从大家的记忆里消失了。你到学校里打听林克齐是谁，大家也许会说不认识这个人；可你要到学校里找林老师，谁都会极热情地把你领到林老师的办公室。

林老师是个好人，是个大好人啊！

过了年，我们的好人林老师就要光荣退休了。林老师辛辛苦苦教了一辈子书，苦了一辈子了，也该歇一歇享享清福了。大家都这么说。

按照文件规定，退休前的教师若有一张县级以上政府颁发的奖状或

者荣誉证，退休后就可以享受原工资100%的退休金。若没有，就只能享受95%的退休金了。该办手续的时候，校长对林老师说："林老师，你把以前得的奖状和荣誉证找一找交到学校，学校好给你办理退休手续呀！"

林老师说："荣誉证没有，奖状我有。你不知道，以前我年年都得奖呢！"

校长年轻，又是刚到这个学校不久，不知道林老师年年是先进。听林老师这么一说，校长也很高兴，说："奖状也行啊，你明天就带来一两张吧！"

林老师点了点头说："好，带两张！"

校长又说："要级别最高的！"

林老师又点了点头，说："好，要最高的！"

第二天一早，校长刚来到学校，就见一个四十多岁的汉子站在校门口，看见校长就哭了起来。边哭边说："校长，我爸，我爸他昨天夜里去了！"

"去了"是我们这儿一种隐讳的说法，"去了"就是"死了"。

校长一听愣住了，仔细看了看眼前的汉子，虽然是有点儿面熟，却实实在在是不认识。就问那汉子："你是谁？你说谁去了？"

那汉子抬起头，满眼含着泪，说："我是，我是林克齐的儿子呀！我爸脑溢血，昨天夜里去了。"

"林克齐的儿子？"校长看着眼前的汉子，一时竟然想不起来"林克齐"是谁了。看了一会儿，校长忽然发现汉子的脸庞跟林老师的脸庞很像，怪不得一直看着面熟呢！校长猛地想起：林克齐不就是林老师吗！想到这里，校长一把抓住了汉子的一只手，那汉子的手冰凉冰凉的。校长一边用力地摇着汉子冰凉的手，一边大声问："你说谁，谁去了？"

那汉子的眼泪刷地又流了下来，哽咽着说："我爸，林老师，去了！"

校长和那汉子来到林老师的家里，看见林老师在床上静静地躺着，一头雪白雪白的头发，只是没了那一副厚厚的近视镜。林老师的手里，握着一张业已发黄了的奖状。

林老师的儿子说："昨天晚上，我爸一回来，就站在凳子上揭墙上的奖状，一不留神摔了下来，再也没有站起来。送到医院，大夫说是脑溢血，早已去了多时了！"说着说着，眼里又涌满了泪。

校长走上前去，从林老师的手里抽出了那张奖状，只见上面写着："林克齐同志：在1982年度教育工作中成绩显著，被评为乡优秀教师。特发此状，以资鼓励。棋盘县白水乡人民政府。"

校长问林老师的儿子："这就是林老师的最高荣誉吗？"

林老师的儿子点了点头，然后把年轻的校长领到了隔壁的屋子。只见一面墙上贴满了大大小小的奖状。校长一个一个地仔细看去，果然从林老师当上教书先生以来，每年都有一个。奖状有学校发的，有乡政府发的，竟然还有几个是村里发的，但却没有一个是县级以上政府颁发的。

校长的心里说不出是什么滋味，心里想：林老师辛辛苦苦干了一辈子，咋连个县级荣誉也没弄到呢？

林老师的儿子说："我爸是个乡聘教师，只有乡里承认，县里是根本不承认的。可我爸这辈子也没白活，"林老师的儿子说着，忽然用手指了指外面的院子，接着说，"因为他培养出了这么多的人！"

校长顺着汉子的手指向院子里一望，不禁呆住了。只见院子里满满当当地跪了一地，里面有干部，有工人，也有农民。

林老师的儿子说："他们都是我爸的学生，每年都要来看一看我爸。我敢说，他们以后还会来的，尽管我爸不在了！"

校长看了看跪在院子里痛哭流涕的林老师的学生们，点了点头说："我也相信会的。"说完，鼻子一酸，两行热泪夺眶而出。

林老师的最高荣誉 ◎田 野

辛辛苦苦教了一辈子书的林老师就要退休了，为了揭一张贴在墙上的奖状，林老师竟然一不留神从凳子上摔下来，突发脑溢血，再也没有站起来。我们不禁为这样一个好老师的离去而感到伤心、遗憾！

而更令我们感到遗憾的是，由于是个乡聘教师，林老师辛辛苦苦干了一辈子，却连个县级荣誉也没得到！读到这里，我们也不禁为林老师的遭遇感到不公。

然而，小说却在此时突然来了一个陡转，作者借林老师儿子的口说：林老师这辈子没有白活，因为他培养出了那么多的人！在他去世后，“院子里满满当当地跪了一地，里面有干部，有工人，也有农民”。原来，他们都是林老师培养出的学生，他们都是来祭拜他们的林老师的。

是的，跟林老师桃李满天下的教学成就相比，所谓的县级荣誉又算得了什么呢？他的学生们对他的感恩和怀念，不是比什么都珍贵的最高荣誉吗？

我把崔建同学的这幅画作推荐给了竞赛组委会，并附上一则推荐说明。我坚信这幅饱含真情实感的画作能够获奖。

画里的妈妈

王振东

我兼任五年级美术课的第一学期，市里举行儿童绘画竞赛，主题是《我爱妈妈》。全班同学都踊跃参加，个个把妈妈画得花枝招展，漂漂亮亮，可绘画天赋极高的崔建同学却把妈妈画成了一个丑八怪——身体瘦骨嶙峋，像根麻秆儿；面部皱纹密布，凹凸不平，粗糙的线条透着与年龄极不相符的沧桑感；双手用的颜料是紫黑色，右手有点变形，像鸡爪一样；尤其是那双眼睛，一只画成了一团浑浊的雾，另一只眼角流出了泪。整幅画色调晦暗，主人公活脱脱一个外星人。

作为这个班的班主任，我理所当然地把崔建同学叫到办公室，对他进行了严厉批评，指出他这样做是故意捣乱，是存心往班集体脸上抹黑……无论我怎么批评，崔建同学始终低着头，一言不发。最后，我让他修改这幅画，他坚定地说，不！

正在这时，班长敲门而入，好像有什么情况向我反映。看到她欲言又止的样子，我让崔建同学先回教室，然后让班长汇报。班长说，老师，今天第一节课课间休息时，崔建和同桌打架了，两个人像一对斗架的公鸡，互不相让，我让同学们帮忙才算把他两人拉开。同学们告诉我，崔建的同桌嘲笑崔建不爱他妈妈。崔建反驳道，谁说我不爱妈妈？不许你诬蔑我。说着，便小老虎下山般地扑向同桌，两人当即扭在了一起……

“丁零零……丁零零……”上课铃急促响起。我拿着学生们的画作走进教室，准备讲评一下，然后挑选优秀作品推荐给组委会。当我拿出崔建同学画的这幅画时，课堂上马上静了下来，全班同学都目不转睛地看着这幅画。崔建同学更是紧盯着画，一双眼睛仿佛粘在上面，胸脯一起一伏。少顷，他把目光移离这幅画，惊恐地看着我，继而眼里蓄满了泪水。

没等我说话，忽然，崔建的同桌站起来说，老师，崔建是个怪人，他不爱他的妈妈。

崔建同学也气呼呼地站起来说，我爱我妈妈。

同桌说，你既然爱你妈妈，那你怎么把她画成这个样子呢？

崔建同学嘴唇翕动了一下，把想说的话咽了回去。

我隐约觉得这幅画里肯定藏着一段心酸的故事，便不失时机地说，崔建同学，其实同学们都挺关心你的，你给大家讲讲这幅画的创作动机，

好吗？

崔建同学抹了把泪说，我妈妈是名环卫工人，她一年四季都在大街上忙碌，晴天一身土，雨天一身水。夏天，炽烈的太阳光把妈妈晒得黑炭一样，身上的衣服整天都没干过；秋天，马路上落满了树叶，前面刚扫过，后面又落下，要是被人踩碎，被车轧碎，就更难扫了，妈妈累得心脏病都犯了。到了冬天，每天凌晨三点，当人们还在温暖的被窝里睡觉时，妈妈就得开始工作了。大街上，刺骨的寒风像刀子似的切割着妈妈的身体，她本就粗糙的脸被冻烂了，双手布满皴裂的口子，一碰就会流出殷红的鲜血。特别是下雪天，马路上的雪经过车碾人踏，都冻在了一块儿，妈妈就得一块一块地砸。一天下来，妈妈的胳膊累得抬都抬不起来，肿得碗口一样粗……

崔建同学说，我爱妈妈的眼睛，她的左眼患青光眼，因为没钱医治，已经瞎了，右眼患了角膜炎，时常流泪，晚上她就流着泪给我洗衣服，给瘫痪在床的爸爸熬药。我爱妈妈的手，尽管是紫黑色的，还有点残疾。可就是这双手，养活了我们一家三口……

已为人母的我再也控制不住自己的情绪，眼泪小溪一般流了下来。我不由得鼓起掌来，霎时，课堂上响起了经久不息的掌声。

我把崔建同学的这幅画作推荐给了竞赛组委会，并附上一则推荐说明。我坚信这幅饱含真情实感的画作能够获奖。很快，竞赛结果出来了，崔建同学的这幅画果然获得了一等奖。

真实的情感最动人 ◎田 野

我有个亲戚也是一名环卫工人，有一次，我跟她家的小孩聊天，这个刚满10岁的女孩子对我说：“我不喜欢过年。”我好奇地问她为什么，她咬着嘴唇说：“一过年，就要放好多鞭炮和烟花，满大街就会堆满碎纸屑，我的妈妈扫起来，就会比平时累好多。别人的年是快乐的，但对于妈妈却是痛苦的。”我惊讶于这个孩子的懂事，一颗小小的心竟然盛装着这么沉重的问题！

谁说小孩子不懂事？就像作品中的崔建同学，他为什么不愿意修改自己的画？他难道不爱自己的妈妈吗？不是的！他在画中如实地反映了妈妈的相貌，是因为他更能体察到妈妈的辛苦，虽然妈妈不漂亮，还有点残疾，但他爱的就是这个真实的妈妈，辛劳的妈妈！

真实的情感最动人。作品的最后，崔建同学的画获得了一等奖。而在我看来，获不获奖都不那么重要了，因为，崔建同学对妈妈的理解、感恩和爱戴，才是回馈给妈妈的最好的奖状。

父亲怕我伤心，微微笑了笑，安慰我说，回家热水烫烫会好的。

父亲的肋骨

沈烈文

听母亲说，外公是看上父亲高大魁梧的身材才放心把自己最疼爱的女儿嫁出去的。那年月是凭力气吃饭的，母亲也就顺其自然地成了父亲的妻子。从我记事起，父亲很少有头痛脑热的时候，在记忆深处，父亲就是铁打的人，经得起跌打损伤。只有一次，我印象极深。那是我上初中时的某天早晨，我在楼下吃早饭，父亲下楼时传来几声沉闷的咳嗽声，我猜想，父亲一定是捂紧了嘴巴，憋着气咳出的声音。他不希望母亲和我为他

担心。我才明白，原来父亲也会生病，只是默默地自己承受，不让我们知道。那时，父亲不吃药，更别说上医院看病，父亲说，他最怕到医院去，他怕闻消毒药水的那股阴阴的味。他说感冒不是病，泡碗生姜汤，趁热喝，再用棉被捂出汗，睡一觉就没事了。

长大了才明白，父亲是心疼钱啊。爷爷去世那年，18 岁的父亲就成了家里的主要劳动力，生活捉襟见肘。父亲年轻时在采石场工作，整天跟石头打交道，被石头压伤、轧伤的事就会经常发生。好多次，父亲扭伤脚踝，回到家，又是老方一贴，用热水烫烫。父亲说热水活血化淤，包治百病呢。可是，父亲烫脚时咬牙切齿的表情，至今，我还仍然历历在目，那种痛苦可想而知。

热水治病，这个处方对父亲还挺管用。渐渐地，“父亲是不生病的”这个意念又深深地印在我的脑海里，直到如今。

岁月不饶人。如今，父亲老了。老了的父亲还是闲不住，忙里忙外。身体却大不如从前，经常腰酸背疼。更想不到，快要退休的父亲出了车祸。

在医院里，第一眼看见父亲，我就有一种想哭的冲动。父亲怕我伤心，微微笑了笑，安慰我说，回家热水烫烫会好的。父亲病得不轻，只能住院。

父亲坐上病床，脱下绿色的解放球鞋，一股浓浓的臭味扑鼻而来，父亲的脸一下子红了。那蓝色的袜子已经变黑，脚底有了一个大大的洞，丝线一缕一缕的，已没了袜子的形状。我的脸也红了，眼中好像揉进了沙子，有种晶莹的东西在眼眶中打转。那双不成样子的袜子被我随手扔进了垃圾桶。父亲欲言又止。安排好父亲，我连忙去买了两双棉袜。

胸片拍出来，父亲的肋骨断了三根。医生说有两根看上去好像断了，又好像不是刚断的，估计应该是很久以前断的，现在已经愈合了，只是愈合得不太理想。可是，在我们的印象中，父亲从来没有断过肋骨。我们不可思议地摇摇头。医生也摇着头，百思不得其解。

父亲听了，憨厚地笑了笑。不善言辞的父亲，轻描淡写地说，好像是有一回，胸腔很痛。不过，休息了三天，就过去了，后来好像还痛了一段时间。

我的泪止不住地往下流。我的父亲，肋骨断了都会自己治啊！

问世间情为何物，直教人生死相许。这一般是对爱情而言的，可是，在这里，父亲的肋骨，真真切切地体现了这一点。做儿女的，还有什么比这更值得珍惜吗？

男人的肋骨 ◎田 野

《父亲的肋骨》这篇作品中，父亲显然就是一个典型的男人。为了养家，他从18岁便开始在采石场工作，即便是身体受伤，也只是"老方一贴，用热水烫烫"，辛苦劳累的父亲一生中都是如此。

父亲真的是从来不会生病吗？当然不是，而是因为他怕花钱，因为他不想让家人担心，所以他才选择了默默地自己承受，哪怕肋骨断了，也不声张。从这个隐忍而坚强的父亲身上，我们仿佛看到了千千万万个父亲的影子。

想一想，男人一辈子真是不容易，一出生便注定要承担起养家的重任。春蚕到死丝方尽，蜡炬成灰泪始干，不也是男人一生的写照？因此，不论你是为人子女，还是为人妻子，都请对男人好一点。

“她真是个了不起的女人！小女孩很幸福，她有一个全世界最伟大最坚强的妈妈。”

第八个女儿

王世虎

“快，前面废墟下又发现了一名幸存者！”

刚把水杯递到干涩的嘴边，忽然有人大叫了一声。生命就是命令，她立即放下水杯，拖着疲惫不堪的身体，和队友们一块迅速地赶了过去。

“是个小女孩，大概四五岁。”冲在前面的队友矫健地匍匐在地，边用手电筒往里面照边说，“她还活着，但左腿被倒塌的石块压住了，动弹不得。”

外边的人都焦急地竖起了耳朵，里面隐隐传来小女孩悲伤的哭泣声。

队长仔细地观察起周围的形势来。末了，无奈地摇摇头：“四周阻挡的水泥横梁和石块太厚重，人力根本搬不动，必须等待重型救灾机械部队来增援。”

“可是救灾机械装备要到明天才能运过来，”一个队友说，“我们刚刚接到指挥部通知，下午的余震中道路又发生了局部塌方，现在正在抢修中，机械装备最早也要等到明天早晨。”

“但我怕孩子支撑不了那么久啊！”匍匐在地的队友担心地说，“她那么小，又被困了那么久，不吃不喝的，情况非常危险。”

“让我来！”忽然，人群的后面有人喊。人们这才注意到她，她哽咽地说：“她是我女儿，让我来吧。”

大家都自觉地给她让出了一条路，匍匐在地的队友也退了出来。她缓缓地跪了下去，艰难地往狭小的废墟缝中钻：“孩子，我是妈妈！”

“妈妈——”听到她的声音，小女孩哭得更凄惨了。

“孩子，妈妈在这儿，别怕！”她温柔地说，“来，把手伸给我。”

一只脏兮兮的小手从水泥缝中伸了出来，她一把握住，紧紧地：“孩子，别哭，妈妈在这儿，妈妈就在你身边。妈妈相信你是最坚强的，你再忍耐一下，我们马上就把你救出来。”

果然，小女孩停止了哭泣，喃喃地说：“妈妈，你不要离开我，我不哭……可我就是怕，我旁边有好多死人……妈妈，你能给我唱歌听吗？”

“好，妈妈给你唱。”她用力地咬咬嘴唇，抑制住快要溢出的泪水，唱了起来：“小白兔乖乖，把门开开，快点开开，我要进来，不开不开就不开，妈妈没回来，谁叫也不开……”

一个小时过去了，两个小时过去了，她就一直跪在碎石遍布的废墟上，上半身倾进石板缝中，没有换一个姿势，不停地唱歌。

天渐渐黑了，还飘起了小雨，她仍然跪在那里，一首接一首地唱歌。慢慢地，里面的孩子也没了恐惧，饶有兴趣地跟着她一起哼了起来。期间，有队友过来叫她吃饭，她摇摇头：“女儿都没吃，我吃不下”；期间，也有队友给她送来雨衣，她挥挥手：“女儿都淋着雨，我怕什么”；期间，还有队友过来想代替她守候，她同样拒绝了：“女儿需要妈妈，我要给她唱歌，这样她才不会害怕，不会睡着。女儿一睡着，就再也不会醒了……”

寂静的夜空中，一直回荡着她那婉约动听的歌声：月亮，在白莲花般的云朵里，穿行，晚风吹来一阵阵快乐的歌声，我们坐在高高的谷堆旁边，听妈妈讲那过去的事情，我们坐在高高的谷堆旁边，听妈妈讲，那过去的事情……

终于,第二天一早,救灾机械赶到了现场。两个小时后,小女孩成功地获得了营救。看着小女孩微弱的呼吸,医生不可思议地感叹道:“一个孩子在不吃不喝的情况下,竟坚持了近 100 个小时,这真是一个奇迹!真不知道,有什么强大的力量在支撑着她!”此时,距发现小女孩已经过去了 15 个小时,而她,因为长时间跪在地上唱歌,劳累过度,在看见小女孩被抬上救护车的一刹那,昏了过去。

在场的群众都被她的执著和坚持感动了,钦佩地说:“她真是个了不起的女人!小女孩很幸福,她有一个全世界最伟大最坚强的妈妈。”

“不,你们错了。”队长回过头,泪眼婆娑地说,“她不是小女孩的妈妈,她的女儿在地震那天就遇难了。到今天为止,这已是她营救出的第八个女儿。”

奇迹的名字叫母爱 ◎田 野

是什么使一个孩子在不吃不喝的情况下,在阴雨笼罩的废墟中坚持了近 100 个小时,最终被成功救出,创造了生命的奇迹?是母爱!正是这样一种温暖而强大的力量,支撑着小女孩度过人生中最黑暗的时刻,迎来胜利的曙光。

作品中有很多细节描写,来到废墟前时,“她缓缓地跪了下去,艰难地往狭小的废墟缝中钻”;当小女孩脏兮兮的小手从水泥缝中伸出来时,“她一把握住,紧紧地”;当给小女孩唱歌时,“她用力地咬咬嘴唇,抑制住快要溢出的泪水”;甚至,她还拒绝了吃饭,拒绝了雨衣,拒绝了队友替换,“就一直跪在碎石遍布的废墟上,上半身倾进石板缝中,没有换一个姿势,不停地唱歌”;直到最后,她“因为长时间跪在地上唱歌,劳累过度,在看见小女孩被抬上救护车的一刹那,昏了过去”……透过这些真实、生动的细节,我们看到了一位母亲对孩子那种难舍难分、不顾一切的爱！

尤其是读到最后，当队长含泪说出真相："她不是小女孩的妈妈，她的女儿在地震那天就遇难了。到今天为止，这已是她营救出的第八个女儿。"此时，我相信任何一位读者心中都会受到无比强烈的震撼，为这位天使般美丽的母亲，更为她那超越自身、创造奇迹的母爱！

《第八个女儿》构思巧妙，情节紧凑，描摹细致，立意高远，尤其是结尾的"抖转"既出人意料之外，又在情理之中，令人印象深刻。

感恩草，是一种看起来并不起眼的草，细细的叶子，简单的纹路。但它会在每天清晨流出一滴泪，挂于叶尖。其实那是一种回报，是这小小的生命为了感激给它水分和营养的人而流出的回报。

Part Four

蓝泪爱情

“多少人爱过你的青春片影/爱过你的美貌，以虚伪或者真情/唯独一人爱你那朝圣者的心/爱你哀戚的脸上岁月的留痕”多少风花雪月的故事在岁月的长河中泛黄暗淡，但叶芝这句深情的诗句永远在人们之间口耳相传。那些感人至深的爱情如同深海人鱼冰蓝色的眼泪，沉淀在时光的水晶宫殿。

有一种感情就像酝酿已久的醇酒，一打开并不怎么样，但喝了以后就会有一种别样的感觉缠绕舌头，不浓烈但很在味，不馥郁但很绵长。

黄昏泪

玉　华

他们是一对一起生活了近40年的老夫妻，是父母之命媒妁之言的包办产物。

从两人在一起生活开始，就是在幽幽怨怨中度过……在老妇人生完第四个儿子后，两个人便分室而居，分伙单炊了。如今他们的孙子已经四五岁了，两个人的感情倒开始慢慢地融洽了，成为相濡以沫的两个人，有时还时常地唠些闲嗑。

昨天，小孙子以为老妇人的一摞粮票是没有用的花花纸片儿，便一声不响地一张张撕开了，等老妇人发现时，那摞粮票已经全部一分为二了，老妇人把粮票捧到老头子面前，拿出胶水儿，两人开始一张张对起来。

老妇人问："能对上吗？"

老头子答："能，每一个都有它的一半。"

老妇人笑着说："这么说哪一个也不剩下，都能找到婆家啦。"

老头子郑重其事地说："找到自己的另一半就找到幸福了，这就像人，生前月下老人都给配好了，有时给分开了，如果每一个人都能找到自己的另一半，也就是最幸福了，如果找不到自己的另一半，就得在打打骂骂中度过。”

老妇人问：“世上有几个能找到自己的另一半呢？”老头子若有所思地回答：“我想不会有几个人吧？”

两个人静默下来，继续认真地一张一张地对着摆了一桌的半截粮票，已有二十多张找到另一半了。

老头子说：“剩下的这些不好对了。”

老妇人用坚定不移的口吻说：“慢慢对吧，每张都会有它的另一半。”

最后剩下的八个半张无论如何也互相对不上。

老头子说：“差不了多少对上就行了。”

老妇人说：“那可不行，那样它们该多痛苦，我一定要为它们找到属于它们的另一半。”

老头子说：“是不是有对错的，把不是一张的对在一起了？”

夫妻俩开始一张张地检查，查出了对错的三(六个半截)张。

老妇人拿着三张对错的粮票说：“这就是配错的，真对不起你们了。”

老头子说：“打开重新对上。”

老妇人边拆边说：“这就是那些结婚了又离婚的，去重新寻找属于自己的另一半了。”

老头子说：“还有一对儿配错的没有找到呢。”

夫妻俩开始细心地找着，终于把那张对错的找到了，是因为一点点不对的缝找到的，很不容易。

老妇人说：“你拆开，去重新寻找另一半吧。”可是，也许是粘的时间太长了，已经拆不开了，除非把它们撕开。

老头子说：“算了吧，都有孩子了，让它们就这么下去吧。”

老妇人伤感地说：“这就是那配错了又没离婚而凑合的那对。”

老头子说：“这一对儿错了，必然导致另一对儿也错了。”

这时老妇人鼻子发酸,眼圈发红,眼里含着泪水,对那张粘错的粮票说:“真对不起了。”

说完,老妇人抬头望了一眼,发现老头子也正望着她呢。夫妇俩眼含热泪,刹那间俩人似彼此发现内心深处隐藏的东西,不觉显得有些尴尬。为了掩饰这尴尬,两个人含泪对视着哈哈大笑起来,笑着笑着,泪珠却扑簌簌滚落下来。

真情所在　令人回味 ◎ 谭美赖

相信看过《黄昏泪》的人一定会被某种东西深深打动,不是别的,是那种心有灵犀一点通的感情。有一种感情就像酝酿已久的醇酒,一打开并不怎么样,但喝了以后就会有一种别样的感觉,不浓烈但很在味,不馥郁但很绵长。一对分居已久的夫妇,岁月不能把隔膜融化,相伴不能把情感沟通,却因把被孙子撕裂的粮票粘好而和好。孙子的行为也许是无意的,但结果富有喜剧性。生活中有很多夫妻也许会因为一些微不足道的事而伤了和气,由于没有找到化解问题的契机,以致同床异梦,甚至反目成仇。当妇人问“能对上吗?”老头子就回答“能对上,每个人都有他的一半,找到另一半就能找幸福”。有这样的大彻大悟,实是一种大智大慧。

传说上帝造人的时候,为了惩罚亚当和夏娃偷吃禁果,就把一个人撕开成两半,只有一半找到另一半时,他们才能合为一体,否则就会痛苦一辈子。的确,如果一个人找不到自己的另一半,那是一种怎样的痛苦。谁不想找到自己的另一半,谁不想找到自己的幸福?但是“世上有几个人能找到自己的另一半呢”?这是一个难题!因此,就要“慢慢对,每个都会有它的另一半。”为了让一半真正配对另一半,他俩对配错的那几张,就觉得非要找出来不可,否则就对不起它们。于是,他们就耐心地找呀找,当终于把它们找出来时,那是一种多么深刻的快意,同时,也完成了对婚姻实质的思索。她说:“这就是那些结婚了又离婚的,去重新寻找属于自己的另一半了。”他们俩对帮助别人寻找幸福是够有耐心的，从中也可看出他们的善良。但耐人寻味的是，积极为别人寻找幸福的一对人为什么在过去一段很长的时间里忽视了自己的幸福呢？他们分居后，需要一段时间去重新认识自己，认识对方，重新去理解每一个人，这样，对婚姻才有顿悟。但是，“还有一对配错的没有找到呢。”这一对正是他俩呀，现在他们就是凑合呀。不忍心让被自己错配的永远错下去，咋办？只有一个方法，就是重新互相认识，寻找双方的契合点。这样，社会就少了一对不幸的人，而多了一对幸福的人了。

以粘票比喻夫妻感情的和谐，这是《黄昏泪》别出心裁的妙处。

婚姻的本质，就是相守，是平淡，是亲情，是陪伴，是一起慢慢变老。

殷健灵

我们走进旅馆的时候，已是夜幕降临时分。门外便是著名的日月潭。放下包，就迫不及待地推开窗，眺望那想象了无数遍的景色。夜雾笼罩下的潭水阒寂无声，远处隐约可见黑色的山的轮廓，像泼了重墨的画。

饭后，本想去潭边走走。可是向四处望去，灯火阑珊，空气湿冷，便放弃了散步的念头，一个人走回房间去了。

打开电视，正在播放著名的“速配”节目。主持人是台湾走红的散文

作家吴淡如，文字美，人也淡如菊。说话和举止都是端庄典雅的知识女性风范，不温不火，缓缓道来，字字玑珠。而边上的参与者，清一色的中年人，男人儒雅，女人沉静，表达都很流畅得体，不张扬，却引人注目。

镜头移到了一位穿红衣的女士身上，我已忘记了她的姓名，却清晰地记得她的那张脸和写在脸上的故事。她桌前的名牌上写着她的婚姻状况：丧偶。

轮到她说话的时候了，她先是低着头，良久才抬起头来，眼里已经汪了泪水。她艰难地吐出第一个字，那个字像是她心里酝酿了很久，说出来，便带着她的体温。她的声音有些沙哑，低低的。她说了一个关于生死边缘的故事，生的人在岸上，将死的人在水中。

她说了个温暖的开头。她说，生命是自己的，没有人可以帮你走。她的丈夫死后，亲人安慰她同情她，可是那些善意的话语常常会变做芒刺般的压力。她诉说，诉说自己的不幸，在诉说中强化自己的悲哀。她意识到自己不能再被悲哀啮噬，于是，她去读夜校，让自己匆忙，让自己忘记。幸而，孤独的时候，有一双儿女拥抱她，小小的身体，能把温度渗透到她的心里。

说这些的时候，她的表情平静，仿佛在说一个女友的经历。过去的悲伤不再激烈，却化做了深刻的体味，那些体味斧刻一般清晰。

可是，我和我的丈夫曾经并不相爱，她说。她的话让在座的人霎时露出讶异的目光。

为了偿还父亲的债务，我被迫嫁给了不爱的人，她接着说。我们结婚14年，前10年，我一直在苦度时光，直到4年前，我们才开始快乐。因为在经过了生活的琐碎之后，她看到了婚姻的本质，那是相守，是平淡，是亲情，是陪伴，是一起变老。可是我醒悟得太晚，上帝没有让我尽情地享受天伦之乐，就给了我残酷的惩罚。我们只度过了4年平静的时光啊。

那年端午节，我们一起回老家。那里有一个湖，他从小就在里面嬉水，他说他熟悉那个湖就像熟悉一个少年的伙伴。那天他下去了，很快，他就游到了湖中央，他游得很悠然，朝我笑，朝我挥手。我在岸上看他，在下午的阳光里，很美。湖面反射着树的倒影，湖里，只有他一个人。

我看着他，像在看电影。慢慢地，我发现他有一点异样，他在水中一沉一浮，身体时隐时现。我在岸上大声对他说，不要跟我开玩笑，不要吓我。可是在我说话的时候，水面上已经没有了动静。

我扔掉了手上的衣服，往回跑，我很清楚自己要去哪里，去做什么。我一边跑，一边在心里骂他，你要是吓我，我要你好看。一路上没有人，我不知道自己跑了多久，才找到路边的电话亭……

一直到晚上 9 点钟，救护队才捞起了我丈夫的尸体。他躺在湖边的草丛中，不声不响，再不会和我吵架，再不会跟我开玩笑。我永远都不可能在争吵时对他说，我过去没有爱过你。可是，在那一刻，我才深刻地意识到，陪我到老的人永远地离我而去了。

说到这里，她哽在那里，泪流如注。

此刻，在众多眼睛的注视下，她想起了什么？与其说对丈夫的追思支撑着她的思想，不如说是一种彻悟让她在永远失去的一瞬痛彻心肺。她说这些，是追悔，也是对自己的安慰，没有悲的气息，她传递的是命运最后的无奈和火燎一般的遗憾。

旅馆的窗外万籁俱寂，在这样的夜晚，在柔媚而暧昧的日月潭边，听这样一个深情的故事，心里涌起无限的感慨。

一个人活着，只需安宁度日，悲也可放下，喜也可放下。每个人都有自己的日子；每个人的日子都是对自己的承诺。因为，瞬间，就是永恒。

婚姻如沙　爱情似水 ◎ 谭玉斌

殷健灵的《真情》主要内容是写一位妇女的婚姻悲剧，她为了偿还父亲的债务而嫁给一个自己不爱的人，她和这个人一共生活了14年。前10年，她和这位男人苦度时光，在这10年中，因为经过了生活琐碎的打磨之后，她才有所悟，渐渐认清了婚姻的本质，那就是相守，是平淡，是亲情，是陪伴，是一起慢慢变老。但是，她觉悟得太晚了，老天没让她太多享受这份幸福，她只和他平静地度过了最后4年，在那年端午节，也就是她和他最后的一个端午节，他永远离她而去了。

作者在文章开始用第一人称"我们"，这样可以使读者有亲切感，有现场之感。夜幕降临时分应该是平静之时，这样是为了后文的气氛作铺垫。文章出现的台湾走红散文作家端庄典雅的知识女性，作者这样写是拿散文作家和这位妇女进行比较，这样能更好突出她的不幸，她的悲剧。这位妇女是多么痛苦，多么不幸，她的痛苦，她的伤心，可以从她动作看出，如"轮到她说话的时候了，她先是低着头，良久才抬起头来，眼里已经汪了泪水"，还有"她的声音有些沙哑，低低的"等。她的每个动作都透露出她的痛苦。作者运用矛盾的写作手法展开心理活动，一个人和自己不爱的人在一起生活，这是不可能幸福的，但最终在10年的苦难日子中渐渐培养出来的感情却没有喜人的结局。这样更进一步突出了她的不幸。最后作者是用评语来结尾的："一个人活着，只需安宁度日，悲也可放下，喜也可放下。每个人都有自己的日子；每个人的日子都是对自己的承诺，因为，瞬间，就是永恒。"

平常生活中，有的婚姻自由，但不幸福；有的婚姻被迫，但能和谐。有的可以享受婚姻的幸福，有的只能遭受婚姻的痛苦。只有真情，才可以给婚姻带来幸福。

一个天使般的俄罗斯女孩穿过人群走向我，用不太熟练的中国话问：你在海里感觉到什么了？我说：我感觉到大海的心跳了！

大海的心跳

陈 敏

秋天到来的时候我去了海边。

我去海边是为了看一个人，一个曾让我感受到大海心跳的人。

下了飞机，我上了一辆出租车，依着红红绿绿的地图，我让司机把我带到了一家名为“绿都”的小旅馆。

刮了几天的台风刚刚退去，旅馆里很冷清。我等了好长时间才等来了店老板。老板提着我的行李，领我来到顶楼，说：看，大海就在你的脚下！

推开小窗，一股咸咸的海风就扑来亲吻我的脸。我的心揪了一下，那个曾被我呼唤过千百次的名字和我的心一起跳到了嘴边。不过，我还是沉住了气。我想给她一个意外的惊喜。我要让自己进入状态后再给她打电话。

整个下午我让自己恣意着。我一会儿看海，一会儿看天，但确切地说，我整个下午都在想她。

遇见她是在一次文艺理论研讨会上。那是个秋季，这个城市最忧郁的季节。说到忧郁，或许有些过分，但人的命运总与某个季节交错着，或者忧伤或者喜悦，而我感受的多半是忧郁。

我要把一颗忧伤的心，从这个阴冷狭窄的地方带走，带到海上去。那个晚上，她跟我说。我不知道她怎么就看出了我的忧郁。我呆呆地看着她，无语。她说：海水不停地波动，会把一切不快引向天空！我望着没有星星的夜空，泪水悄悄地打湿了我们倚着的栏杆。

整个夜晚她都在谈海。我知道她生活的地方有中国最美的海。

她说她的家就正对着大海。她会天天让我听到大海的声音，感受到大海的心跳。

她离开的时候我没敢去送她。我怕控制不住自己的情绪。

飞机又把她带到她生活的那片水域。

她没有忘记承诺。大海的声音很快就从我的手机里传来！涨潮了，你听听！听见了吗？一个很好听的声音问。听见了！我听见大海的声音了！我听见大海的心跳了！我真的听见了！我说话的声音异常颤抖。

她孩子般的调皮劲儿让我开怀。就这样我从电话里听了两年的海。我的心在大海的声音里变得忽阴忽晴。

触动的激情越来越无法收拾。我们开始了遥远的思念，我们彼此遥远地相望，然后遥远地思念，隔着细细长长的而又看不见的电话线。总希望这种思念能够像岁月一样越来越深，越来越远，在偶尔的几天里我们选择沉默。

好几天没有她的消息了。虽然时常失落，但思念却愈加强烈。

有一种思念叫望眼欲穿！

此时，望着窗外这片茫茫的海，我已经想好了要跟她说的话的全部内容。

我用忐忑的手指拨她的电话。一阵激动之后，失落接踵而来。这个电话再也传不出他的声音了。我开始了漫长的等待。等待奇迹的出现，等待她的声音能再次从我的手机里传来。可我等了好几天，也一直没有等来她的声音。于是，我开始了艰难的寻找。我的足迹开始遍布这个城市的每一片水域。凡是有海的地方我都去找,可连她的影子也没找见。

我想知道是不是在我踏破铁鞋四处寻找她的时候,她已经化成了一缕青烟飞了还是被海水蒸发了?我不得而知。

秋季快要过去,冬天将要来临,我决定停止寻找,离开这个城市。

我要去做一件事:我要走进冰冷的海水里最后感受一次大海真正的心跳。

当我从刺骨的海水里钻出来时,我的跟前围着一群庞大的俄罗斯男女。他们裸露着粉红色的身子,在海风里摇摆。从他们的目光里,我明白他们也要学我的样子走进初冬的海里。

我从这群俄罗斯人群中清清楚楚地辨认出了那个我苦苦等待与寻觅了一个秋季的人!

一个天使般的俄罗斯女孩穿过人群走向我,用不太熟练的中国话问:你在海里感觉到什么了?

我说:我感觉到大海的心跳了!

倾听大海的心跳 ◎田 野

一个不经意的美丽邂逅,让两个人拥有了一段童话般的纯真感情,也让性格忧郁的"我"走出生活的低谷,重新焕发出生命的激情。微型小说《大海的心跳》给我们讲述的,正是这样一个唯美而浪漫的故事。

作品从"我"的寻找开始写起,然后用插叙手法交代了"我"和她之间的故事。作者虽然没有具体交代"她"是谁,也没有明确点出两个人之间的感情到底属于哪一种——友情或是爱情?但透过字里行间,我们知道,正是因为和她的相遇,正是因为有了她的关爱,才让"我"摆脱忧伤,从大海的心跳中触动起生命的激情。"我"对她的执著寻找,除了情感上的依恋,还应该是要表达一种真挚的感谢吧。文章最后,"我"和她又一次在大海边不期而遇,为读者留下了一个完美的结局。

大海是有生命的，凡是热爱大海的人，心胸都会比较开阔。诗人海子在一首诗中写道："面朝大海，春暖花开。"当你学会倾听大海的心跳，你就一定会感受到生命的活力和奔放！

她笑笑说："我原来不也是盲人吗？有的人虽然长着眼睛，其实并没有眼睛；有的人虽然没有眼睛，其实长着眼睛！"

心灵的眼睛

马新亭

原野喜欢在晚霞把湖水染红的时分，一个人坐在公园湖边享受黄昏……

有一天彼岸的石凳上蓦然出现一个长发姑娘和一个银发老人。

那个姑娘长得十分漂亮，勾起原野好多美妙的遐想……

一个月明星稀之夜，姑娘独自在水一方，手托下巴面湖沉思。原野再也无法抑制心头的渴望，鬼使神差般地朝她缓缓走去。

呀，她的眼睛似潺潺流淌的清清溪水，长长的睫毛分明是傍溪而生的嫩草儿，弯弯的眉毛则如沿溪小径……

原野斟酌好的见面词被这双眼睛夺走，手足无措地站在她身边。

湖面的鱼儿哗啦打个漂，水底圆月破碎，她自言自语："夜色真美。"

“你更美！”他由衷赞叹。

她闻声抬头冲原野莞尔一笑。

“你叫什么名字？”原野问。

两片桃花唇轻轻一碰：“秋月。”

“你的男朋友怎么没来？”他狡黠地问。

“我没有男朋友。”她低下头去，原野又惊又喜，小心翼翼说：“愿不愿意和我交朋友？”

“你不后悔？”

“我为什么要后悔？”原野诘问。原野想，她也许被人抛弃，那么我要抚平她心灵上的创伤。

她说：“说出来吓你一跳，我是个盲女。”

“啊……”原野惊叫一声，“真的？”

“真的。”她认真地说。

原野不相信似的，用手在她眼前用力挥挥，果然一下也不眨。

“你后悔啦？”她问。

还没等原野回答，那个银发老人走来说：“秋月，咱回家，天不早啦。”

“哎。”她答应着，让银发老人牵着她的手走了。

原野从此再也不愿去公园，害怕看见她。不过，她已深深地刻在原野的脑海里。但一想起她的眼睛，泪水就模糊了原野的视线。我若真的与她相爱，父母兄姐能否答应？同事们岂不又有笑料？原野想。

几年中，亲朋好友给原野介绍好多女孩。他每次都是满怀希望而去，满怀失望而归。原野心中的偶像，还是秋月那样的姑娘。

秋日的一天，原野到公园走走。意外地碰见秋月。更意外的是秋月还搀扶着一个双目失明的男人。

原野走上前问：“你的眼睛医治好啦？”

秋月说：“是啊！”

原野……

原野又指指那个男人:“他是你什么人?”

“我丈夫。”

原野惊讶地问:“你为什么嫁给一个盲人?”

她笑笑说:“我原来不也是盲人吗?有的人虽然长着眼睛,其实并没有眼睛;有的人虽然没有眼睛,其实长着眼睛!”

不要让你的眼睛蒙上灰尘 ◎田野

原野其实很喜欢美丽的秋月,可是,因为秋月是个盲女,因为担心自己的爱被世俗所不容,原野最终选择了退让和躲避。然而,当原野再一次来到公园时,却意外地发现秋月的眼睛治好了,而她也已经嫁给一个盲人做妻子。读完全文,我们可以想象得到原野心中的懊悔。他遗憾地错过了一个心仪的女孩,错失了一段本来可能属于他的爱情。不过,这能怪谁呢?要怪,恐怕也只能怪原野自己“没长眼睛”吧!

作品结尾借秋月之口点明了主题:“有的人虽然长着眼睛,其实并没有眼睛;有的人虽然没有眼睛,其实长着眼睛。”文章由此具有深刻的哲理意味。

罗丹说:“这个世界并不缺少美,而是缺少发现。”是的,如果你的眼睛被世俗蒙上了灰尘,你就会错失生命中很多美丽的风景。

不要让你的眼睛蒙上灰尘!

女孩小心翼翼地把纸条像当年一样放好，散开盘在头顶的黑发，用紫色的发卡卡好。

窗外有棵法桐

郭凯冰

女孩上高中的时候，教室在楼下。其他所有班级都搬进了教学楼，只有他们两个文科班在平房里。房子很古老，不知是什么时代的建筑，青砖红瓦，很合女孩的口味。

女孩最喜欢的，还是教室前一排高大的法桐。春天的时候，法桐抽开嫩嫩的叶子，让女孩的心一惊一乍地欢喜；夏天，那茂密的大叶子把一排教室遮在浓阴里，让人遍体生凉；女孩最喜欢秋天，所以在秋天就要来临的时候，女孩动了好一阵心思，请管理座位调动的班长，把自己调到了教室最后一排的窗边，课桌就在法桐的遮阴里。

女孩是个安静的女孩，长相一般，成绩也不引人注意，甚至很少跟班里的女孩子打打闹闹，更不要说跟男孩子谈天说地。上语文课是女孩最喜欢的，因为那个女语文老师很有文采，很迷惑她的一双平日散淡的眼睛。这时的女孩子心满意足，头顶有金黄的法桐树叶，讲台上有自己喜欢的语文老师。偶尔，女孩会抬头看几眼头顶的一叶叶金黄，心底的满足感就忍不住从嘴角流泻出来。

那天自习课，一片软软的法桐叶像一只翩翩的蝴蝶从窗口飞进来，

引得几个女孩伸手抢夺。可也不知怎的，黄叶飘飘悠悠，绕过好几双手，落到了仰面微笑的她的发丝上。

“这些叶子都是喜欢我的。”捧着黄叶，她竟然在心底有了这样的怪念头。

第二天放学，在所有的同学都向教室外拥挤打饭的时候，她的桌上飘来一只白色的蝴蝶。她还正在做没有做完的数学作业，铅笔头也一如既往地咬在嘴里，那只白蝴蝶翩翩飞到她的颔下。随之降落的，还有一枚紫色的发卡。

她诧异地抬头，看到最后一个人影从门边消失，那是她身边不远的一个男孩。打开白蝴蝶，她慌乱地向四周看看，确定教室里没人，才细看在手里哆嗦的文字……

那个中午，她没有吃饭，慌乱地不知该怎么处理这只白蝴蝶：夹在课本里，让她感觉到一种压迫；撕碎了扔掉，又感觉会让这个她原本喜欢的男孩子伤心。

三天之后，她撕去文字中两个人的名字，把那白蝴蝶叠成细细的纸条，叠在一片塑料纸里，掖进了窗前法桐的一个树缝里。她掖得很细心，她不愿雨水灌进去将纸条洇湿。

后来倒也没再发生什么，男孩消沉一阵子，把心思用在了高考上。女孩呢，做梦一般度过了有法桐陪伴的日子，考上了师专。

上师专的女孩子看着室友们一个个有了男朋友，安安静静地过着自己的生活。她常常想起那棵法桐，也偶尔想起那个男孩。后来，女孩做了教师，找了一个同样喜欢法桐的男教师做了丈夫。

中学毕业十年的聚会宴请后，女孩没有像其他同学一样去校园到处留影。她坐在了原来教室的后门台阶上，头顶当年那棵高大的法桐，从金黄的树叶缝隙间，落下几缕阳光，映着女孩的脸。一片树叶就在她的双眼上遮着，那是当年自习课常常被她夹在课本里的法桐叶。

很久，女孩拿开树叶，眼睛湿湿的。她轻轻站起来，踮起脚尖，找到当年那个树缝，用一枚紫发卡，撬出塑料片，打开，是当年那个叫子杰的男孩细细的黄软的字条：

你就像一只蝴蝶，
翩翩飞进我的梦境；
你就像是那片法桐叶，
软软的金黄眩惑了我的眼睛。

刚刚的聚会宴请上，当年的语文老师告诉女孩，子杰不会来参加聚会了，因为他已经永远地躺在了长长的青藏线上。

女孩小心翼翼地把纸条像当年一样放好，散开盘在头顶的黑发，用紫色的发卡卡好。

抬眼，阳光真好，法桐树干上一只只眼睛，似曾相识。

青春岁月里的白蝴蝶 ◎田 野

一个喜爱法桐的平凡女孩，一只写满爱恋的白色蝴蝶，一段不忍碰触的美丽情感……微型小说《窗外有棵法桐》讲述的是一个美好而动人的青春故事，读来如淙淙流水般轻轻拨动着我们的心弦。

作品营造出一片浓郁的诗意氛围：安静而心思细密的文科女生、窗外金黄的法桐树叶、浪漫可爱的求爱男孩、美好而克制的秘密爱恋……当经年之后，女孩重回校园，“她轻轻站起来，踮起脚尖，找到当年那个树缝，用一枚紫发卡，撬出塑料片，打开……”实际上女孩打开的也是一段无比纯真、无比美丽的青春岁月。

从作品中我们看到，多年来女孩一直珍藏着男孩送给她的那枚紫色的发卡，我想，女孩也是在珍藏一份独属于她的小秘密，珍藏着一份永不褪色的青春记忆吧。

还是让我们重温一遍《窗外有棵法桐》，让我们轻轻地对自己说：青春，真好！

网站回答，买点卡充值后，网站即允许双方生育虚拟男孩或女孩一人。程晓唐不知道这个孩子怎么才能让母亲抱在怀里。

E时代爱情婚姻

无业良民

程晓唐所供职的公司虽然有男有女，但都被一道道隔断阻隔着，这就阻断了眉来眼去的机会。这是其一。其二，程晓唐身边的同事都是竞争对手，一上班就神秘兮兮地联络客户，所以彼此之间没有更多的交流。

工作交往中没有和谁擦出火花的可能性，那就只有经别人介绍了。程晓唐说，不行，忙。程晓唐计算过，从相亲到恋爱到结婚，若干个回合下来所耗费的时间里可能就失去了上万上十万上百万的业务。程晓唐觉得，这对于一个有志打拼、梦想取得辉煌成就的年轻人来说，显然是代价太大了。所以程晓唐多次谢绝了大家的好意。但是婚姻大事是必定要解决的。对此，程晓唐有自己的想法和办法。程晓唐进入了一个网上征婚站点。婚配的方式极其简单，只要登记了自己的个人资料，服务器会自动找到你合适的人选。

程晓唐输入了自己的个人资料，然后点击了“配对”按钮。几秒钟后，页面上分等级列出了程晓唐的合适人选，排在第一位的是个叫如花的女子，图片显示长相不错。程晓唐就决定和如花交往了。

你看，网络就是这么神奇。

程晓唐给如花打了一个电话，约她见面，想要验证一下自动配对的精确性。如花在那边吐出了一连串的问号，你真老土，现在谈对象还用见面吗？你难道不相信计算机几亿次计算的结果吗？我们这么忙碌，有时间去挥霍时光吗？

程晓唐听了，心中窃喜，计算机的能力果真了得，居然找到了一个和我想法一模一样的人。如花告诉程晓唐，以后连电话都不要打了，一切不必要的开支都要杜绝。程晓唐问，那我们怎么谈恋爱呢。如花回答，按照程序办。

程晓唐仔细读了一遍配对说明，发现一切的一切，网站都给做好了预案。接下来的几天，程晓唐沉浸在恋爱的甜蜜中。每天下班，程晓唐都戴上网站寄来的全景眼镜，戴上它就可以看到或者说感受到实景。

程晓唐问如花，我们今天去哪儿？如花说想去北戴河的海滨走走。于是，双方同时点选了“北戴河海滨”。程晓唐闻到了海水的腥味，听见了海浪的声音，海风吹过，心都要乘风飞起来了。在这个浪漫的夜晚，望着身边美丽的如花，程晓唐不禁心摇神荡，向脉脉含情的如花递上了滚烫的双唇。这时一个金属声在程晓唐的耳边响起：对不起，你的级别不够，请购买点卡升级……

程晓唐在购买了许多点卡后，终于升到了可以结婚的级别。程晓唐把准备结婚的消息告诉父母，父母吃惊地望着程晓唐说，这孩子，什么时候谈的对象。程晓唐说，这是个秘密。他们在巴厘岛购买了一处别墅当做新房，在那里能够真正体验到“面朝大海，春暖花开”的意境。当然这也是网站所提供的实景。

有一件事情令程晓唐耿耿于怀，都什么时代了，结婚登记还需要亲自跑到民政局办理。转念一想，这个婚姻毕竟是真实的婚姻，和那种虚拟

的网恋网婚是大不相同的，办理登记手续、领取结婚证是使得婚姻合法的唯一办法。好在结婚的人并不多，手续很快就办好了。也就是在那一次，程晓唐才第一次见到了如花。他们见面的时候感觉非常陌生，在网上那种卿卿我我的话此时竟说不出口来。

两个人分别通过网络拜访了双方的父母，父母们要给他们操办婚礼，被他们阻止了，他们表示，那种过时的婚礼浪费时间浪费金钱，不如我们去旅行结婚吧。父母们拗不过，也就同意了他们的想法。

程晓唐花了一整天时间——这对他来说是十分奢侈的，不过终身大事嘛，奢侈一回尚不为过——陪如花游历了欧洲十国、亚洲五国，饱览了

各国的秀美风光。这当然也是在网上进行的实景旅游。

一切程序结束后，程晓唐有了自己的小家庭，有了自己可爱的妻子。但是由于工作繁忙，压力沉重，责任重大，双方都忙于工作，没有时间考虑在一起共同生活的事情，只是每晚，他们会回到位于巴里岛的家，在那里做夫妻都会做的事。当然也是虚拟的。

一年很快就过去了，程晓唐的母亲提出了一个重要的问题。母亲问程晓唐，什么时候给我生个大胖孙子啊？程晓唐说得和媳妇商量商量。程晓唐登录网站，进入到巴厘岛自己的家，然后和妻子极尽缠绵。过后，程晓唐告诉如花，母亲想抱孙子了。如花说，从怀孕到生育再到今后的哺乳将浪费很多时间，而且还会使工作受到影响，我们还是问问网站怎么办吧。

网站回答，买点卡充值后，网站即允许双方生育虚拟男孩或女孩一人。程晓唐不知道这个孩子怎么才能让母亲抱在怀里。

荒诞中隐喻的社会现实 ◎田 野

现代人可真是忙啊，忙上学、忙考试、忙过级、忙找工作、忙谈判、忙赚钱……忙得甚至连谈恋爱的时间都没有。不过好在现在有了能力非凡的网络，你没时间做的事，你实现不了的愿望，网络可以帮你解决，满足你的一切需求。《E时代爱情婚姻》中的两位主人公就是这样一对“幸运”的男女。他们俩在网上谈情说爱，卿卿我我，出国旅游，享尽了一切人间的荣华富贵，而且既省时又省力（当然，也需要买点充值卡）。看到两个人沉浸在如此美妙的幸福之中，我们甚至于不得不赞叹：多么神奇而伟大的网络啊！多么幸运的新新人类啊！然而，当一年过去，程晓唐的母亲提出一个重要的问题——想要一个大胖孙子时，却让程晓唐傻眼了，因为她“不知道这个孩子怎么才能让母亲抱在怀里”！看来，网络并不是万能的，它永远代替不了可触可摸的现实。

一个人活着，只需安宁度日，悲也可放下，喜也可放下。每个人都有自己的日子；每个人的日子都是对自己的承诺。因为，瞬间，就是永恒。

Part Five 黄昏霞光

伸伸懒腰迎接一天的末尾。霞光暖暖地照在窗前的牵牛花上，厨房里传来母亲炒菜的香味。黄昏是最适合思考的时候，翻一页书，看落日熔金，夕阳西下。在白昼与黑夜交替的刹那美丽中，我们感受生活的美好，感悟生命的真谛。

针锋相对的辩论更能体现人的智慧、才学，最深层最完整的灵魂。

谈判专家

黄桂华

某公司大门口贴招聘启事一则，诚聘谈判专家一名。一青年看了启事，来到人事部面见经理。

经理："先生是应聘的？"

青年："废话，难道你这儿是餐厅我来吃饭？是阅览室我来看书？"

经理："请坐吧。"

青年："你没有权力命令我坐，坐或站是我的权利，每个公民的正当权益受国家法律保护。"

经理："那么……请抽烟。"

青年："抽烟是慢性自杀，你我无冤无仇，难道你想谋财害命？况且，如果这烟要是放了毒品，我一旦上了瘾，不是要跌入无底深渊吗？"

经理："我并没有放毒品呀！"

青年："我也没有说你放了毒品呀！我只是假设，是合理怀疑，你却用肯定的语气，是不是想陷害我？"

经理："先生，我们换个话题好不好？"

青年："咦？你这人真怪，说话是你的人身权利。我国法律明文规定公民有言论自由，我又不是执法机关，无权剥夺你的言论权。”

经理：“能否看一下你的学历证明？”

青年：“学历能证明什么？只能说明一个人的过去。而且，有学历就能说明一个人有能力吗？那样看待问题是片面的，并且是主观的。何况，现在有很多学历都掺有水分，甚至是假货，不足为凭！”

经理：“请问你以前是否做过这类工作？”

青年：“这是我的个人隐私，你无权知道。”

经理：“那我怎么知道你能否胜任这份工作呢？”

青年：“如果连这种简单的事情都弄不清楚，只能说明你这个经理没有水平，根本不称职！在这种没有水平的人领导下工作，我也是不可能有前途的！现在，我就离开这家即将没落的公司！”

经理：“先生，请等一等，恭喜，你被录用了！”

思想交锋　闪现智慧 ◎ 梁丽花

人类思想灵魂的表达方式有许多种，其中最直接最常见的就是对话，尤其是针锋相对的辩论更能体现人的智慧、才学，最深层最完整的灵魂。

《谈判专家》就属于纯粹的语言对话，为我们描绘了一个应聘者面试的精彩场面。由经理的问与青年的答充分体现了经理设计问题的巧妙和青年的才学、素质和自我的个性。

从经理的第一问“先生是来应聘的？”体现了经理的礼貌待人并没有以权位自居，傲慢无礼。而青年的回答则体现了青年并没有因为自己是应聘者而迁就他人或位高于自己的人。说明他并不向权威屈服，敢于与权威对抗的个性。

青年的“你没有权力命令我……每个公民的正当权益受国家法律保护。”体现了他的知识面，对法律的熟悉程度，这是作为一个谈判专家最起码的要求。

经理:“那么……请抽烟。”经理的这一问,实在是太妙了!我们不妨大胆的猜测:会不会是经理被应聘者的高傲无礼,强劲的气势逼倒了呢!或许另有文章?那简简单单的五个字是经理设计的一个普通且具有难度的考验,这不是一关的关卡不仅可以测试青年拒绝诱惑的能力,而且缓和了当时的气氛。

也许有些应聘者会迟疑或简洁地说“NO”,然而,这位青年好似不经过思考地果断回答,分析了抽烟有害,并且从它联系到“你我”的关系,充分地体现了他对外界的事物始终谨慎,具备着捍卫自己利益极强的个性。他的回答也很有学问,合理的猜测,不仅让自己拒绝诱惑找出理由,也给对方留下台阶。

经理:“我并没有放毒品呀!”他平静的语气,并不因对方的怀疑而勃然大怒,他的气度以及心胸不是一般管理人员能办到的。他这一答不仅为自己辩解,而且又隐藏了问题。他试探的经验如此丰富,资历如此深厚,不能不让人防范。然而,青年的机敏更是令人佩服。“假设”“怀疑”“陷害”等术语的应用,说明青年具有高层次的法律专业水平。

经理:“先生,我们换个话题好不好?”

经理的请求,暗示着青年在某方面已过关。下一轮的测试又是什么呢?

然而,青年却从他的请求中找到了对方的缺口,再一次体现青年人的敏锐、严密的逻辑思维以及谈判的技巧。他的回答,处处用法律作为自己辩论的依据。

他对“学历”的看法,又突出了他运用哲学与法律来武装自己,对于具体的问题,他都有自己的观点,并且他的观点是无法反驳的。

经理:“那我怎么知道你能否胜任这份工作呢?”突出了经理的高度责任感以及用人谨慎的特点。

青年:“如果……现在,我就离开这家即将没落的公司!”说明青年的人生观、是非的判断和取舍很有自己的价值标准。

然而，经理："先生，请等一等，恭喜，你被录用了。"说明了经理并非是没水平的领导者，而真是充满睿智的领导者。他从设计的简单的8个问题了解到应聘者多方面的信息。

《谈判专家》一文中语言的对撞，语言的设计很高超，缓和中有激进，普通中有深邃，环环相扣，处处闪烁着智慧的火花。

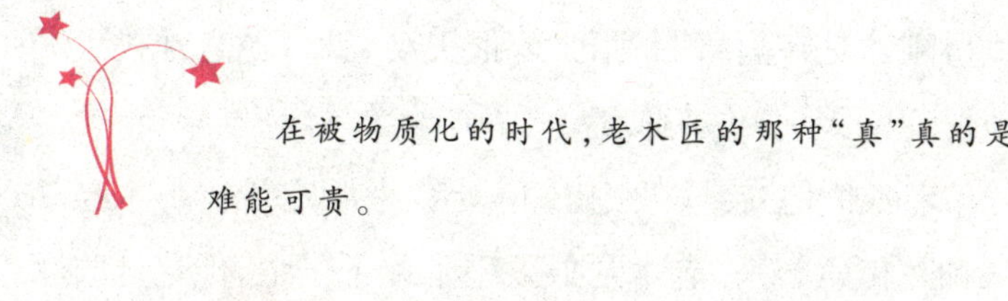

在被物质化的时代，老木匠的那种"真"真的是难能可贵。

匠心

祝春岗

爷孙俩正在店里埋头做木活，县"打假办"的老张踏进门来，见老木匠对着家具精雕细刻，神情异常专注，就不忍心打搅他，只跟老木匠的孙子说明了来意，说是想定做15只举报信箱，钉挂在街头路口，方便群众举报打假。小木匠一听是桩小生意，就不想接活，只委婉地劝老张迟些时候再来。

老张推着自行车正欲离去，老木匠却唤他停下。小木匠立刻转过脸对老木匠使使眼色，说："阿公，这些家具人家正催得紧呢，我们哪有闲工夫忙这琐碎活？"老木匠似没听见，又朝老张招了一下手。小木匠晓得老木匠的脾气，无奈，只得叫老张谈谈规格式样。老张原本外行，敷衍说像只箱子就行。老木匠这时已停下手中的活儿，边听边在一张纸上描描画画。

接着，老张就跟小木匠讲价。小木匠索价每只 20 元，老木匠立即向他投去责备的眼光。老张仅出 4 元。俩人僵持了一会儿，老张遂有所妥协，每只又增加了两元。但小木匠却把价格咬得死死的，丝毫不肯让出半步。脸上还隐约露出一丝得意的笑容。小木匠的意图很明显，无非是故意抬价想吓跑老张。老张见没有一点回旋的余地，就想去找另一间木店。这时，老木匠在一旁发话了："成，6 块就 6 块！"小木匠不满地嘟哝几句。老木匠却没有理会，叫老张走到他身旁，指着三四张草图给他看。老张这才晓得刚才是在画草图，张张都很美观，就很随意地挑了一张。老木匠爽朗地说："两天后，你来取货。"

老张怕他变卦，便掏出 10 元钱来做定钱。小木匠却迟迟不肯接，老张顿时焦急起来。老木匠狠狠瞪了孙子一眼，他这才收了下来，并给老张写了一张收据。

两天后，早上，老张叫了一辆人力三轮车来取货。老远，老张就看见了 15 只信箱整齐地立在门口。箱子的外面都涂上乳白的油漆，正面和两侧都写上了"举报信箱"四个红字。字儿端正活泼，以白相衬，更加醒目。在箱子的顶部，还特制了一张拱形的铁皮遮檐，刷上银色的防锈漆。看来它们坚固耐用，雨淋不进日晒不到箱内。

看来，老木匠委实动了一番心思，想得如此周到。老张心里异常满意，但还是例行公事般逐只检查。小木匠见他这般挑剔，不满地说："你放心好了，我阿公用了店里最好的木料，加班加点赶制出来，哪能赚你钱，亏了大本了！"老木匠笑着对老张说："别听他闲扯。"

老张检查完，就跟小木匠结账，掏出 90 元连同那张收据交给他，吩咐他按每只 20 元写一张发票。小木匠愣了，不愿开，因为多开意味着要多缴税。老张见他迟疑，晓得他少见世面，不懂得开假发票，就把复写纸抽出来打了个对折，撕下报销的那页发票往里塞，只留下空白的存根……小木匠恍然大悟，便去找笔。

老木匠脸色骤沉，大手一挥，对孙子厉声喝道："你给我站住！"

小木匠站住了，不解地望着他。

"这桩生意我不做了！"老木匠对老张说。

"你不能反悔！"老张便气恼了，转头命令三轮车车夫，"把箱子装上，都拉走！"

却没料到，老木匠抓起身旁的一把利斧，走到阳光灿烂的门口，抡起斧头，使尽臂力对准一只只信箱狠狠地砍砸下去，霎时间，地上变成红红白白刺目的一片……

反转情节 凸现形象 ◎ 黄云宇

《匠心》一文向我们介绍了一名打假办工作人员从向木匠订买举报信箱到信箱被毁的始末。通过人物细节的描写和情节的反转，我们可以清晰地看到主人公老木匠的真性情和老张这位打假办人员的真面目。

主人公老木匠是一个心灵手巧而又正直爽朗的人，"家具精雕细刻，神情异常专注"，突出了老木匠手艺之巧，用心之专，也为下文小木匠不接举报信箱这桩小生意道出了理由。老木匠如此的专一，他却在"老张推车欲离去"的时候停下来唤住老张，更显得他待人周到。"阿公，这些家具人家正催得紧呢，我们哪有闲工夫忙这琐碎活？"小木匠在委婉地劝退老张，但老木匠似若未闻，而是答应了，这就烘托出老木匠对社会工作的热忱。小木匠开价高有意为难老张，老木匠马上投去责备的眼光，又降到最低价方便老张，我们可以看出老木匠很能够体谅他人，在赶工的情况下，还答应老张两天后来提货，好一个爽快的老木匠！小木匠不肯接钱，老木匠瞪孙子也是狠狠的。作者对举报信箱还进行了细致描写，突出了老木匠的细心周到，尽职尽责，后来，"用了店里最好的木料，加班加点赶制出来"的举报信箱，却被老木匠的利斧所毁，只见老木匠"抓起"、"抡起"、"使尽"、"对准"、"狠狠地砍砸"，更突出了他对老张的虚伪的愤

怒，他对这种虚假的社会现象的厌恶至极。“红红白白刺目的一片”在那“阳光灿烂的门口”是他失望的心血，透过文章字里行间的人物描写，老木匠的真性情浮现。

小说中的另一个人物——老张，作为“打假办”的一员，作者也为他设置了一系列的假象。一个“打假办”的老张给人留下一个正直崇高的形象，老张出价只有4元，见无回旋的余地，就想去另一间木店，看似想替公家省钱，“例行公事般逐只检查”，又给读者留下了一个公事公办的身影，该结账时，作者来个斜升反转——“打假办”的老张居然要开假发票去报销，还“晓得他（小木匠）少见世面，不懂得开假发票”，一句话不仅道出了老木匠的为人正直，也从侧面反映出社会中的“假”是如此猖狂，连“打假办”的工作人员也在作假呀。

看完这篇文章，我们更觉得如老木匠那样的“真”真的是难能可贵。

“你也许不是一个特别聪明的人，但你肯定是一个勇于探索百折不挠的人，而我们急需的，正是你这种人才，你这种精神！”

当了回“傻帽儿”

黄守东

大学毕业后，我一直没能找到合适的工作。这天，又一次应聘失败，可我没有垂头丧气，依然相信天生我材必有用，前边一定有机遇在等着自己。这么想着，我偶然一抬头，发现眼前的电线杆上贴着一则招聘启事，内容只有11个字：

急需人才，由此向西500米！

我觉得这则启事有些怪，就向西走了500米左右。这里有条小巷，等着我的不是什么公司单位，而是另一根电线杆，上边也贴着一张招聘启事，只是这回启事的内容简略到只剩了5个字：

向南500米！

我更觉奇怪了，就又往南走了500米。迎接我的还是一根电线杆，上边还是一张启事，这次是叫向东500米。我猜到这很可能是一个恶作剧，再走下去未免有些冒傻气了。可是犹豫片刻，我还是向东走去——宁可当回傻帽儿，走回冤道，也要弄清到底是怎么回事，我就是这么个脾气。

第四根电线杆上的启事这样写着：揭开第一张启事，你会称心如意！

转了一圈，我又回到了第一根电线杆下，揭开了第一张启事，下边果然又露出了一张白纸，白纸上却只有一个手机号码。我按着那个号码拨通了电话，电话里一个机械平板的声音说出了另一组号码，很快就挂断了电话。我又按那组号码拨打了另一个电话，电话却让我晚上10点再打。

晚上10点，我当真又拨通了电话，电话里，一个男人命令我马上赶到一个地方去。

按着电话提供的地址，我赶到了那个地方。那是一座普通写字楼底层的一间，里边亮着灯，但敲门却没人应声。我试着推推门，门是虚掩着的。走进屋，里边空空如也，墙上一张夸张的大漫画特别醒目。画上边，一个调皮的小孩正幸灾乐祸地说：傻帽儿，你上当了，哈哈哈！

我腾地红了脸，转身逃出了那间屋。到了外边夜风一吹，我冷静下来，想想不对，赶忙又跑了回去，掀开那张漫画，漫画下边果然还附着另一张纸，上边写着：如果你想抓住机遇，就在零点前赶到芳新

园五号。

芳新园远在市郊。我立刻跳上了一辆出租车。不巧的是出租车半路出了故障，到了芳新园已是零点过二分。来到五号大院门口，只见大门紧闭，门上贴着一张纸，上边写着几个钢笔字：你来晚了，明早7点是你最后的机会！

第二天早6点，我早早来到了芳新园五号门前等候。7点整，一辆黑色轿车准时停在了我的身边。开车的是个瘦老头，他打量了一下我，问清我是来应聘的，就面无表情地让我上了车。

车子开回市里，一直开进了如日中天的"新世界"企业集团总部院内。

开车的老头领着我来到了总经理室，然后他坐到了老板台后，郑重其事地自我介绍："我是'新世界'的总经理。"说完他递给我一张名片。

我看看名片，又惊讶地打量一番这位貌不出众、衣不惊人的小老头，一时不知是怎么回事。总经理笑着对我说："不必怀疑，我是货真价实的总经理，我跟你做了个有趣的游戏，现在游戏结束了，你后不后悔？"我说："不，至少我弄清了是怎么回事，只是我觉得这游戏并不是很有趣！"

总经理说："为了感谢你的合作，我可以发你一笔奖金……"

尽管感觉受到了捉弄，我还是礼貌地谢绝了他的奖金，然后尽量保持风度地往外走。

总经理却唤住了我，盯着我问："年轻人，愿不愿到'新世界'来工作啊？"我以为自己听错了，我以为这位总经理又要捉弄人，可看他那认真的样子又不像。我迷茫地望着他，傻乎乎地说："当然，当然愿意，只是……"总经理拍拍我的肩，郑重地说："现在我正式通知你，你已通过了考核测试，被我集团公司录用了！"他又握住我的手评判道，"你也许不是一个特别聪明的人，但你肯定是一个勇于探索百折不挠的人，而我们急需的，正是你这种人才，你这种精神！"

第二天，我就到"新世界"上班了。

悬念迭起 平波起澜 ◎ 林羽媚

微型小说最大的特点就是篇幅小而意蕴丰富,为了让一篇短小的文章给读者留下深刻的印象,作者往往凭借设置悬念来增加小说的内蕴张力,以制造惊奇效果。从《当了回"傻帽儿"》这篇小说来看,整个故事情节的发展过程,即是一个设置悬念的过程。

《当了回"傻帽儿"》的整个故事情节没有翻天覆地的变化,但它却在平实的叙述中给读者留下了很多问号。"我"在一而再,再而三的"恶作剧"中勇往直前,当了回"傻帽儿",最后竟得到了意外的收获——被"新世界"的老板聘用。

小说一开篇,写我在一根电线杆上看到了一则招聘启事,上面只是写着:急需人才,由此向西500米。这是一场恶作剧还是真的招聘广告呢?接着又是向南向东走,结果还是回到了第一个电线杆。这时,我们可能会问:谁贴的启示?他这样做用意何在呢?当读者看到"我"被夸张的大漫画"幸灾乐祸"地笑话时,"我"真的被人捉弄了吗?故事的发展就是出人意料,"漫画后的纸条"又继续了故事的情节,谜底最后在一个老头出现后才亮了出来——这位貌不惊人的小老头竟是新世界的老板,要"恶作剧"的神秘人。

新世界老板这种选择人才的方式是独特的,因"我"的勇于探索百折不挠而被"新世界"聘用了。这独特的故事情节所制造的艺术效果令人叹服。我们回头再看看小说的具体情节:"我"应聘失败→归途见启事→向西走还是启事→向南走还是启事→向东走又是启事→又回到第一根电线杆→打电话→到写字楼受讽→两次到新芳园→见到老头→谢绝游戏奖金→受聘。由此可见,巧设悬念推动故事情节的发展,也丰富了文章的内容。

《当了回"傻帽儿"》中的人物遭遇是如此曲折,而正是人物那曲折

的遭遇令行文中悬念层出，引起了读者的阅读兴趣。多变的情节令读者震惊，故事的结果令读者意外。震惊也好，意外也好，这都是因“巧”设疑阵使情节延变而出现的意外结局。

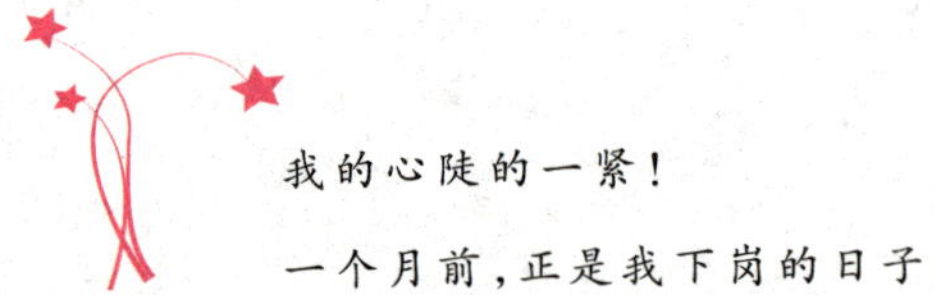

我的心陡的一紧！

一个月前，正是我下岗的日子！

父亲节的礼物

于德北

早晨起来，屋子里已经空无一人，太阳透过窗棂，懒散地照在床单上。

我去卫生间洗漱，之后穿好衣服，准备出门。多少天了，一直这样，我已经习惯了在太阳光下奔走，并向每一个可以帮助我的人送上笑脸。可是事情并无转机，没有一个人对我的遭遇表示同情，当然，也没有一个人肯向我伸出对我来说无疑是恩赐般的双手。

我的心一点点冷漠了。

是被周围的冷漠而冷漠。

其实，这也不应该是冷漠，只不过是司空见惯罢了。

这个早晨不一样！我走到门口的时候，发现了一张字条，从字迹上看，显然是儿子留下来的，字条的下边还压了 30 元钱。5 元的，1 元的，有纸币，有硬币，不薄不厚的一小堆。

儿子说："爸爸，今天是父亲节，祝你节日快乐。"

儿子在一所高中读书，学习成绩不错。

儿子说："给你留下 30 元钱，15 元自己买礼物，15 元买礼物给爷爷。"

儿子想得很周到，不但想到了我，还想到了爷爷。爷爷和我们住在一个城市，只是，我已经很长时间没去看他了。

今天是父亲节，我眼前出现了父亲的白发，鼻子不觉一酸。

我把 30 元钱攥在手里，心里充满了无法言说的温暖。

可是儿子的钱是从哪儿弄来的呢？平日里，我和他妈妈对他的花销很仔细，几乎每一笔账目都是清清楚楚的，他怎么会一下子有 30 元"巨款"?!

儿子在字条上告诉我："你不用担心，这 30 元钱是我每天放学省下的车钱。我发现了一条近路，步行时间和坐车差不了多少。"

我终于知道，这就是这段时间儿子每天晚到家 10 分钟的原因！

这小子，懂事了。

我决定今天不去阳光下奔走了，我要买一瓶，不，两瓶酒，陪父亲好好喝一盅。父亲一生好酒，如今已是 70 岁的人了，依然每顿喝上二两。喝完酒的父亲，面色酡红，鹤发童颜，十分可爱。

父亲节，顾名思义，是父亲的节日，每一个做儿女的，都应该让父亲高兴高兴。

我不再犹豫，下了楼，直奔超市。在超市里，我左挑右选，选了两瓶"德兴"，正好用去了儿子留下的 30 元钱。

父亲住在开发区，我赶到那里的时候，正是中午。我急匆匆地跑上楼，三岁毛孩子一样地敲门，那门让我敲得"咚咚"直响。我觉得我的举动能像儿子的举动给我带来欣慰一样会给我的父亲带来欣慰。

开门的是母亲。

我来不及脱鞋，就高举着手里的酒瓶，大声叫道："爸，祝你父

亲节快乐！”

看见酒，父亲呼地一下从沙发上站起来，身子前倾，脚步快速向前推移。可是，父亲只走了两步，就猛地停了下来，脸上的笑容也一点点凝固，然后，又一点点收回。

“爸，看我给你买什么了？”

我浑然不觉，还在叫着。

父亲的身体却稳稳地转了回去，复又平静地坐到沙发上。

我有些惊愕。

这时，母亲小声对我说：“你爸爸已经戒酒了。”

“戒酒？”我不解。

“一个月了。”母亲摇了摇头。

我的心陡的一紧！

一个月前，正是我下岗的日子！

品一杯亲情的酒 ◎田　野

中国人向来不善于表达情感，尤其是粗线条的男人。你看过生活中哪个父亲或者儿子，经常把“我爱你”这句话挂在嘴边？而这在外国电影中，可是司空见惯的。幸好，我们近些年引来了老外的“父亲节”。在《父亲节的礼物》这篇作品中，父亲节便成了父子之间交流情感、表达关爱的一个契机。

作品中的“我”下岗了，找工作时处处碰壁，因此心也逐渐变得冷漠。然而，父亲节的这天早晨，懂事的儿子却将步行回家节省下来的30元钱送给“我”作为礼物，使“我”心里充满了无法言说的温暖。而“我”为了让父亲也高兴高兴，就用儿子给的30元钱买了两瓶酒给老父亲送来，谁知，母亲却告诉“我”，父亲从“我”下岗那天起就已经开始戒酒了！

故事很简单，然而，却在尺幅之间写出了浓浓的亲情。儿子对“我”的关爱，“我”对父亲的孝敬，以及父亲对“我”的体贴，无不让读者心生感喟。可以说，《父亲节的礼物》就是一杯味道醇厚的好酒，值得我们一品再品。

回头望去，秋风抓起尘土，撒向了天空。尘土欢快地飞舞着，弥漫在1986年的黄昏，久久没有落下。

黄昏在1986

连俊超

回忆过去的生活，无异于再活一次。

——马提亚尔

那是1986年秋天的黄昏。

那年，秋天凄冷的尾巴还未扫去满地的落叶，而祖父的离世已将家中的温暖气象搜刮得一干二净。我坐在祖父墓碑旁，为自己终日庸碌无为而深感愧怍。那时，太阳由南转西，照在祖父光滑的墓碑上，反射出刺眼的光芒。

暖阳的目光中，一个穿灰色上衣的老人一瘸一拐地在碑林间忙活，他在墓碑旁扫去几片黄叶，间或拔除几棵干枯的细草。他的脚步很快踏遍不大的墓园，我看到他背着扫帚向我走来。

他的扫帚落在祖父的坟上。

我说："新坟，不必了。"

他的扫帚缓缓挥动两下，扫走了几片落叶。

"新坟旧坟埋在这里的都是英雄。"他在我身旁坐了下来，浑厚深沉的目光凝聚在我脸上，看得我不知所措。然后他抬眼望着一片墓碑坟冢，从口袋里掏出旱烟，点着，抽了一口。

一抹无声的笑驱散了他目光里的严肃："我也是从战争中走过来的。当年我跟县里的游击队打了三年鬼子。鬼子投降后，我就和娘一起呆在村里。我兄弟驻扎在华北，参加了随后的解放战争。"

老人吐出一口烟，说："我这辈子最大的错误就是在解放战争的时候待在了家里。"他像是自言自语。

"我被老蒋的部队抓去了。"他的语调变得低沉，"我被派到了前线阻击解放军的壕沟里。"

"我是消灭过多少鬼子的游击队员，可那时我却要为老蒋打自家兄弟了。我当时觉得自己简直不是人。我不能干对不起自己人的事，我得走。那天夜里，我摸黑溜了出来。可跑了没多远，就听到后边有人乱喊。我听到了枪声，大腿好像被啥东西咬了一口。"

老人拍着左腿呵呵笑了起来："我在县里打鬼子也没挨过一个枪子儿，却被他娘的老蒋的人打了一枪。"

"他们没有枪毙我，又把我扔进了壕沟。我身边一个被抓来的大个子医生给我包扎了伤口。后来解放军冲过来的时候，当官儿的早跑了，壕沟里没一个人开枪。我本想跟解放军去打老蒋，可我瘸了腿，是个累赘。"

一排大雁鸣奏着秋阳的旋律，羽翼轻缓地抚过高远的晴空，飞往南方的栖息地。

"我回到家的时候，娘高兴地说，等我兄弟回来全家就团圆了。"老人磕掉烟灰，捻一抹土盖上，重新点着一锅烟丝，说，"可我兄弟没能回来。那年冬天，我们得知他在战场上牺牲了。娘当时就站不稳了。平常一件小事都会让她大半夜睡不着，何况是……她经常半夜起来，在屋里念叨：二娃子回不来了，再也回不来了。我知道我兄弟的死揪住她的心了。后来她总是天不亮就起床，坐在门口的青石上，往村头看。我走过去劝她，她就一把抓住我的手，说二娃子要回来了，让我到村头接他。我快三十岁的人了，听到娘说让我去接兄弟，总忍不住要哭出来。她推我一把，对我摆摆手，显得很兴奋。我就拖着瘸腿，一步一拐地往村头走。村口的风一个劲地往我脖子里扎。我瞅着远处蒙蒙亮的野地，瞅着村外那条路，路边一片白霜，我没见过一个人。我哆嗦着，想想坐在门口的娘和牺牲在外地的兄弟，哭一阵，就回去了。”

透过烟雾，我看到了他眼中的泪珠。太阳已经站在了西边驼峰一样的山上，黄灿灿的光芒在老人眼中反射出闪亮的色彩。然而那色彩闪烁了一阵，消失了。

“娘的身体变得越来越虚，我知道她心里有一团疙瘩，解不开了。来年春上她就咽了气。她走的时候，变得清醒了，嘱咐我娶个媳妇，好好过日子。”

老人轻轻叹了口气，说：“可是后来的日子并不好过。村里人见了我就像当年见到鬼子一样躲得远远的。那几年吃大锅饭，没人愿意跟我坐在一块儿，上工时也不愿跟我分一组。我知道，我是带着耻辱回去的。我拿过老蒋的长枪，穿过他们的制服，这些就像我身上的胎记一样长在皮肉里，到死也抹不掉。”

一阵凉风飞过草丛，吹过老人的面庞，他面前的烟便随风散开，无处不在。

“那些年我成天一个人扛着锄头到田里溜达，见哪块地有草我就随便锄几下。后来闹灾荒，村里人都出门要饭，我也进城了。我遇见了在壕沟里见过的那个大个子医生。他认识一个熟人，把我安排到这儿，给了我一口饭。”

太阳已经落下大半，秋风渐起，尘土渐轻，墓群蹲在尘土和暮霭中，灰蒙蒙的，模糊不清。晚霞在老人身上涂抹了醇厚金黄的光芒，雕刻着一

张像大地一样坎坷而褶皱丛生的脸庞。

老人与落日最后的目光对视着，微笑起来："村里人肯定以为我早饿死了，可我活得好好的，我还和英雄烈士住在一块儿。我每天把他们的墓碑清扫一遍，闲下来就和他们说说话，我兄弟也在这里呢！"老人转过脸，目光缓缓走进了那片墓群，"我知道自己什么都不是，可我也艰难地活了几十年。我一直说是老天爷照顾了我这个瘸子，我得把日子过得实实在在的。"

太阳像掉进水里的石头，沉落消失。天暗下来，黄昏缓步而至，笼罩了大地。

我离开的时候，老人站了起来，爽朗地笑着，拍着我的肩膀说："听一个老头子胡扯了半晌。"

我张口欲语，可我只听到自己笑了起来。

笑声中，我看见老人那模糊的脸庞渐渐发亮，明净清朗。

然后我转身走进了1986年秋天的黄昏，我的脚步踏得格外有力。回头望去，秋风抓起尘土，撒向了天空。尘土欢快地飞舞着，弥漫在1986年的黄昏，久久没有落下。

在回忆中再活一次 ◎田 野

一个孤独的老人，在黄昏的墓园中，向一个陌生人讲述自己经历坎坷的一生……不知为什么，微型小说《黄昏在1986》让我想起了冯小刚导演的电影《集结号》。影片讲述了一位叫谷子地的连长，奉命带领47名战士打一场四个小时的阻击战，最后只有连长幸存。进入和平年代后，牺牲的战友被定为"失踪"，谷子地费尽千辛万苦找到47具遗骸，终于为战友们追得"烈士"的称号。与影片中谷子地他们的命运不同，《黄昏在1986》中，本来是游击队战士的老人因为被国民党的部队抓去，他后来的命运便遭到彻底改变，"带着耻辱"回来的他不再被村人接受，失去亲人后，孤苦伶仃、无依无靠的他只能在墓园中度过余生，靠与英雄烈士们"说话"找回昔日的岁月与光荣。

"我知道自己什么都不是，可我也艰难地活了几十年。我一直说是老天爷照顾了我这个瘸子，我得把日子过得实实在在的"。战争毁了老人的家人和老人的一生，可艰难活命的他依然要感谢老天爷的照顾，这让我们在思索战争给人类带来灾难的同时，也不由得对老人顽强的生命力、不屈不挠的战斗精神感到钦佩不已！

《黄昏在1986》情节简单，却能将宏旨寓于其间，蕴涵丰厚，诗味浓郁，耐人一读再读。

太阳落下去了，如今那长长的草
在晚风中摇摆得如梦似晕；
从那古老的灰色之石飞离的野鸟
在某个温暖角落找地栖身。

Part Six 黄土风情

这是我们祖祖辈辈赖以生存的土地，每天都上演着无数故事，或让人莞尔，或让人心酸，或让人开怀，或让人伤感。每个人，每件事都鲜活如在眼前。在诱惑多多的现代社会，让我们再次品味那些黄土大地上的人世沧桑，让我们记住，那里埋有我们的根。

双重反转，曲折多变的情节及出人意料的结局给读者造成一种惊奇的艺术效果，从而对读者的思维产生强烈的艺术震撼。

刁民老田头

钟德盛

老田头一辈子勤耕苦作，老实俭朴。但脾气犟，爱认个死理儿，人们都叫他倔老汉。今年家里卖了头大肥猪，儿子和媳妇想抱台电视机回来，老汉就是不答应，说要留着钱买农药肥料，过日子要安分，哪有这闲钱寻欢作乐。

儿子和媳妇拗不过，只好作罢，但一连几天都把嘴巴撅得老高。老田头只当没看见。

一天，一大群乡干部来到他家，嘘寒问暖挺热情，还带来一台 17 英寸熊猫牌黑白电视。老田头忙问怎么回事。乡长说，过几天将有省领导下来视察工作，本乡被县里确定为脱贫奔小康的先进典型，是这次检查的重点。你家离乡政府近，连一台电视都没有，检查起来，面子上不好看，从供销社借一台先摆上……

没想到这倔老汉死活不要，说别人的肉，是贴不到自己身上的。

乡干部软磨硬缠，老汉还是摇头。儿子抱起电视机就要往桌上摆，被老汉骂了个狗血淋头。

一位乡干部把老汉拉到旁边，悄悄说：这事有关乡长书记的前程，莫再倔了。可老汉眨巴着眼睛，仍在犹豫。

乡长沉下脸来说：老田头，就算我求你，给我一回面子，好吗？老汉脾气再倔，也知道父母官的面子不好驳回，勉强留下来了。乡干部走后，晚上儿子和媳妇兴高采烈地打开电视，看得美滋滋的。老汉也忍不住瞅两眼，不知不觉入了迷，心想果然是件好东西，难怪这小两口猴急。

一星期后，视察圆满结束，书记乡长大受上级赞扬。据消息灵通人士透露，他俩极有被提拔到县机关工作的可能。

那天，乡长笑容满面，带人来到老田头家，要抱回电视机，不料老汉竟死活不让抬走。双方争吵起来，乡长说：你个老刁头，少来放刁，否则叫派出所的人来好好治治你这倔脾气。

倔老汉也不是省油的灯，冷冷地甩出两句话：去叫吧，我是冲你的面子收下这台电视的。而今满世界都在打击假冒伪劣，你认为它比你的乌纱帽值钱，那就抬走吧！

乡长没想到遇上这样的刁民，无奈地倒抽一口冷气悻悻地走了。

从此倔老汉每晚抽着旱烟斗，笑眯眯地坐在电视前，看得十分入神……

两月后，倔老汉对儿子说：嗯，这机子质量不错，快把卖猪的款子给供销社送去。

抓住细节　写活性格 ◎李　杰

《刁民老田头》抓住了老实俭朴的老田头的“犟脾气”这一细节因素来塑造人物的典型性格。小说首先讲述了老田头的性格，但怎么表现，通过什么来更好体现呢？这是小说的灵魂所在，因此故事显得格外重要。然而故事能否吸引读者，故事情节发展又起了很重要的作用，《刁民老田头》成功之处也体现在故事情节发展之中塑造人物的性格。纵观全文情

节发展，又是一个双重反转的过程。

整个故事情节是这样发展的：儿、媳在卖了猪之后，想买台电视机，遭到老田头的极力反对，说要留钱来买农药肥料。儿媳一连几天把嘴巴撅得老高，老田头只当没看见，这一小事可略见老汉的犟性。接着，本乡被县里确定为脱贫奔小康的先进典型，为了应付检查，乡干部给老汉家带来一台电视机。但无论干部如何的"软磨硬缠"，老汉还是摇头，甚至儿子要收下也被他骂了个狗血淋头。直至乡长求他才勉强留下，此时，老汉的犟脾气已跃然纸上，这样故事就引起读者对情节的发展方向和最终结局有了推想和预测。按其性格来说，"机子"应该不会有什么好下场。然而作者笔锋一转，写到老汉不觉瞅了两眼，竟着了迷，后来干部要收回电视机，老汉死活也不让抬走，非但不怕威胁，还说："我是冲你的面子收下这台电视的，而今满世界都在打击假冒伪劣，你认为它比你的乌纱帽值钱那就抬走吧！"他气走干部，从而又诱导读者认为事情将会不了了之，但结果却出人意料，老汉让儿子送钱把电视买下。

小说从老汉不愿买到让儿子送钱去主动买，从死活也不肯留下到死活也不肯让抬走的双重反转，曲折发展的故事及意外结局给读者造成一种惊奇的艺术效果，在行文中故意设下圈套诱导读者作顺向推理，而最后发展的结果并非如此，从而对读者在脑中形成的固有思维造成"破坏"，产生震撼的艺术效果。这就是微型小说自有的特点，它强烈地体现了微型小说的艺术感染力，于是，小说中一个活生生、具有典型性格的老汉形象呈现在读者面前。

如果老是以“人”之心，度“狼”之腹，人与自然何时才能真正和谐共处？

野　狼

聂还贵

大漠，一振种凉的辽阔。

帐篷一搭，即是安身之家。

实在太疲劳了，躺下就入睡，且整夜无梦。一觉醒来，伸手一抓就是一大把阳光。

挑起帐篷门帘，啊？我不禁倒吸一口冷气。惊惧突如其来，像一枚钉子，把我定格在那里。

狼。一只野狼。在百米处沙丘上的一块大黑石头旁，与我对视。只是那目光，没有想象的那样凶残、贪婪，充满机警和好奇。

这只狼，四个蹄子，雪样发白，仿佛穿了四只白色网球鞋。苍黄的毛色，光滑油亮。个头不算大，却显得矫健英俊。在沙漠运动场上，它准是百兽群里的百米运动员。

愣了一阵子，我才想起防卫，想到猎枪。

当我端着猎枪走出帐篷时，野狼已经不见了。

下午，我打开录音机，放起贝多芬的《命运交响曲》。突然，从帐篷的缝隙里，我看见那只野狼正卧在早晨看到的那个沙丘上，仄着耳朵，一副

聚精会神的样子。狼在听音乐吗？狼也懂音乐吗？

我忽地来了情绪，把警惕、人与狼的差别与猎枪一起，扔在一边，顺手抓几块罐头里的肉，钻出帐篷。

野狼看见我，吃了一惊，本能地跳起来，退却几步。

我使劲朝它甩去手里的肉，它却以为是向它攻击，拔腿就跑，但一定是闻到了肉味，又猛地刹住，回过头来一步一步向肉走去。

走到肉前，狼突地一点头，敏捷地叼起肉，转身跑了一段路，这才掉过头来，一边谨慎地嚼着，一边摆动尾巴，就像一只狗在感谢它的主人。

我觉得不再寂寞和孤独。

然而，这以后，一连几天，再没有见着狼。

第三次见到狼，是在一个傍晚。

我点了堆篝火，特地放着有《北方狼》曲子的磁带，随着跳起舞来。

蓦然，我感觉不是独舞，身边还有伴舞者。那便是那只可爱的狼。我想到了美国西部影片《与狼共舞》。

火光照耀下，野狼踩着音乐节拍，来回走着，那样认真，那样有趣。只是我发现，野狼的一条前腿瘸着，深一脚，浅一脚，减了几分先前的精神。同类咬的？猎人干的？

这只野狼为什么总是跟着我？是为了排遣心中的孤寂？是把我当成异类中的朋友？是把我想成一顿美餐？

带着一连串问题，我恍兮惚兮，进入了梦境。

突然，一阵狼的号叫，把我惊醒。我本能地弹跳起来。

从帐篷的窗子惶然张望，啊，月照中天，一片煞白，把整个大漠照得贼亮惨白，森然可怕。月光下，沙丘上那只野狼后腿支撑，身子直立，雕塑一般，对月长哭，那哭声凄惨，悲戚，苍凉，我听得毛骨悚然，寒战不已。

猛地，野狼前腿收回落地，朝我的帐篷一瘸一拐而来，并环绕我的帐篷嗥叫不息。

狼！毕竟是狼！兽性不泯，狼性难改！穷凶极恶的家伙！我一直友好待你，你却饿疯了，向朋友发难了。我想到柳宗元的《黔之驴》，那贵州小老虎，不就是采用这样的手段，把那头蠢驴吃掉的吗？

蠢驴。我一边骂着自己，一边操起猎枪，从窗口伸出去，却说不清楚为什么，只是朝天开了一枪。

然而无济于事，野狼真的疯了，竟然撕破我的帐篷，钻进来。

“叭——”野狼应声倒下。它艰难地抬起头，痛苦地看了我一眼，挣扎着，淌着血，向外面爬去。

当我追出来时，狼已经死在沙丘上那块大黑石头旁边。

这时，惨白的月亮变得暗淡起来，天地呈现一片混沌。继而，一阵大风铺天盖地，不知从何处席卷而来，凶猛的风浪，像谁抡起的大锤，猛地把我砸倒在地。

当我醒来时，大风已经无声无音。太阳依旧鲜红地照耀着一望无际的沙漠。我发现我的双手紧紧抱着那块大黑石头，身边是那只死去的野狼，而我的帐篷，散了架子似的倒在远处。

惨白的月亮。野狼的啼哭。枪声。风暴。昨夜惊心动魄的一幕，在我眼前翻腾，闪回。

“狼拜月神”。我想到了当地古老的传说。

一只善良可爱的野狼，拯救了我的生命。不，是一只野兽用自己的生命换回一个人的生命，不，是一个人残酷地杀了一只自己的救命恩兽。

我低头看一看野狼，它被黄沙埋了一半，那眼睛沉重地关闭着。但我知道，无论怎样地努力，我都无法抹去我在野狼眼睛里沉重的投影。

真假丑恶 存乎一心 ◎ 林玉龙

这是一篇忏悔之文，同时也是一篇教育之文，作者通过对一次经历的记叙，表达了作者无限的伤感：如果老是以“人”之心，度“狼”之腹，人与自然何时才能真正和谐共处？作者有一句话给了我们极大的震撼：

"一只善良可爱的野狼,拯救了我的生命。不,是一只野兽用自己的生命换回一个人的生命,不,是一个人残酷地杀了一只自己的救命恩兽。"这一带有明显议论性的抒情句子，使作者万分悲痛的心情穿过厚厚的迷茫,一箭直戳我们的心胸,鲜血直喷。我们仿佛看到一个充满人性的生命死不瞑目！作者细腻的心理描写和多次的感情展现,不仅直接地表达了这种内疚之情,而且从另一个角度告诉我们:动物是人类的好朋友,我们要尊重他们,否则就重蹈他的路径,这将是人类的悲剧。是的,像这恩将仇报的经历,也许并不是每一个人都经历过。但是,如果没有与自然生物和平相处的观念,难免又会有这样的忏悔！人类是否可以为了自己的利益而杀害自己的朋友？动物为了报一块肉之恩,不惜为人类献出了宝贵的生命。与狼相比,在我们人类社会中,却多少人为了争名夺利,不择手段,不惜牺牲别人的利益乃至生命来成全自己！人类有发达的头脑,高深的智慧,但是,这并不代表这是进步。什么才是进步？只有真善美,这才是进步。

父亲不能挽回儿子三儿的性命，社会落后的悲剧也由此展示它丑陋的面目。

进城的路

孙明华

三儿很早就被爹叫醒了。

爹说,三儿,快起,爹带你进城看病去。

三儿两眼起初尽是茫然，接着就灼灼地放光，说，爹，真的？您真的带我进城看病了？

爹看看三儿的腿，默默地点点头。三儿的腿上长了个掌心大的脓疮，再不治疗怕是整条腿都要废了。

三儿就一骨碌从床上坐起来，才知道那条长疮的腿怎么也抬不动，三儿说，咋去？爹。

爹说，爹背你！

三儿说，有60里路呢。

爹说，爹背你！

三儿说，爹……泪水就涌了出来。

爹背三儿上路的时候，鸡刚叫头遍。

三儿被进城的喜悦充溢着，三儿说，爹，城里好不好？

好着哩，爹说。

咋个好？

咋个都好。

咋咋个都好？

爹回头瞟三儿一眼，说，城里有楼呢，那楼那个高啊，像咱这里的奶头山似的；城里有火车呢，那火车像条蜈蚣似的，长着呢，还像牛一样，哞哞叫……

三儿从没进过城，三儿被爹讲述的高楼，火车，还有城里的一切美好的事物诱惑着，恨不得插上翅膀马上飞到城里去。

天说亮就亮了，风说起就起了，雨说来就来了。

三儿和爹被淋得浑身精透。爹背着三儿开始大口大口地喘气。三儿不忍。三儿说，爹，歇歇脚避避雨吧。

爹把三儿的屁股往上托了托，说，走吧，还没走一半路程呢。三儿搂紧爹的脖子，呜咽着说，爹……

爹站住看看天，又瞧瞧三儿，找棵枝叶茂密的大树，把三儿放下来，

说，要是不下雨多好。

三儿说，要是有辆车多好。

爹说，要是柏油路多好。

三儿说，咱要是住城里多好。

住城里？爹笑了。

对，住城里，城里有医院呢。

爹想了想，说，也是……

爹和三儿就这样你一句我一句地憧憬着，末了，爹瞅瞅三儿，三儿瞅瞅爹，俩人便哈哈大笑起来。

那时，三儿忘记了疼痛，爹忘记了疲劳。

爹背着三儿又走了一段，就实在走不动了。

雨越下越大，道路越来越泥泞，三儿却发起烧来，浑身火辣辣地烫。爹满脸焦躁，爹说，三儿，今天就是磨蹭到黑，爹也要把你背到城里去。

三儿说，别，爹，还是我自己走吧。

爹不语，依然倔倔地把三儿背起来，艰难地朝前走。

离城还有10里，三儿趴在爹背上睡着了。

爹说，三儿，醒醒，陪爹说说话儿。

三儿不语。

爹说，三儿？

三儿仍不语。

爹慌了，把三儿转到胸前，只见三儿脸色通红，呼吸急促，那条长疮的腿肿得好粗好粗。

爹哭了。爹说：三儿，你怎样了？

三儿迷迷糊糊睁了睁眼，说，爹，我怕是不行了。

爹说，三儿……

三儿就头一歪，又睡过去了。

三儿死了。三儿死在他进城看病的路上，那时三儿很小，爹很年轻。

如今，三儿的爹已经50多岁了。

50多岁的三儿他爹已经是一家医药公司的经理了。

三儿他爹最大的嗜好就是常常独自开着小车朝城里跑，此时通往城市的路早已铺了柏油，个把钟头就到了，但三儿他爹却开得很慢很慢，总是用上半天时间，走走停停，停停走走，仿佛在寻找什么。

人们都说，三儿他爹在想三儿呢，三儿要是赶上这个时代就好了……

路上悲情 心中悲愤 ◎ 胡明帅

一个简洁的事例，一个简单的叙述，就能把一个深刻的主题渲染得淋漓尽致，这就是《进城的路》的魅力。由于上城路之艰远，环境之恶劣，这位父亲不能挽回儿子"三儿"的性命。父子真情也随之演绎，落后的社会现实也冷冰冰地展现于读者面前，达到极高的艺术效果，使本文具有一定的艺术吸引力，令读者为之回味。

这篇文章篇幅很短，但故事性很强，对人物的描写活灵活现，很好地传达了故事的意蕴，把故事本身的内涵完整地呈现给了读者。作者对本文曲折的故事情节设置得很有艺术性，儿子三儿很不幸生了脓疮，这并不是危病，但上城的路远又难行，悲剧就不可避免地出现了。此时，人物与环境的矛盾开始产生。万般无奈的父亲半夜带儿进城看病，可是很不幸，屋漏的人又偏碰上了连夜雨，本来就坎坷难行的路又遭到了大雨的殃害，给半夜进城的父子增加了困难。这时，人物与环境的矛盾再次加剧，但也更加体现了父子情深。然而，非常遗憾的是，无论父亲如何地努力，还是不能换回他儿子的性命，父亲的努力付之流水。这是文章高潮所在，但不是文章主旨所在。文章笔锋所指，是批判社会的落后。如果没有很好的物质条件，就没有人们生命的保证，只有社会改革，才能保证这个"保证"。正是基于这种认识，父亲在失子之痛中奋起，创办了医药公司，

修好了道路，实现了儿子的愿望。文章从一个侧面肯定了社会改革的成就，文章的主题在此升华。

本文采用第三人称的视角，自如地运用了一些叙述策略，比如前面先具体叙述父子进城路上的情景，后面再概括讲述父亲对儿子的追忆，二者互相交映，很自然地体现了主题。

轻人说完，骑上摩托车飞也似的一溜烟开跑了，眨眼间跑没了影儿。大柱这才明白，他家的那只羊又被他弄丢了。

放　羊

刘黎莹

大柱在放羊，打老远过来个红脸膛的汉子。

汉子说："兄弟，放羊？"

大柱说："放羊。"

汉子递给大柱一支烟，然后又亲自用打火机给大柱把烟点上。大柱有些受宠若惊。平时莫说别人给大柱点烟，就是大柱给别人敬烟，人家也未必赏脸吸他的烟。一个放羊的，烟能好到哪里去？大柱深深吸了一口汉子敬的烟，好烟！大柱的心情也好得不能再好。

汉子说："兄弟，跟你打听个信儿，北洼村往哪走？"

大柱很详细地告诉汉子去北洼村的路应该怎么走。汉子好像并不急于赶路，又问了好多大柱放羊的事情。大柱告诉汉子，他喜欢放羊，这村子里的羊全归他放。早上把羊从村子里带出来，晚上再把羊送回各家各户。大柱还想告诉汉子一些放羊的事，可大柱的眼皮发沉，好好的大柱就睡着了。等大柱醒来，好几十只羊早已无踪无影。那个红脸膛的汉子也无踪无影。大柱的双腿像是灌了铅，步子沉得走不动。天黑的时候，村子里的人都来找大柱要羊。

大柱说："我还不知向谁要羊呢。"

大柱把受骗的经过说了一遍，有的人相信，有的人不相信。

也有的人直接问大柱："该不是你合伙和人把羊都卖了吧？"

大柱委屈得一晚没睡好觉。大柱想：我要去把那些羊再从别人手上偷回来。第二天，大柱到了外村的一片草地上，那片草地又大又静，除了一个放羊的，很少有行人过来。那个放羊的是个干巴老头。大柱没费多大力气就把老头捆在了树上。老头看着大柱在捆他的羊，鼻子一把泪一把地对大柱说："一共是 18 只羊，你发发善心给我多留下几只吧。可别全带走，你知道放羊多不容易啊，成天风吹日晒不说，给人家主家丢了羊，浑身是嘴也说不清。"

老头的话说到了大柱的疼处。可大柱不想空手而归。大柱说："你以为偷羊就容易了？偷的时候提心吊胆，再往外卖羊的时候又怕露馅。偷羊比放羊难多了。"

老头说："那你还偷？看你身强力壮的，从这里牵几只羊回去，也像我一样好好放羊去吧。"老头的话，让大柱感动得直想落泪。

大柱最后也没偷成老头的羊。大柱望着老头和羊群离开了草地，心想，看来我天生不是偷羊的材料。

大柱仍回去放羊。

大柱只能放一只羊。人家的羊都不让他放了。大柱只好把自己家的那只羊牵出来放。大柱也想干点别的，可大柱想来想去只有放羊是他最喜欢干的事情。大柱好像天生离不开羊。一个骑摩托车的年轻人过来了。

年轻人把摩托车停在了大柱跟前，说：“兄弟，放羊？”

大柱也不搭话。大柱心想，就剩一只羊了，这回可要看好羊。

年轻人说：“现在偷羊的人可多了，你可要看好羊。”

大柱还是不搭话。

年轻人又说：“不光偷羊，连牛都敢偷。我家的牛前天叫人偷了。”

大柱这才不把脸绷得像面鼓。大柱的脸上还隐隐地有了笑意。

年轻人挺伤心地对大柱说：“晚上我儿子去院子里撒尿，回屋说，爸，我看见咱家的牛飞到天上去了。我当时没在意，让儿子快写作业去。第二天，我到牛棚里一看，3 只牛全被人偷了。那一晚村子里好多人家的牛都被偷了。贼先从墙上跳进牛棚，再用绳子把牛捆好，然后用吊车把牛从院子里吊出去。”

大柱说：“那贼胆儿也够大的。”

年轻人一边对大柱说着偷牛的事，一边还不忘提醒大柱：“你可要小心，那些偷羊的人胆子更是大得没边儿。他们趁放羊的人不注意，用绳子把羊捆好放在车上。你看，就像我现在这个样子，然后就把羊不知不觉带走了。”

年轻人一边把羊麻利地捆好，一边顺手把羊扔进了摩托车后坐的驼筐里。年轻人说：“你看，偷羊的过程就是这样的简单，你可要多加小心。”年轻人说完，骑上摩托车飞也似的一溜烟开跑了，眨眼间跑没了影儿。大柱这才明白，他家的那只羊又被他弄丢了。

羊为什么总是斗不过狼 ◎田 野

微型小说《放羊》讲述的是一个老实人被人欺、善良人被人骗的故事。大柱两次被骗，骗子两次得手。我们不妨分析一下其中的原因。第一次，骗子打的是“温情”牌。骗子主动示好，又是敬烟又是套近乎，让放羊的大柱“受宠若惊”，结果就不知不觉吃下了骗子的迷魂药；第二次，骗子打的是“善良”牌。虽然有过丢羊经验的大柱这回有所防范，但面对骗子的“善意忠告”，大柱还是不自觉地放松了警惕，结果再次被骗。

大柱为什么屡屡被骗？骗子为什么总能得手？换句话说：羊为什么总是斗不过狼？一是因为狼太狡猾，他能抓住羊的弱点；二是因为羊太善良，他太容易相信别人。

值得注意的是，大柱第一次丢羊之后，也想从别人那里偷些羊回来，然而，面对同他一样可怜而又善良的老头，心慈手软的大柱最终还是放弃了。这使我们看到：善良人被人欺，这是善良人的可怜之处；而善良人自己却做不了坏事，这是善良人的可爱之处。

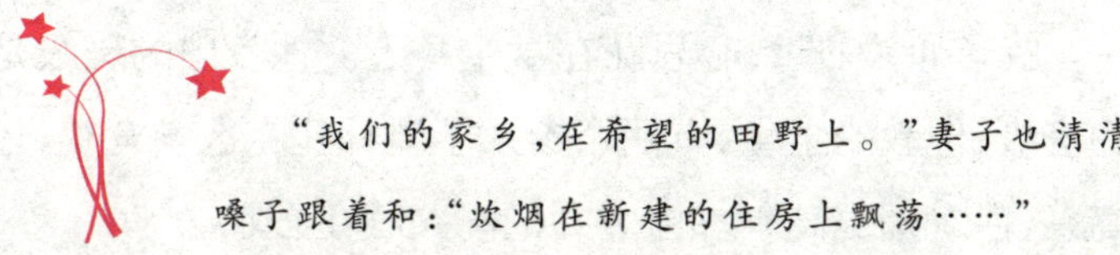

“我们的家乡，在希望的田野上。”妻子也清清嗓子跟着和：“炊烟在新建的住房上飘荡……”

白老师与田

伍中正

白老师高中毕业就回了村里。村里的干部很高兴，说白老师回来就好了。在一起讨论时，说村里再穷，也要把白老师留住，留住白老师，就是留住了白家庄的将来。

白老师就留在了村里。

白老师年轻时，没有转正。村里分田，按在村的人口分，他自然就分到了田，白老师的田一上一下两块，有 3 亩的样子。分田前，队长问白老师，要不要？白老师说，要，哪一天不教书了，就会闲着。

白老师就要了田。白老师在那长着紫云英的田边站了很久，紫云英红红的花朵送他回家。

在学校教完书，白老师就往家里跑，赶着犁田，赶着下种。村里干部看见了，说，白老师，你把那些娃娃教好了就行。田，村里的干部来种。白老师说，教那些娃，我有底。一句话说得村里的干部不好意思再下田。

日子明媚，白家庄明媚。很多的燕子在白老师的头顶飞。白老师犁田时，觉得辛苦了，就清清嗓子，唱个一嗓两嗓的。高高低低的声音，飘开去，让村里女人听见了，说白老师一点都不怕吃苦，累得浑身没劲了，还快活。

看见那些绿的秧苗在露水里在阳光里长出来，白老师的高兴写在脸上。白老师明白，那两块田就是两个面包，饥饿时能填饱自己；那两块田就是两块毯子，寒冷时能温暖自己。

白老师教书时，心思花在学生身上。他教出的班级是整个联校最好的班级，他教的学生，有两个参加了奥林匹克数学竞赛，还拿了奖。学生高兴，白老师更高兴。白老师把高兴藏在心底。

联校校长要他到联校介绍经验。白老师说，没啥经验，再说，我忙，回家还得给水稻上肥。他摇摇头就回了家。

白老师回来，总要到田边看看，看看那些秧苗渐渐地抽穗扬花，看看那些谷子渐渐地染上金黄。学校放了暑假，白老师就安心在家里收稻，安心在田里栽下晚稻。

村里有人说，白老师的田种得好。村里还有人说，村主任天天搞农业的，还没有白老师的两块稻田来劲。

没两年，白老师就结婚了。白老师对自己面容好看的妻子说，自己现在当老师，往后不当老师了，就种田。田是我将来的面包，也是毯子。

白老师的妻子很听话，没退那 3 亩田，也没让人家种，还说，就守着你的面包和毯子。

大热天，白老师和他妻子两个人在田里忙乎。

过了两年，白老师转正了。村里有人说，白老师这下好了，拿着稳当的工资，可以不要田了。

白老师说，田还得要。

白老师和妻子并排在田里插秧，一起往后退去，眼前就是一片绿。栽过十来行后，白老师就站起来看看那些绿色。白老师的妻子也站起来，看见村里干部在远处栽下秧苗的田边指画。白老师妻子忍不住说，老白，那时候，咋就有干部过来帮忙，现在就没有干部来帮忙了？

白老师说，现在干部上上下下搞协调搞招商搞引资，忙不过来。

村子里很多人在城里打工了。尤其过了年，很多人就大包小包地背着出门。白老师看见那些人进城的身影想，那些人，有一天，还要不要田？

村里很多人不打算要自己的田了。田一块接一块地荒了。村主任就拿白老师当例子，说人家白老师有了公家的稳当饭吃，都还种着田，分了田，要是不种，那是糟蹋！

有一回，村里易米老气横秋要找村主任退田。村主任也不示弱，人家白老师还真心实意守田，你易米起啥子浪？三言两语就把易米堵回来了。

这事让白老师的妻子知道了，说，村主任在夸你。

白老师一笑。

白老师一直种着自己的田，不管收成大不大。

村里很多人荒了田。白老师看着那些荒了的田可惜，找到村主任，说，很多田荒了呃。易米的田都没种了。村主任叹口气，说，是荒了。村主任一脸无奈。白老师回来的路上，不住地嘀咕，不能荒不能荒。

白老师退休了。

白老师还种着那两块田。妻子劝他不种了，白老师说，我要不种，村里人说我年轻时想着要种，现在不种，怎么行？种吧！

有白老师教出来的学生回来，也劝白老师。那学生说，没有白老师就没有我的大学就没有我的公司就没有我的前程。只要白老师肯走，我给最好的待遇。学生劝得情真意切。白老师边听边摇头。学生劝不走他，只

得走了。学生一走，就有人对白老师说，你那学生在城里开了好大好大的公司，不让你干活，还给你钱，咋就不去？

白老师不说。

白云在白家庄的天空飘荡，荡向远方很多人爱着的城市。白老师在田里活儿干累了，就和妻子坐在田埂上。白老师看看白云，又看看那些新建的房子，清一清嗓子，就唱："我们的家乡，在希望的田野上。"妻子也清清嗓子跟着和："炊烟在新建的住房上飘荡……"

唱着唱着，白老师的眼里就唱出了泪。

高贵的坚守 ◎田 野

岂止是种田哩？白老师耕种的，更是一片精神的家园。收获的又岂止是稻谷？还有桃李满天下的芬芳！《白老师与田》真是一篇难得的微型小说佳作，文章表面是写白老师种田的故事，实际上是写白老师坚守乡村阵地、教书育人的一生。

作品将更多的笔墨落在白老师与田上，写白老师如何安分守己，安心在田里栽稻，写白老师如何真心实意守田，坚守"不能荒不能荒"的信念，拒绝城市和金钱的诱惑，"一直种着自己的田，不管收成大不大"。而对白老师教学的事，只用极其简省的几笔来点染："白老师说，教那些娃，我有底"；"白老师教书时，心思花在学生身上。他教出的班级是整个联校最好的班级，他教的学生，有两个参加了奥林匹克数学竞赛，还拿了奖。学生高兴，白老师更高兴。白老师把高兴藏在心底"。正是透过这极少的几笔，我们看到了白老师对教学工作的认真、负责，对教育事业的执著、热爱。而白老师对土地的坚守，实际上乃是他对乡村教育的一片痴情！

"看见那些绿的秧苗在露水里在阳光里长出来，白老师的高兴写在脸上。白老师明白，那两块田就是两个面包，饥饿时能填饱自己；那两块田就是两块毯子，寒冷时能温暖自己。"这哪里是写白老师种田的喜悦，分明是写白老师教书育人的快乐啊！

《白老师与田》非常巧妙地处理好了实写和虚写的关系，文章作者就像是一位功夫深厚的国画高手，技法娴熟地掌握着浓墨与淡墨的画法，只用寥寥几笔的渲染，就使整个作品有了精气神，有了耐人品读、百看不厌的无穷魅力。

我低头看一看野狼，它被黄沙埋了一半，那眼睛沉重地关闭着。但我知道，无论怎样地努力，我都无法抹去我在野狼眼睛里沉重的投影。

Part Seven
黑金社会

高高的校墙之外是错综复杂的世界。有善举也有恶行，如同有光明也有阴影。在阳光照不到的地方，是怎样一种生存状态？黑夜给了我们黑色的眼睛，我们用它寻找光明。褪去青涩的外壳，披挂思想的武装，给自己一双火眼金睛，用寻觅来的光明照亮那个黑金社会。

在物欲横流的社会里，是谁赋予了这些本应醉心于玩具和娃哈哈的儿童这种成人化的人格？

儿子请客

茨　园

抹桌子，扫地，烧开水。

可儿从没这样勤快过，又是帮我又是帮秋，让我俩好一阵受宠若惊。但当我和秋四目相对时，却同时传递了这样一个信息："可儿肯定又要买什么东西了。"

想问，犹犹豫豫又不敢问，怕万一可儿提个要求把人吓着。

吃完了饭，可儿凑到我跟前，问我："爸爸，小郑、小刘几个叔叔这些日子怎么不来家里喝酒了？"

小郑、小刘，都是我多年的好朋友，常来，但后来，为了可儿能好好学习，也就和他们不怎么来往了。

"你不是说不喜欢他们来吗？"见可儿问，我说。可儿一愣，笑道："其实你也该常叫叫他们，多一个朋友多一条路嘛！"

真不明白可儿为什么突然这么世故。可儿今天怎么了？

可儿看了看他妈，终于说他想请班上几个要好的同学来家坐坐。说着又看了看我，说有的同学已请了好几次，他再不请就会被同学看不起的。

这样的事我从报纸上也看到过不少。我和秋相视一笑，点了点头，应了。

改天，十几个8岁的孩子到了我家。上菜，开饮料。客套着催促他们开吃的时候，几个孩子看了看可儿，可儿脸一红，说："爸爸，酒还没上呢！"我不由一愣，想不到这些小毛孩子也……但看着可儿尴尬的样子，我忙说："要点葡萄……""家里白酒、葡萄酒倒都有一些。"

"那就来点白葡萄吧。"一个孩子说。

卧室里，我悄声对秋说："想不到现在的孩子……"正说着，可儿推门进来了，"爸爸，该你敬酒了。"我狠狠地瞪了可儿一眼，想问问他"什么时候学会喝酒的"，秋却冲我眨了眨眼。那意思无非是说："你可要给可儿留个面子啊！"

"唉！"我长叹一声，随了可儿一脸堆笑"敬酒"去了。"敬"着，一个孩子说可儿告诉他可儿妈即将"下岗"，如果我没有意见，他可以让他爸帮忙给秋换一个工作。我嘴上连声称谢，心想为了秋的事我已求过好几个当处长、副局长的老同学也没办成，一个小毛孩子也能办成？但不久，秋的调令下来了，且是从大集体直接到国有企业的调令。

秋兴冲冲地描述她那一帮小姊妹怎样用羡慕的目光看她的时候，我目瞪口呆。可儿自豪地说这都是他的面子。还说："要不是'铁哥儿们'，人家才不帮呢！"

秋的工作有了着落，我自然高兴。心想现在办事都兴请客送礼，便试探着问可儿："用不用买些玩具给那个小朋友表示表示？""这么大的事一点儿破玩具你怎么好意思拿得出手？"可儿不满地白了我一眼，说。

"那么，你说该怎样办呢？"我红着脸问可儿。

"拿两吊钱（2000元）出来吧。"可儿说。我和秋惊得说不出话来。

生活琐事　沉重思考 ◎ 庞夏蕾

八龄童请客，父母视为儿戏，读者也视为儿戏，淡淡一笑而已；八龄

童大侃“多一个朋友多一条路”，父母视为戏言，读者也视为戏言，轻轻一笑而已。

然而，八龄童就在酒桌上——“夫运筹帷幄之中，决胜于千里之外，吾不如子房”，神奇地把监护人“求过好几个当处长、副局长的老同学也没办成”的事给办成了，并世故如此、机深如此：“拿两吊钱（2000元）出来吧！”

是谁赋予了这些本应醉心于玩具和娃哈哈的儿童这种成人化的人格？是否是我们的社会大环境及家庭小环境出了问题？这些问题难道不值得我们慎重思考吗？

在这个物欲横流的社会里，儿童请客已算不上新鲜事了，这篇小说选择在现代社会悄然兴起的一阵儿童请客潮流为材料，揭示了许多现代的社会问题。

《儿子请客》采用了“A—AA”的结构，用最普通的材料，揭示了重大的社会问题，不能不引起我们沉重的思考。

在诱惑的面前，我们每一个人是否都能经得住诱惑？你又是否能够独善其身？

叶敬之

女大学生小红来自农村，家里很穷。为了给家里减轻负担，暑假里她

就没有回去，到一位老板家里做家教，负责教一个12岁的小男孩。

第一次和小男孩见面，就闹了个大红脸。小男孩两手叉在腰间，一对大眼睛骨碌骨碌转着打量她。她对小男孩说："你好。"小男孩却没有回答，忽然冒出一句话："你长得不好看。不过，你很性感。"小红从未听过这样的话，不由得面孔发烧。第一次见面，不便训斥，又觉得自己在这么一个小男孩面前害羞，未免太无能。于是接上去说："什么叫性感？"小男孩说："你嘴唇很丰满，乳房很大。"小红哭笑不得，匆匆岔开话题。但她第一次明白了：自己并不是一无是处，起码嘴唇和乳房还是够"品位"的。

整个暑假，上课没有固定时间，一切凭小男孩兴趣而定。大多数时间，小红陪着小男孩玩和聊天。一次，小男孩打开一包口香糖，对小红说："你很土气。"小红知道自己土气，但被人赤裸裸地指出来还是第一次，不由得一怔："我？"小男孩说："对。关键是你没有吃口香糖。往嘴里塞一块口香糖，嚼啊嚼啊，'啪'地吐一个大泡泡，最后'啪'地往人后背一吐，那多潇洒，多痛快！"小红说："那是不礼貌的。"小男孩说："什么礼貌不礼貌？这叫'酷'！"说罢剥开一颗口香糖，强行塞进小红嘴里，教她吹泡泡，教她如何将废渣射得准确和遥远。

一个暑假过去，小红拿到2500元工资。但这笔钱没有一分用来助学。她把自己头发染成棕黄色，买了一管口红，一瓶香水，一件露肚脐的上衣，一条超短裙。当她打扮一新走进校园的时候，同学们都说"脱胎换骨"了。不变的是那12岁的小男孩：他依然把"doctor"念做"掉个头"，天天念叨着"哎呀来哟"（I love you）。

欲教他人 必先教己

◎ 李锦有

《被人教了》在艺术手法上可以说是十分质朴的,但它用深刻的立意揭露了一个令人感叹的社会问题:在诱惑的面前,我们每一个人是否都能经得住诱惑?作者笔下主人公的言行举止也反映着这一社会现实。

这篇作品讲的是一个农村女大学生给一个城市小男孩做家教的故事。如果从传统的观念来说,人们定会认为大学生拥有的知识更丰富。但是,女大学生小红在做小男孩的家庭教师时,她所学的知识完全没派上用场。相反,她被小男孩教了。这似乎只是一个普通的故事,但它有着深刻的意义,作者透过这个故事反映了社会弊端,这才是这篇作品的价值所在。

作者用平实的语句道出的一个值得沉思的故事:城市小男孩第一次见到家庭教师小红时,竟敢对她说出"你长得不好看。不过,你很性感","你嘴唇很丰满,乳房很大"之类的语言,这暴露出城市人"文明"的泛滥。否则,何以12岁的小男孩会说出这种话来?可以说,作者要批判的还有这个看似繁荣的城市。正由于有这样的环境,才有这样的人物出现。来自农村的她为了减轻家庭负担,她愿意出去当家教。但她第一次见到小男孩后,便已开始向往所谓的潮流。她开始感到自己并不是一无是处,起码嘴唇和乳房还是够"品位"的。渐渐地,她爱上了潮流。领工资后,这笔钱没有一分用来助学,她只顾打扮,已"脱胎换骨"成了一个地道的"城市人"了,不变的是那个12岁的男孩。看来当家庭教师的小红着着实实是被人"教"了。针砭时弊,才是这篇作品的根本目的。

作者给我们警示的只是一个例子。在作者笔下,繁荣的城市能"锻炼"出如此男孩,就会有"被人教了"的大学生。《被人教了》向我们提出一个问题:在诱惑的面前,我们每一个人是否都能经得住诱惑?你又是否能够独善其身?

不贪其小，何失其大？

接　班

马敬福

这天晚上下班，张强骑着摩托车往家赶。路过一座大桥的时候，无意中发现一个要饭的提着鼓鼓囊囊的破包走到桥下。张强心想：这要饭的到桥下干什么呀？就故意放慢了速度。就见那个要饭的来到一个桥洞里，东看看，西望望，然后拆下一块桥砖，从破包里一把一把往桥洞的一个大窟窿里装东西，装完了，又把砖放回原位。张强明白了，这个要饭的准是把一天要来的钱全存在这里了，这就是他的私人银行！想着，就骑着摩托车走了。

第二天晚上下班，张强又看见了那个要饭的，还跟头天一样，还是往桥洞的大窟窿里放东西，放完了，看看四下无人，就上桥走了。张强心说，这家伙把钱放这也不怕别人给他拿走？准是钱不多，想着，张强又回家了。

第三天，那个要饭的还跟以前一样，往桥洞里放完东西就走。张强的心里可痒痒了，这么多天了，那窟窿里得多少钱呀？要不到桥底下看看去？

张强一看那个要饭的走远了，就下了摩托车，把摩托车锁好，悄悄来到桥下，仔细一看，桥洞子上有一块砖是活动的，用手把那砖抠出来往里

一摸，好家伙，里边满满当当一大堆纸币硬币。张强心怦怦直跳，四下看看，没人，就跑到摩托车上拿来自己的包，把那些钱都从大窟窿里掏出来往包里装。正装着，公路上传来一阵汽笛响，吓了张强一大跳。赶紧躲到桥洞深处。不一会儿，一辆摩托车从桥上开了过去。张强再听听，没动静，这才把洞里最后一张纸分币放到包里出桥洞上公路。

出来一看，他新买的那辆一万多块钱的摩托车没了！低头一看，地上有张纸条，捡起来一看：谢谢哥们，我终于有接班的了，桥底下这大窟窿归你了，到时候还会有人给你送摩托车来，不过你可得看准喽，别弄个水货回家！

张强当时就瘫下了。

不贪其小 何失其大 ◎ 杨曼丽

一篇成功的微型小说，除了人物性格要突出鲜明之外，设置悬念也很重要，有了悬念，就能紧紧地抓住读者的心。《接班》巧设了悬念，它写了骗子利用人们的好奇心与贪念达到行骗的目的，小说中记述了一位骑摩托上班的人受骗的奇遇。

小说开篇写到主人公张强路过一座大桥的时候，无意中发现一个要饭的提着一个鼓鼓囊囊的破包走到桥下，东看看，西望望。“这个要饭的到桥底下干什么呀”，这里无疑给读者留下了一个悬念。再加上其中的破包“鼓鼓囊囊的”，更增添了神秘的色彩。第二天，张强又看见那个要饭的在桥下重复第一天的做法，不由得担心“这家伙把钱放这也不怕别人给他拿走”，这又是一次悬念。这边的疑问还没解开，第三天，那要饭的又来到桥下，又往洞里塞完东西就走。“这么多天了，那洞里得多少钱啊”，随着目睹这一切的主人公，读者的好奇心也到了高潮：“这‘一天一天’、‘一把一把’的，该有多少钱？”此时，读者更是兴趣盎然。当张强发现洞里面有一大堆硬币时，起了贪念，从自己的摩托车上拿来袋子，急急忙忙地往里面装硬币。可我们看到的结局却是：当张强兴高采烈地装完硬币后，出来一看，他新买的那辆一万多块钱的摩托车没了！地上有张纸条，拾起来一看，上面写着：“谢谢哥们，我终于有接班的了，桥底下这大窟窿归你了，到时候还会有人给你送摩托车来，不过你可得看准喽，别弄个水货回家！”好一个出人意料的结局，精彩！读到这里，读者那紧缩的心才真正释放开来，释放的那一刹那间读者也悟出了全文的寓意，沉浸在深深的回味中：不贪其小，何失其大？

由此可见，这种巧设悬念的写法用在微型小说中不仅可吸引读者，使读者带着悬念追读下去，更重要的是读者在恍然大悟后还会留下深刻的印象。

人啊，总是在失去拥有的东西时才觉得一些最基本的东西是如此可贵！比如自由。

愿望

易水寒

上大学的时候，我和孙刚常常在夏天的晚上一块去街头的烧烤摊儿吃烧烤。这时候孙刚就会问我：“什么是美好的生活？”我摇摇头，孙刚告诉我，“美好的生活就是过得舒服。我最大的愿望就是在夏天的时候，找一两个知己吃羊肉串，喝啤酒。身上带着足够的钱，想喝多少就喝多少，

想吃多少就吃多少！”

毕业后，我和孙刚分在了同一个城市里，大家在各自不同的岗位上忙得焦头烂额。一天，我接到他的电话，在电话里他抱怨工作太累，并对我说：“我现在最大的愿望就是下班以后往床上一躺。不用干这干那，自己美美地睡一个晚上！那该多么好呀。”他的腔调里带着一种神往。

不久他就因表现出色被提拔成了一个小科长。这在我们这些年轻人当中真有点鹤立鸡群了。那天他做东请我们这些老同学吃饭，在酒桌上，孙刚多喝了点酒，凑到我耳边神秘兮兮地说：“哥儿们，人活着就得有个盼头。我现在最大的盼头就是能有一天我和现在的上司互相拍肩膀。你说，这不算是奢望吧？”我顺着他的话头说，应该没问题，因为你正是蒸蒸日上的趋势嘛！

几年过去了，我们和孙刚的联系逐渐减少了。不过有关他的消息还是不断传到我们耳朵里。我们首先听说他娶了个有背景的老婆，又步步高升，很快就官至副局级了。我在采访一次会议时碰上了他，问他在忙什么，他说最近在忙调动的事。“现在最大的愿望是什么？”我打趣地问他。谁知他毫不犹豫地答道：“我最大的愿望就是要我现在的一把手死！”我心里一惊。

但孙刚还是顺利地在另一个单位当上了一把手。大家在一次聚会上提起他来，于是给他打传呼。他还挺够义气，醉醺醺地坐着自己的车赶来了。我笑着问他：“你现在真是志得意满啊，这回应该没有什么强烈的愿望了吧？”“不，还有。”他阴阴地说，“有几个小子净跟我捣乱，四处散发我的黑材料。我现在最想好好收拾他们！”

昨天，我们几个老同学去探望了孙刚一回，还给他带了些水果、糕点。他狼吞虎咽地大口啃着一个苹

果，对我们说："从进到监狱里来，我已经3个月没吃水果了。你们下次来的时候别忘了多给我带点来。"我们劝他好好改造，争取减刑。他望着我，叹了一口气说："唉，我什么时候能出去和弟兄们一起喝啤酒，吃羊肉串呢！"

欲望无穷 终毁自身 ◎ 谭青惠

读《愿望》有如置身于山涧临溪看水，涓涓细流缓缓地轻轻地静静地向山下山外的远方流去。"几乎无处不流，无处不鸣"，让人品出了曲折波澜，听出了顿挫抑扬。

《愿望》集中写主人公从大学到以后的每个阶段不同的愿望，委婉地但不容置疑地传递出这样的信息：欲望无尽，终毁自身。《愿望》情节看似单一，实则写得婉转曲折，引人入胜。读罢让人思索沉沉，心事重重。人的愿望一开始是很单纯的，正如孙刚大学时的愿望：美好的生活就是过得舒服，毕业后找到合适的工作，过舒服一点的生活。可是，当一个人满足低层次愿望后，能经得起更高的诱惑吗？看看孙刚吧，当他满足"找到合适的工作"这一愿望后，那一切又变得很不以为然了，又在为升官忙碌着。因表现出色成了一个小科长，过上了舒服的生活，总应该可以了吧？可他还是继续攀爬，一层又一层，一座又一座，永无止境。本来，不断前进不断进取是好事，但如果整天都在为自己的愿望而不择手段地去毁灭别人成全自己，人就会忘记自己最基本的东西，那就是人性。人没有人性，何以成人？文章最后一段写几个朋友带水果去探望孙刚，他一边狼吞虎咽地大口啃着苹果，一边对朋友们说，他已经3个月没有吃水果了。人啊，总是在失去拥有的东西时才觉得一些最基本的东西是如此可贵！比如自由。

《愿望》手法简约，但颇有回味，品读全文，让人觉得是在顺着小溪漫步，游程已尽，而游兴未穷。

该拒绝诱惑不拒绝，该挺身而出不挺身，该严格执法不执法，这就是物欲社会的悲哀。

我是一只想死的鼠

王纪金

这些天，我一直在为如何去死而焦虑不堪，我的身体极度不适，我没有上医院，因为前几年占卜大师就谕告我命绝今年，挨过这一年还有近200个日日夜夜。

经过痛苦抉择，我筛定一种死法：上街让人打死。

这些年来，我愧对人类，我将他们用血汗换来的粮食窃至我的黑洞温柔乡。我的别墅有几十处，每处都养着“情人”。我怕光，更不敢坦然上街，“老鼠上街，人人喊打”。上街吧，就让我的死，向人类赎罪，也给“后来鼠”作个惩戒。

跟我所预料的情节截然相反，街市上人来人往，根本就没有喊打声响起，甚至没有人多看我一眼。我缓缓走着，等待着死神降临。

一个小时过去了，两个小时去了……等待真是一种无言的痛苦，比死亡更痛苦。

终于，我拦住一个花枝招展的小姐，并强行抱住了她的腰肢，说：“我要非礼你！”

我想小姐一定会大喊大叫，然后“英雄救美”的人们将我打死。

小姐没有大叫也没有挣扎，却抛给我一个媚眼，说：“大哥，看你这派头不是大官就是大款，我傍你。”

往日极为悦耳的声音今天令我极不舒服，我丢开她，抱头鼠窜，只听小姐还在身后说：“你住哪里？手机号码多少……”

前面走来一位老太太，我想她社会阅历深眼力很好，一定能认出我是只老鼠，然后惊讶大叫，然后……

她很平静地与我擦肩而过，我追上她拽着她的袖子说：“你看不出我是只老鼠吗？”并且咧开大嘴龇出尖利的牙齿。

“我知道，可关我什么事呢？”

“这里还有尾巴，你抓住我的尾巴给人们看。”

“神经病，街上贼眉鼠眼的人多着呢！别烦我，我还要买菜。”老太太一甩袖子，竟像年轻了许多，健步如飞。

怪哉！怪哉！

突然我的眼睛一亮，警察，腰间还有枪，哈，一粒“花生米”飞来，我立刻就可完蛋了。

“警察同志，我是老鼠，杀了我吧。”

警察见到我，啪的一声立正，向我敬个大礼，说：“局长，您好。”

“我不是局长，我是老鼠。”

“您是局长，您两年前还和我们王局长吃过一次饭呢。”

“你们王局长也是只老鼠……”

“瞧您说的，你们是老鼠，那我们就是老鼠儿子、孙子，您老可要关照关照我这个孙子，在王局长面前多多美言几句，我的名字叫项升观，编号5188。”

我望着项升观稍微隆起的肚子，心想：以后他也会成为一只大老鼠。我不由仰天长叹一声：

天啊，谁来打死我这只想死的老鼠！

荒而不诞 怪而不怪

◎ 邓景阳

初读此文已被其丰富的内涵所吸引，再读全篇后更是觉得受益匪浅！

文中的“我”是某局的局长，自己身为人民的公仆，不廉政为民，反而贪污腐败，骗取人民的血汗钱来花天酒地，买几十处别墅，养几十处“情人”，真是无耻鼠辈！所以“我”自称为鼠，一只想一死谢罪的鼠。

鼠自知命绝今年，便筛选了一种死法：上街让人打死，但事与愿违，不但没有人打，且连看都没人看多一眼，这使得“我”更加痛苦。通过寻死，文章直接塑造了“小姐”、“老太太”和“警察”三个主要人物，且每个人物形象都具有特殊的意义——诱惑、群众和执法。

改革开放以来，我们的社会发生了翻天覆地的变化，但随之也带来了许多弊端，如：官场贪污腐败屡禁不止等。本文正是向读者反映了官场腐败和群众麻木的社会现实。所以说文章具有深刻的社会意义，它使人们认识到消除这些弊端的急切性和重要性。这不仅仅是政府部门的工作，更需要广大人民的支持和配合。

全篇运用通俗的语言，巧妙的构思和精心的材料，深刻地反映了当前的社会现实，在短短的几百字中，给读者带来的是深刻的认识。

文章主要通过人物的语言、动作和心理的描写来表达主题，比如第五段写等待比死亡更痛苦的场景，把人们的麻木表现得淋漓尽致。在选择死亡时，“我”选择了社会阅历深，眼力好的老太太作为对象，但老太太的表现出乎了大家的意料，这说明了社会对腐败已达到熟视无睹的地步。无奈之下，又选择警察作为帮助对象。事实又出乎大家意料，警察不严明执法，不办实事只找关系，让人觉得真可悲又可恨(该警察名为“项升观”，意即“想升官”)。一个犯了法的官员，理应受到法律的制裁，然而却因他是局长，所有人都讨好献媚，致使他求死都不能！故事情节曲折反转，连续紧密，最后一段更是言有尽而意无穷。对啊！谁来打死这些老鼠呢？是你，是我，还是我们呢？

我拿着听筒一句话也说不出来。我爹我娘都醒了，他们问我出了什么事，我幸灾乐祸地说，我哥头上那把刀落下来了。

我发现你头上有把刀

蔡　楠

神经病——我哥这样说我。

脑子有问题——我嫂子也这样说我。

我哥我嫂子是在我说了一句真话后才这样说我的。那一天，他们开着一辆奥迪回乡下来看我爹我娘。车停在家门口，喇叭声抻直了一村人的耳朵。村人们都说，你看人家韩家那大小子，局长当着，小车坐着，大兜小包的东西拎着，水葱儿一样的媳妇挎着，多风光，啧啧。

我爹我娘慈眉善目地把来看我哥的人让进屋，拿出哥哥带来的香烟撒放到人们手中。人们就围上我哥，问他职务的有，同他叙旧的有，求他办事的也有。我哥一副首长派头，挺着鼓起的将军肚，哼啊哈啊地应付着，我爹我娘就立在屋中央生动地笑。

那时，我被挤在墙旮旯里，一眨不眨地望着我哥。望着望着，我眯起了眼睛。这时，我发现我哥头上悬着一把刀，很锋利很锋利的一把刀，那刀晃悠着，晃悠着，随时都有可能落下来。我就挤到我哥面前，焦急地说，哥，哥，我发现你头上有把刀。

众人的目光刷地一下子向局长的头上望去。他们没有看见那把刀，他们只看见我哥头顶上有一根竹竿在晃悠着，那是我爹夏天用来挂蚊帐的。

于是，我哥我嫂子说出了开头那两句话。

那天，我哥临回城里的时候，对我爹我娘说，老二的病该去医院里看看了，晚了怕连个对象也说不上呢！我爹我娘连忙点头。我说，我没病，我说的是真话，我真的发现你头上有把刀。

我爹我娘听了我哥的话，他们真的把我带到城里来看病了。在医院里，医生们给我做了脑电图，拍了X光，甚至还做了CT。然后在我的病历本上签了意见。我认得那两个字念“正常”。

晚上我们就住在了我哥家。我哥现在在一个很不错的局里当局长，所以我哥能住170平方米四室两厅的房子，能享受一切现代化的生活。当我坐在我哥家宽敞的客厅里观看那套家庭影院时，我想起了小时候在农村大场里看露天电影的情景。我就对陷进沙发里的我爹我娘说，爹，娘，赶明儿我也当个局长，在咱村里给你们盖一个电影院。我爹我娘望我一眼，撇撇嘴说，傻小子，别想美事儿了，还是好好地看电视吧！

快吃晚饭的时候，我哥的小车司机来接我们。他把我们送到一个大酒店时，对我嫂子说：韩局长在208房间等着，吃完饭我再来接你们！说完，他就又把小车无声无息地开走了。嫂子把我们领上楼，我哥和一个块头很大的人正在房间里交谈着。见我们进来，那个块头挺大的人慌忙站起来，把我们全让在正座上，然后把眼神递给了我哥，韩局长，可以走菜了吧？我哥就很矜持地点一下头，倾过身子对我爹我娘说，宋经理是咱们县里的大腕儿，他听说您二老来了，非安排一顿便饭不行，老宋这人哪样儿都好，就是这热情太烦人了！我爹我娘也就用乡下人的礼节客气了几句，老宋一边给我们斟水一边把笑脸送到了老人的面前，小意思小意思，能请老爷子老太太吃顿饭是我的造化呢！

那顿便饭上了一些很方便的菜肴，清炖甲鱼，清蒸河蟹，盐水基围虾，还有一盘鹿肉；也上了一瓶很方便的酒，名字很好记，是鬼酒，不，酒鬼。那些很方便的菜我在乡下都吃着不方便，所以我就吃得多了一些，我还破例喝了两杯酒，什么鬼酒，灌到嗓子里火烧火燎地难受！我娘在桌下一劲儿踩我的脚，我说娘，你甭踩我的脚，我顾不了那么许多了！

我吃饱了，我哥和宋老板的酒才进行了一半。不知什么时候他们叫进来一个服务员，那服务员斟一杯他们就喝一杯，真他娘的会享受。我就望着宋老板和我哥。望着望着，我就又发现我哥头上那把刀，它晃悠晃悠的，快挨着我哥的头皮了。我想告诉我哥，又怕他们骂我。吃了人家的嘴短，算了算了，还是少扫人家的兴吧！

但最后我还是说了出来。那是吃晚饭离开饭店的时候，宋经理把两瓶人参酒和两条烟塞给了我哥，韩局长，酒，给老爷子喝，这烟嘛，你就亲自抽吧。说着，他还在烟上重重地拍了两下。我哥轻轻地推托了一下，就让我嫂子收了。就在我哥坐进小轿车的时候，我又看到了车门上悬挂着一把刀。这时，我再也忍不住了，我大声地说，哥，小心，你头上有把刀！

我又一次挨了骂。第二天，我爹我娘就把我带回了乡下。我再也吃不上那样方便的饭菜了。我就馋了许久。

那个深夜的电话铃声响得急促而突然。我迷迷糊糊地起来接电话，是我嫂子的声音。老二，你哥犯事了，他……他进去了，那该死的老宋在烟盒里装的不是烟卷，是钱哪！你……你和咱爹咱娘明天快来吧！说完，我嫂子已经哭得走了调儿。

我拿着听筒一句话也说不出来。我爹我娘都醒了，他们问我出了什么事，我幸灾乐祸地说，我哥头上那把刀落下来了。

小心头上那把刀 ◎田 野

俗话说：利字当头一把刀。利欲熏心的哥哥头上就悬着这样一把刀。可是，被欲望蒙住眼睛的他自己是看不见的，同样长着势利眼的“我爹我

娘我嫂子”等众人，当然也是看不见的，只有唯一头脑清醒的“我”看见了这把明晃晃的、随时可能落下来的刀。然而可怜的是，说出真话的“我”却被当成了“神经病”、“脑子有问题”。最终，贪婪的哥哥头上那把刀果然落下来了，金钱和欲望的陷阱将他无情地吞没。真不明白，兄弟二人，究竟是谁“脑子有问题”呢？究竟是谁可怜呢？

《我发现你头上有把刀》这篇微型小说情节貌似荒诞，揭示的却是一个严肃而深刻的主题。金钱和贪欲就像悬在头上的一把刀，一不小心，就会要了人的命。奉劝那些贪婪的人们，可千万要小心啊！不要等到刀子落下来的时候，才后悔莫及。

我父亲的名字也在其中，我记得是父亲让我送的一个洗脸盆。当年，我和他一起热衷于收集烟壳，现在集的那些烟壳不知道丢到哪里去了。

清　单

周　波

我和他是最要好的伙伴，我俩是同一个村子的人。

我们那个渔村很穷，荒山野岭似的要楼没楼，要路没路。男人们摇着橹出海打鱼，女人们一辈子守候在海湾里。老人们说若不是海里那几条救命的鱼，全村的人早就饿死了。

他是唯一从咱们村里走出去的，这是全村人一直引以为豪的事。关于他的种种消息，我是最有发言权的，村里人都知道我和他最要好。

记忆中的他前半生都特别顺利，好像什么好事都跟着他走。我曾经为这事感到不平，凭啥长在一个渔村里，他去外头当官，我只能去海里捕鱼。我曾是他形影不离的小伙伴，我们一起在破烂的学堂里读完小学和初中。有一点我最佩服他，他读书考试每次都是第一名，班上的班长、学习委员等学生官样样都有他的份儿。这小子今后有出息，村里的人都这么说。那年他考上县城高中曾轰动整个村子，他背着书包出村口时，老村长亲自燃响了一大串鞭炮，村里人也都簇拥着来送他，那场面比结婚还热闹。他后来又考上了大学，这更让全村人长了一回脸，记得那天老村长走到渔村广播室，憋着气吼出来的第一句话就是咱们村里有了大学生了。大学毕业后他顺利地进入到机关，因为工作出色不久就当了某科长，后来又提升当了副局长和局长。

走出村子的他很少能再回来，有人说他忘了本。其实不是这样的，我知道他很忙，我们平时经常联系，从这点上我就知道他还记着我这个伙伴，记着老家的人。领导嘛，不像我们这些普通人整天躺在被窝里无所事事。夸他上回来村里，捎了不少城里的东西分给大家，大家都高兴坏了。

这些年来，渔村的气氛变了不少。村里人一直以他为骄傲，不管啥事都要拿他举例来说明，好像不提他名字话语就没力量。爷爷奶奶外公外婆爸爸妈妈叔叔阿姨都教育后代子女要像他一样读书，像他一样长大了出去当官有出息。我当年读书时也曾挨了不少大人的打骂，这都与他有关。

可我就这么一个好伙伴，没想到这回出事了。我最初知道消息时还怀疑自己耳朵有问题，等确认他受贿被判死缓后才觉得整个天要塌下来了(外面传说他有一份受贿清单很惊人)。据说出事前他已列入副县长的提拔名单，我到现在还有点不相信，关键时刻怎么出差错了呢？实在搞不懂。

前几天，他父亲把我叫过去，要我陪他去监狱看儿子。他知道我和他

是最好的朋友，我当然要去。

他父亲是个很老实本分的人，曾经像村子里的男人一样捕过鱼，后来身体不好就留在岸上晒起了盐。他母亲早逝。渔村里的人都是早出早归，可我印象中他的父亲从来都是摸着天黑还在盐滩上耙着盐劳作。

见到他父亲时我有点吃惊，他的精神像枯树一样萎靡了。过去听人说几天能愁白头，我看他父亲是一夜之间白了头。

我们在监狱会见室和他碰了面，我和他握手时看见他满脸的憔悴与无力。然后就听着父子俩悄悄地说起话来。

我有件东西要给你。他父亲说。

东西对我来说已没用了。他说。

10 多年前的一样东西。他父亲边说边从怀里掏出一张起皱褶的烟壳纸。

这不是爹当年经常抽的烟吗？8 毛钱一包的。他说。

是的，我一直保存着。他父亲眼泪汪汪地把那张烟壳纸从窗口递进去。

他看着烟壳突然大哭起来。

烟壳纸上密密麻麻列着他当年考入大学我们村里人送礼的清单：

清　单

三叔：一袋米

大伯：5 元钱

二姑：一床棉絮

张老师：一支钢笔

老村长：一只铅笔盒

张奶奶：一双布鞋

王阿姨：一件背心

大婶婶：10斤番薯

……

我父亲的名字也在其中，我记得是父亲让我送的一个洗脸盆。当年，我和他一起热衷于收集烟壳，现在集的那些烟壳不知道丢到哪里去了。

做人，不能忘本 ◎田　野

一个原本在村人眼中风光无限、很有出息的大学生，甚至有希望官运亨通、平步青云，为何突然间会身陷囹圄，成为一名可怜的死囚犯？那是因为一份惊人的受贿清单！微型小说《清单》为我们讲述的是一个大学生堕落成贪官的故事，读来令人倍感惋惜。

掩卷深思，这名大学生缘何会走上贪污犯罪的不归路？文章结尾，用一张写在烟壳纸上的清单为我们揭开了答案：正是因为他丢失了对他来讲曾经最宝贵的东西，忘记了做人的本分！

现实生活中也不乏这样的例子。很多年轻人原本老实本分、勤勉刻苦，雄心勃勃地想干一番大事业，可是，一旦身入官场，就不知不觉中丧失了最初的本真，跌入了罪恶的深渊。我们可以说是社会的大染缸导致他利令智昏，走向堕落，但究其根本原因还是在于他自己没能把握好自己的人生之舵。

做人，千万不能忘本。

金钱和贪欲就像悬在头上的一把刀，一不小心，就会要了人的命。让我们用理智的缰绳控制欲望这匹野马，在人生路上平安前行，轻松前进。

Part Eight 黑白玄机

世界真奇妙，如同一盘暗藏玄机的黑白棋局。大街小巷收购遗言的商贩，可以把整个城镇卷起来装进去的房子……多姿多彩的故事，形形色色的表现形式。在人生的各个角落，我们不断寻觅，寻觅黑白盘面下深藏的真理。

微型小说需要一定的新奇性和不一般的深刻哲理性来传达出机智的理趣和浓郁的情趣。

隐　喻

滕　刚

1875 年 6 月的一天傍晚，一个专门收购遗言的商贩出现在长江平原南部的一个小城。他挑选护城河边的一个小客栈住下。当天午夜，他在小城的大街小巷张贴了十几张广告。广告这样写道：

> 人之将死，其言也善。黄金有价，遗言无价。一个人的临终遗言是他留给人类最宝贵的财富，本人专门收购遗言，每份遗言 10 块大洋。欢迎出售遗言，本人服务上门。联系地址：新北门客栈西厢。

这个消息很快传遍小城，在平静的小城引起了不小的轰动。人们首先要核实这一消息的真假。因为这个消息听起来不可思议，居然有人专门收购遗言，而且出这么高的价钱，比废铜烂铁贵 100 倍。但是去过新北门客栈的人都证实这不是玩笑，是千真万确的。头上扎着红头布的商贩不仅告诉前来打听的人确有其事，而且告诉人们他这一行当的规矩。不是所有的遗言都可以收购的，必须是即将死亡的人向他口授的遗言，他

才收购，他才会出这么高的价钱。商贩还向好奇的人们展示了他手中的拨浪鼓，那是一个神秘的物件。把写有遗言的纸从它侧面的缝隙插进去，旋转几下，就卷进去了，再也打不开。商贩说，没人能打开。但是，善良的市民们在证实这一消息的真实性后，很快发现这个事情有许多可疑之处，甚至是个骗局。首先是他为什么收购遗言？对此，商贩的解释和他在广告上说得一样，他一再强调，人间没有什么比遗言更值钱的了。他会反问你，你能说出什么东西比遗言值钱吗？更让人们可疑的是，他出这么高的价钱买遗言，这些遗言他做什么用？作为一个商人，他如何赚钱？他把遗言卖给谁？谁会出更高的价钱买遗言？对这个问题商贩讳莫如深，从不正面回答。不过，他说，不是你们给我钱，是我给你们钱，我骗你们什么呢？

尽管人们对商贩议论纷纷，将信将疑，但有一点人们是坚信不疑的，那就是没有人会出售遗言给他，没有人会为了 10 块大洋出售遗言给他。何况，一个人的遗言，或多或少会涉及个人及家庭的隐私，人们怎么会把秘密或隐私告诉一个素不相识的商贩呢？

家住城门口的钟表匠，是商贩来小城后，第一个濒临死亡的人。钟表匠当初也和市民们一样，觉得商贩十分可笑和可疑，坚信不会有人出售遗言给他。但在生命的最后时刻，他突然恳求家人把商贩请来，他要出售遗言。家人坚决反对。钟表匠流着泪说，我临死前就这一个要求，请你们满足吧。家人只好把商贩请来。商贩在膝盖上铺一块红布，用纸记下钟表匠的遗言，看着钟表匠吞下最后一口气，把遗言卷进拨浪鼓，丢下 10 块大洋，扬长而去。

说起来叫人难以置信，以后小城的人临死前都会把商贩叫过去口授遗言，这已经成了小城人死亡之前不可缺少的仪式。商贩就这样，在

小城站住了脚，生意越来越红火。人们永远困惑不解的是，商贩收购这些遗言干什么？他怎样赚钱？为什么那些临终的人都会把商贩叫去把遗言卖给他？

1878 年 7 月的一天傍晚，商贩赶着马车离开了小城。商贩一边摇着拨浪鼓一边喊道："收购遗言，10 块大洋一份！"小城的人目送商贩，看着商贩手里那个装有遗言的拨浪鼓，不知道为什么心里晃悠晃悠的。

荒诞情节 新奇立意 ◎陈 丹

《隐喻》讲的是 1875 年，一个商贩以一则遗言 10 块大洋的价格收购即将死亡的人的遗言，文中曾两次用了一系列的疑问句："商贩收购这些遗言干什么？他怎样赚钱？为什么那些临终的人都会把商贩叫去把遗言卖给他？"这是人们的疑问，也是读者的疑问，更是文章的悬念，它隐喻了作者的立意。

胡一笙先生在解读这篇文章时认为："收购遗言这件事是他的经商广告行为，是别出心裁的广告投资。何谓'隐喻'？收购遗言有广告，收购物件无广告，广告背后'隐藏'广告，这便是作品'隐喻'！"此种解读十分独到，可笔者认为《隐喻》所表达还不仅仅是这些。

文中曾几次提到"拨浪鼓"，这是一个装遗言的物件，商贩说，"没人能打开。"正是由于这一句话，那些当初坚信不会出售遗言给商贩的人在临终前才会央求着要出售自己的遗言。每个人在历经人世沧桑后必然会有一些发自内心的感悟却不想被人所知的隐私，可如果死后也不能说出来那么对于人本身其实是十分悲哀的。商贩正是利用了人们的这种心理。在商贩离开小城时，小城的人们看着商贩手里的那个"拨浪鼓"，"不知道为什么心里晃悠晃悠的"。看着家人的遗言被人带走，难道不会觉得有些空虚，有些好奇吗？这时知道遗言的商贩便身价倍增了。而"拨浪鼓"在这里或许是"喻"的另一个代表。商贩他是在利用人们赚钱啊！

不要因小失大，更不能因错失一次而放弃追求一生。错了并不可恼，只要我们不要一错再错，还是来得及弥补的。

你错过了鹿群

张小失

一个猎人带儿子去打猎，在林子里活捉了一只小羊。儿子非常高兴，要求饲养这只小山羊，父亲答应了，将猎物交给儿子，要他先带回家去。

儿子挎着枪，牵着羊，沿着小河回家。中途，羊在喝水的时候忽然挣脱绳子，小猎人紧追慢赶，终于还是没抓住，到手的猎物就这么飞了。

小猎人既恼火又伤心，怀着满腔懊悔之情，坐在河边一块大石头后哭泣，不知道如何向父亲交代。

糊里糊涂等到傍晚，看见父亲沿河流走来了。小猎人站起身，告诉父亲失羊之事。父亲非常惊讶，问：那你就一直这么坐在大石头后面吗？

小猎人赶忙为自己辩解：我没能追赶上它，也四处找了，没有踪影。

父亲摇摇头，指着河岸泥地上一些凌乱的新鲜脚印：看，那是什么？

小猎人仔细察看后，问：刚刚来过几只鹿吗？

父亲点点头：就是！为了那只小山羊，你错过了整整一群鹿啊！

平凡之事 哲理之见 ◎ 肖琼花

小猎人因丢失了一只小羊，坐在河边一块大石头后哭泣，而错过了鹿群。这个故事只是说一幕在生活中很平常的片段，但是它所包含的哲理可以涵盖全部人生。作者通过很通俗、朴素的语言，在很客观的描述中，让我们顿悟出一个道理：不要因小失大，更不能因错失一次而放弃追求一生。错了并不可恼，只要我们不要一错再错，还是来得及弥补的。作者在这里以小见大，从生活中找到了哲理。

从生活片段中揭示人生深层的哲理，让读者从中发现生活深层的本质和很容易让人忽略的生活细节里的底蕴，这是微型小说的真正的机智和独特的魅力所在。真正的微型小说佳作就是这样“以小见大”，从小节看大处。它可以令人惊奇地把人们司空见惯的表面语言、行为，联系到生活深层的本质。

用独腿艰难地跋涉在求生的路上，他的命运是值得同情的。但是，他具有一种正常人也难有的崇高的精神境界。

罗伟章

应朋友之约，去他家议事。这是我第一次上他家去。朋友住在城南一幢别墅里。别墅是为有私车的人准备的，因此与世俗的闹市区总保持一段距离。我没有私车，只得乘公交车去。下车之后，要到朋友的别墅，若步行，紧走慢走，至少也要 40 分钟。眼看约定的时间就快到了，我顺手招了一辆人力三轮车。

朋友体谅我的窘迫，事先在电话中告知：若坐三轮，只需 3 元。为保险起见，我上车前还是问了价。“5 元。”车夫说。我当然不会坐，可四周就只有这辆三轮车。车夫见我犹豫，开导我说：“总比坐出租合算吧，出租车起价就是 6 元呢。”这个账我当然会算，可 5 元再加 1 元，就是 3 元的两倍，这个账我同样会算。我举目张望，希望再有一辆三轮车来。车夫说，“上来吧，就收你 3 元。”这样，我高高兴兴地坐了上去。

车夫一面蹬车，一面以柔和的语气对我说：“我要 5 元其实没多收你的。”我说：“人家已经告诉我，只要 3 元呢。”他说，那是因为你下公交车下错了地方，如果在前一个站，就只收 3 元。随后，他立即补充道：“当然我还是收你 3 元，已经说好的价，就不会变。我是说，你以后来这里，就在前一站下车。”他说得这般诚恳，话语里透着关切，使我情不自禁地看了看他。他穿着这座城市经营人力三轮车的人统一的黄马甲，剪得齐齐整整的头发已经花白了，至少有 55 岁以上的年纪。

车行一小段路程，我总觉得有点不对劲，上好的马路，车身却微微颠簸，不像坐其他人的三轮车那么平稳，而且，车轮不是滑行向前，而是向前一冲，片刻的停顿之后，再向前一冲。我正觉得奇怪，突然发现蹬车的人只有一条腿！

他失去的是右腿。一截黄黄的裤管，挽一个疙瘩，悬在空中，随车轮向前“冲”的频率前后晃荡着。他的左腿用力地蹬着踏板，为了让车走得快一些，臀部时时脱离坐垫，身子向左倾斜，以便把所有的力量都用在左腿上。

我猛然间觉得心里很不是滋味，眼光直直地瞪着他的断腿，瞪着悬在空中前后摇摆的那截黄黄的裤管。我觉得我很不人道，甚至残忍。我刚

30 出头，有 130 多斤的体重，体魄强壮，而他比我大 20 多岁，身体精瘦，且只有一条腿。我的喉咙有些发干，心胸里被一种奇怪的惆怅甚至悲凉的情绪纠缠着，笼罩着。我想对他说："不要再蹬了，我走路去。"我当然会一分不少地给他钱，可我又生怕被他误解，同时，我也怕自己的做法显得矫情，玷污了一种圣洁的东西。

前面是一带缓坡，我说："这里不好骑，我下车，我们把车推过去。"他急忙制止："没关系，没关系，这点坡都骑不上去，我咋个生活啊？"言毕，他快乐地笑了两声，身子便弓了起来，加快了蹬踏的频率。车子遇到坡度，便顽固地不肯前行，甚至有后退的趋势。他的独腿顽强地与后退的力量抗争着，车轮发出"吱吱"的尖叫，车身摇摇晃晃，极不情愿地向前扭动着。我甚至觉得这车也在鄙夷我！它是在痛恨我不怜惜它的主人，才这般固执的吗？车夫黝黑的后颈高高绷起一股筋来，头使劲地向前蹿，我想他的脸一定是紫红的，他被单薄的衣服包裹起来的肋骨，一定根根可数。他是在跟自己较劲，与命运抗争！

坡总算爬上去了，车夫重重地喘着气。不知怎么，我心里的惆怅和悲凉竟然了无影踪。我在为他高兴，并暗暗受着鼓舞。在我面前的，无疑是一个强者，他把路扔在后面，把坡扔在了后面，为自己"挣"来了坦荡而快乐的生活。

待他喘息稍定，我说："你真不容易啊！"

他自豪地说："这算啥呢！今年初，我一口气蹬过 80 多里，而且带的是两个人！"

我问怎么走那么远？

他说："有两个韩国人来成都，想坐人力车沿二环路一趟，看看成都的风景。别人的车他们不坐，偏要坐我的车。他们一定以为我会半路出丑的，没想到，嘿，我这条独腿为咱们成都人争了气，为中国人争了气！"

我不知道该说什么好，既心酸，又豪迈，是那种近乎悲壮的情感。

车夫又说："下了车，那两个韩国人流了眼泪，说的什么话我不懂，但我想，他们一定不会说我是孬种。”

不由自主地，我又看着他的那条断腿。我很想打听一下他的那条腿是怎么失去的，可终于没有问。事实上，这已经无关紧要了。他已经断了一条腿，而另一条腿支撑起了他的人生和尊严，这就足够。我想，如果那条断腿也有在天之灵，它一定会为它的左腿兄弟感到骄傲，一定会为它的主人感到自豪。

离别墅大门百十米远的距离，车夫突然刹车。“你下来吧。”他说。

我下了车，给他 5 元钱。

他坚决不收，“讲好的价，怎么能变呢？你这叫我以后咋个在世界上混啊？”

我没勉强，收回了他找我的两元钱。

我正要离去时，他不好意思地说：“我本来应该把你送拢的，可那是一幢高级别墅，往别墅去的人，至少应该坐出租……我怕被你朋友看见……”

我的眼泪流了下来。我天生是不大流泪的人。

朋友果然在大门边等我。他望着远去的车夫说：“你为什么不让他送拢？那太可恶的家伙总是骗一个是一个！你太老实了。”

议完事，朋友留我吃饭，我坚决拒绝了。

我徒步走过了那段没有公交车的路程。我从来没有与自己的两条腿这般亲近过，从来没有觉得自己的两条腿这般有力过。

身躯有残　尊严无价 ◎ 邓翠花

《独腿人生》写独腿车夫崇高的精神境界，这一内涵是全文的核心。作者重点交代了他的年纪——“至少有 55 的年纪。”这样的年纪按中国人习惯的说法，该去“颐养天年”了，然而他仍在用独腿艰难地跋涉在求生的路上，他的命运是值得同情的。但是，他不仅不是一个生活中的弱

者，反而表现出一种正常人也难有的崇高的精神境界，能够说出“我这条独腿为咱们成都人争了气，为中国人争了气”！

作者塑造这个人物，调动了多种艺术手段。从一开始的讲价钱，这个细节已经让车夫的诚实显现，接着写到“我”发现车夫的残疾，即直接描写车夫的“在跟自己较劲，与命运抗争”的具体表现，又用“我”的感受衬托并强化那感人的场面，一个“为自己‘挣’来了坦荡而快乐的生活”的强者形象，活生生地体现出来，而最后收钱时说的“讲好的价，怎么能变呢”，再次呼应开篇时运载车夫的诚实品格的描写，圆满完成一个有血有肉有灵魂的人物塑造。

作者在最后还不动声色地补叙：“我从来没有与自己的两条腿这般亲近过，从来没有觉得自己的两条腿这般有力过。”这似乎还含有丰富的艺术信息：拥有健全的身躯，实是一种非常的幸福。

人与人之间需要理解，不要仅凭主观去判断事物。

女巫的面包

[美] 欧·亨利

马莎·米查姆小姐是街角上那家小面包店的女老板（那种店铺门口有三级台阶，你推门进去时，门上的小铃就会丁零丁零响起来）。

马莎小姐今年40岁了，她有两千元的银行存款、两枚假牙和一颗多情的心。结过婚的女人可不少,但同马莎小姐一比,她们的条件可差远啦。

有一个顾客每星期来两三次,马莎小姐逐渐对他产生了好感。他是个中年人,戴眼镜,棕色的胡子修剪得整整齐齐的。

他说的英语带有很重的德语口音。他的衣服有的地方磨破了,经过织补,有的地方皱得不成样子。但他的外表仍旧很整饬,礼貌又十分周全。

这个顾客老是买两个陈面包。新鲜面包是5分钱一个,陈面包5分钱可以买两个。除了陈面包以外,他从来没有买过别的东西。

有一次,马莎小姐注意到他的手指上有一块红褐色的污迹。她立刻断定这位顾客是艺术家,并且十分穷困。毫无疑问,他准是住阁楼的人物,他在那里画画,啃啃陈面包,呆想着马莎小姐面包店里各式各样好吃的东西。

马莎小姐坐下来吃肉排、面包卷、果酱和红茶的时候,常常会好端端地叹起气来,希望那个斯文的艺术家能够分享她的美味饭菜,不必待在阁楼里啃硬面包。马莎小姐的心,我早就告诉你们了,是多情的。

为了证实她对这个顾客的职业猜测得是否正确,她把以前拍卖来的一幅画从房间里搬到外面,搁在柜台后面的架子上。

那是一幅威尼斯风景。一座壮丽的大理石宫殿(画上这样标明)竖立在画面的前景——或者不如说,前面的水景上。此外,还有几条小平底船(船上有位太太把手伸到水面,带出一道痕迹),有云彩、苍穹和许多明暗烘托的笔触。艺术家是不可能不注意到的。

两天后。那个顾客来了。

“两个陈面包,劳驾。”

“夫人,你这幅画不坏。”她用纸把面包包起来的时候,顾客道。

“是吗?”马莎小姐说,她看到自己的计谋得逞了,大为高兴,“我最爱好艺术和——”(不,这么早就说“艺术家”是不妥的)“和好画,”她改口

说，“你认为这幅画不坏吗？”

“宫殿，”顾客说，“画得不太好。透视法用得不真实。再见，夫人。”他拿起面包欠了欠身，匆匆走了。

是啊，他准是一个艺术家。马莎小姐把画搬回房间。

他眼镜后面的目光是多么温柔和善啊！他的前额有多么宽阔！一眼就可以判断透视法——却靠陈面包过活！不过天才在成名之前，往往要经过一番奋斗。

假如天才有两千元银行存款、一家面包店和一颗多情的心作为后盾，艺术和透视法将能达到多么辉煌的成就啊——但这只是白日梦罢了，马莎小姐。

最近一个时期，他来了以后往往隔着货柜聊一会儿。他似乎也渴望同马莎小姐进行愉快地谈话。

他一直买陈面包。从没有买过蛋糕、馅儿饼，或者她店里的可口的甜茶点。她觉得他仿佛瘦了一点，精神也有点颓唐。她很想在他买的寒酸东西里加上一些好吃的东西，只是鼓不起勇气。她不敢冒失。她了解艺术家高傲的心理。

马莎小姐在店堂里的时候，也穿起那件蓝点子的绸背心来了。她在后房里熬了一种神秘的混合物。有许多人用这种汁水美容。

一天，那个顾客又像平时那样来了，把 5 分镍币住柜台上一搁，买他的陈面包。马莎小姐去拿面包的当儿，外面响起一阵嘈杂的喇叭声和警钟声，一辆救火车隆隆驶过。

顾客跑到门口去张望，遇到这种情况，谁都会这样做的，马莎小姐突然灵机一动，抓住了这个机会。

柜台后面最低的一格架子里放着一磅新鲜黄油，送牛奶的人拿来还不到 10 分钟。马莎小姐用切面包的刀子把两个陈面包都拉了一道深深的口子，各塞进一大片黄油，再把面包按紧。

顾客再进来时，她已经把面包用纸包好了。

他们分外愉快地扯了几句。顾客走了，马莎小姐情不自禁地微笑起来，可是心头不免有点紧张。

她是不是太大胆了呢？他会不高兴吗？绝对不会的。食物并不代表语言。黄油并不象征有失闺秀身份的冒失行为。

那天，她的心思老是在这件事上打转。她揣摩着他发现这场小骗局时的情景。

他会放下画笔和调色板。画架上支着他正在创作的图画，那幅画的透视法肯定是无可指摘的。

他会拿起干面包和清水当午饭。他会切开一个面包——啊！

想到这里，马莎小姐的脸上泛起了红晕。他吃面包的时候，会不会想到那只把黄油塞在里面的手呢？他会不会——

前门上面的铃铛恼人地响了。有人闹闹嚷嚷地走进来。

马莎小姐赶到店堂里去。那儿有两个男人。一个是叼着烟斗的年轻人——她以前从没有见过，另一个就是她的艺术家。

他的脸涨得通红，帽子推到后脑勺上，头发揉得乱蓬蓬的。他攥紧拳头，狠狠地朝马莎小姐摇晃。

"笨蛋！"他拉开嗓子嚷道；接着又喊了一声"千雷轰顶的！"或者类似的德国话。

年轻的那个竭力想把他拖开。

"我不走，"他怒气冲冲地说，"我非同她说个明白不可。"

他擂鼓似的敲着马莎小姐的柜台。

"你把我给毁啦，"他嚷道，他的蓝眼睛几乎要在镜片后面闪出火来。"我对你说吧。你是个惹人讨厌的老猫！"

马莎小姐虚弱无力地倚在货架上，一手按着那件蓝点子的背心，年轻人抓住同伴的衣领。

"走吧，"他说，"你骂也骂够啦。"他把那个暴跳如雷的人拖到门外，自己又回来。

“夫人，我认为应当把这场吵闹的原因告诉你，”他说，“那个人姓布卢姆伯格。他是建筑图样设计师。我和他在一个事务所里工作。”

“他在绘制一份新市政厅的平面图，辛辛苦苦地干了三个月。准备参加有奖竞赛。他昨天刚上完墨。你明白，制图员总是先用铅笔打底稿的。上好墨之后，就用陈面包擦去铅笔印。陈面包比橡皮好用得多。”

“布卢姆伯格一向在你这里买面包。嗯，今天——嗯——你明白，夫人，里面的黄油可不——嗯，布卢姆伯格的图样成了废纸，只能裁开来包三明治啦。”

马莎小姐走进后房。她脱下蓝点子的绸背心，换上那件穿旧了的棕色哔叽衣服。接着，她把特意熬的煎汁倒在窗外的垃圾箱里。

自以为是　啼笑皆非 ◎ 徐祝睿

微型小说通常为了达到水到渠成的目的，有时会运用如折叠包裹、思维转移、逻辑跳动、悬念设置等写作方法，使小说在短小的篇幅中，具有人物、地点、高潮、结局的效果，使读者耳目一新。

欧·亨利的《女巫的面包》，采用了多重悬念与释悬曲转，使情节大量反转，结局又出人意料。这篇小说主要讲了面包屋女主人在同顾客——一个中年人的接触中，隐隐感觉到他是一个贫穷、和善、刻苦的艺术家，具有极高的造诣。他总是买一些陈面包，女主人同情他，在往常的一天，小心地为陈面包加进了奶油，最后却得罪了那位中年人。原来他们要陈面包是为了擦去铅笔印，并不是吃的。而奶油使他的新市政厅平面图成了一堆废纸，从而揭示了人与人之间需要理解，不要凭主观去判断事物的哲理。

这篇文章的可读性较强，情节结构协调统一，全文是以陈面包为明线索，以女主人同情心作为暗线索，两线一明一暗，贯穿着全文的中心。在开头，开门见山地说明女主人有着一颗多情的心，为后文埋下了伏笔。

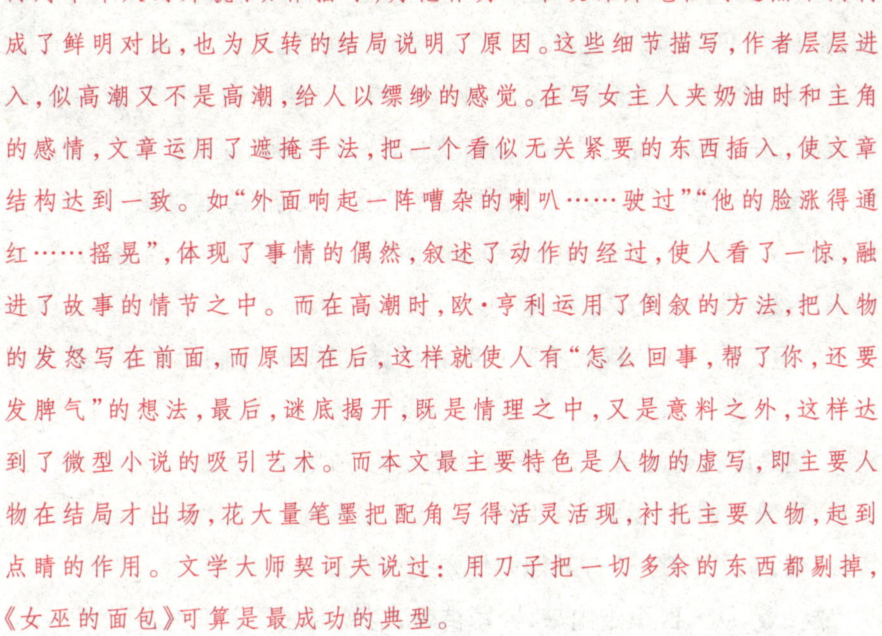
而对中年人的外貌、动作描写，为他作为一个设计师地位的迥然不同构成了鲜明对比，也为反转的结局说明了原因。这些细节描写，作者层层进入，似高潮又不是高潮，给人以缥缈的感觉。在写女主人夹奶油时和主角的感情，文章运用了遮掩手法，把一个看似无关紧要的东西插入，使文章结构达到一致。如“外面响起一阵嘈杂的喇叭……驶过”“他的脸涨得通红……摇晃”，体现了事情的偶然，叙述了动作的经过，使人看了一惊，融进了故事的情节之中。而在高潮时，欧·亨利运用了倒叙的方法，把人物的发怒写在前面，而原因在后，这样就使人有“怎么回事，帮了你，还要发脾气”的想法，最后，谜底揭开，既是情理之中，又是意料之外，这样达到了微型小说的吸引艺术。而本文最主要特色是人物的虚写，即主要人物在结局才出场，花大量笔墨把配角写得活灵活现，衬托主要人物，起到点睛的作用。文学大师契诃夫说过：用刀子把一切多余的东西都剔掉，《女巫的面包》可算是最成功的典型。

魔术师摇摇头，“我和你一样，也不知道自己想要什么。”说完，魔术师像来时一样，牵着那座房子离开了。

魔术师的房子

安　勇

魔术师是牵着那座房子走来的。开始，人们都以为跟在他身后的是

一条狗，肉铺掌柜王二麻子还慷慨地扔过去一块肉骨头。房子长着狗脑袋、狗身子、四条狗腿，还有一条会摇晃的狗尾巴。

魔术师把房子牵到城中心的十字路口上，蹲在地上抽完一斗烟，眯着眼看了一会儿石城上空的太阳。站起身，笑眯眯地扫视一圈围观的人们，咳嗽一声说："谁想第一个走进去？"没有人回答，谁也想不明白，一个人怎么能走进一条狗的肚子里。魔术师笑了笑，用手拍一下狗脑袋，狗的嘴巴缓缓张开，变成了一道门。

打短工的赵小六撇撇嘴问："吃饱了撑的咋地，俺们为啥要进这座怪房子？"

"这是座神奇的房子，里面有你想要的东西。"

"我想要老婆，里面也有吗？"

"有，除了老婆，还有其他你想要的东西。"

赵小六从人群里走出来，紧紧裤带，弯腰走进了房子里。

人们都盯着房门，等着赵小六带着老婆从房子里走出来。

魔术师拍拍房子问："找到老婆了吗？"房子里有人回答："找到了，一共三个，一个大老婆，两个小老婆。"是赵小六的声音。

魔术师满意地点点头："他找到了想要的东西，不会再出来了，谁想第二个走进去？"

王二麻子拍着自己的大肚子问："俺想要个 100 头猪的养猪场，一个宽敞的大肉铺，里面也有吗？"

魔术师点点头说："有，里面应有尽有。"

王二麻子往回缩了缩肚子，走进了小房子。卖豆腐的李老三挤挤眼睛问："里面还有地方没？俺想要钱，好多好多的钱。"魔术师笑着看看他："我说过，这是座神奇的房子，里面很宽敞，能装得下所有人。"李老三第三个走进了房子里。

人们不知不觉在房子前排起了队。

第四个人想要当官，第五个人想拥有天下所有的美女，第六个人是位体弱多病的老者，想要长生不老，第七个是个女子，想要最美的容貌，第八个是算命的瞎子阿三，想要一双好眼睛……

第十个人刚走进房子，有两个捕快分开众人，厉声对魔术师说："根据本城法律规定，任何人不得随意在街头表演，我们要没收你的房子，带你去见老爷。"魔术师伸出手，冲着两个人抓了一把，将什么东西扔进了房门里。横眉立目的捕快转眼变得和颜悦色，自动排到了队伍后。众人疑惑不解，纷纷询问。魔术师回答说："我把法律扔进了房子里，从现在起，大家都可以不再受法律的约束。"

3天3夜后，全城的人们一个跟着一个都走进了房子里。

房子外面除了魔术师，只剩下了一个人，就是北街的傻子阿木。几天里，阿木一直歪着脑袋，看着那座房子笑，却不肯走进去。魔术师拍拍阿木的肩膀问："你为什么不进去？"阿木疑惑地看看他："我为什么要进去？"

"房子里有你想要的东西。"

阿木摇摇头："我不知道自己想要什么？我什么也不想要。"魔术师叹口气，不再说什么，弯下腰，把房子前的街道慢慢地卷起来，一点一点地往房门里拉。整个石城从四个不同的方向缓缓被拖进了房子里，最后，石城彻底消失了，就像它从来就没存在过一样。

阿木傻乎乎地看完了这一切，笑嘻嘻地走过来，拍拍魔术师的肩膀问："那你呢，你想要什么？"魔术师摇摇头："我和你一样，也不知道自己想要什么。"说完，魔术师像来时一样，牵着那座房子离开了。

摆脱欲望的樊笼 ◎田 野

微型小说《魔术师的房子》带有鲜明的魔幻色彩：城里来了一个牵着房子的魔术师，他蛊惑众人："这是座神奇的房子，里面有你想要的东西。"于是，我们看到，想要老婆的赵小六钻进去了，想要钱财的李老三钻进去

了，还有想要当官的，想要美女的，人们排成了队往里钻，结果，“3天3夜后，全城的人们一个跟着一个都走进了房子里。”神奇的房子满足了人们的欲望，只是，钻进房子里的人，却没有谁能从里面再走出来。

当然，也有一个人没被房子困住，他就是被称为傻子的阿木。最后，当那些钻进房子里的人被魔术师连同石城一起带走时，只有傻子阿木快乐地活了下来。为什么呢？因为他没有欲望。

这篇小说的寓意很深刻，它告诉我们：人一旦被各种各样的欲望所牵绊、所束缚，就会变得失去自由，失去自我。正如小说中所写的，欲望“是座神奇的房子，里面很宽敞，能装得下所有人”，我们可要警惕啊！

落地的瞬间，我第一次嗅到了青草的芳香。我想起了妈妈，想起了那本我永远也读不完的童话。

没有童话的鱼

尹利华

我是一条鱼，一条爱看童话的鱼。

虽然我还是一条未成年的鱼，仍旧沉湎于那些关于人和鱼之间美丽的童话故事里，但我身边的鱼长辈们都说人是一种残酷无情的动物，千万不要接近他们，见了他们撒下的渔钩，一定要远远离开。我不相信，它们撒谎，因为书里的童话故事可不是那么说的。

今天，我从水面下看到一个小男孩在垂钓，我觉得我和他都还是孩子，虽然一个是鱼的孩子，一个是人的孩子，但是我们如同童话中那样，彼此之间亲密无间的游戏。于是，我就有意的用自己的尾巴撞鱼钩，一次一次，引诱他兴奋地拉起来。

看着他每次兴奋地拉起渔竿，随后兴奋转化为失望的时候，我感觉人的表情真是丰富极了，好玩极了，因此，我乐此不疲。我决定再和这个小男孩玩几次，我就回家看我的童话。

不料，由于我一个疏忽，我被渔钩挂住。我一阵惊恐，努力挣脱，可鱼钩却刺入了我的身体，痛彻肺腑，我大声哭泣，惊恐得大喊：妈妈，妈妈！

妈妈从远处游来，我看见她满脸都是绝望的神情。

还没有等我再看妈妈一眼，我就被鱼钩拖出了水，飞一般出离开水面。第一次离开水，我无法呼吸，感到一阵窒息。随后，我就被小男孩捉在了手中。

这个小男孩是多么可爱啊，尤其是看到我，他笑得多么开心！我想如同童话中写得那样对他说：喂，你好，我是鱼的孩子，我想和你做朋友呢。

就是不知道他看不看童话？如果他也看过我曾经看过的童话就好了。那样，我们就能像童话里写得那样：彼此成为好朋友了，并且留下各自的地址和联系方式。然后，他放我回家，我会在水中思念他。

可随后，他居然随手把我丢在了一个小土坑里！小土坑里没有一滴水！难道，难道这就是人类孩子的待客之道？难道，难道他不知道我们鱼只有在水中才能呼吸，才能生存？我忍住疼痛，挺直身子，跳跃起来，可每一次挣扎，就扬起一阵灰尘，进了我的眼，我的嘴，也进入了我的心，化为绝望的恐惧。

我以为这样，人类的孩子能听见，能给我一些水。对他来说，仅仅是举手之劳。可他只是看了我一眼，用他那双水灵灵的大眼睛，没有任何表情地看了我一眼。我明白自己错了：他虽然是人类的孩子，但他是不看童

话的。

太阳火辣辣的，我裸露着身体在它的曝晒下，很快就感觉从来没有过的口渴。以前在水里，总感觉太阳是一种朦胧的美，而今在空气里，才感觉出我错得多么厉害。是不是从水中看到太阳，就和读童话一样，都蒙上了一层不真实的面纱？

啊哈，又来一条大的！我听到小男孩兴奋地尖叫。

随后，小土坑里落下一个同类。我仔细一看，居然是妈妈！是我那亲爱的妈妈！

妈妈看见我，第一句话就是说：孩子，别怕。妈妈在这里。

我知道，妈妈一向是远离钓钩的，这次一定是故意让人类的孩子捉来的，一定是！可惜我的眼睛无法流泪，如果流泪的话，我相信我的泪水可以盈满这个肮脏的小土坑。

妈妈突然挺直身子，一个跳跃，纵向上空。她落下后，神色焦灼，鼓励我说：孩子，跳，就这样跳，不远就是咱们的家！努力，孩子！

我学妈妈的样子，努力跳跃。每跳一次，我就看到了一池碧水，我的家就在那里，家里有我没有看完的童话。为了妈妈，为了回家，尽管落下的时候弄得自己全身泥土，但我仍然坚持跳跃。妈妈在一旁的鼓励，和她眼神中的关爱，让我刻骨铭心。尽管我竭尽全力，却始终跳不出小土坑。每一次落下，我都会摔得眼冒金星，再加上越来越多的泥土裹在我身上，加重了我的体重，最后，我只能象征性地挺一挺身子，翻一下身体而已。

我对妈妈说，妈妈，我不行了，你赶快回家吧，我爱你。

妈妈的眼神再次由焦灼变为绝望。她不断地给我做示范，挺直身体，跳起又落下：就这样，孩子，你能行的，你能回家的！

人类的孩子也许听到了妈妈落地的声音。转过头来，看到妈妈的跳跃。急忙过来，他胖乎乎的手，抓住了妈妈，往地上狠狠一摔，说：我让你跳！只一下，随着妈妈落地的声音，我看到血从妈妈头上流出。

妈妈！我拼命跳跃着。

妈妈奄奄一息，说：孩子，都是妈妈不好，给你看童话太多。其实，其实，我们鱼是没有童话的……

难道有些真相，非得要经历一番疼痛后，才能明白？

我奄奄一息，躺在妈妈身旁，妈妈虽然睁着眼睛，但我知道她已经离开了这个世界，永远。我听到人类的孩子说：这个太小了，扔了吧。

尽管我不再相信童话，可我仍然以为他会把我扔回水里，扔回我的家。可是，我再次错了。我在空中划了一个弧线，落在离家更遥远的青草地上。

落地的瞬间，我第一次嗅到了青草的芳香。我想起了妈妈，想起了那本我永远也读不完的童话。

一条鱼的诉说 ◎田 野

鱼会说话吗？当然不会。这是我们的常识。而对于一个爱看童话的孩子来说，鱼是会说话的。就像在一条爱看童话的鱼看来，孩子是善良的，人类是友好的一样。然而，现实世界并不是童话，孩子钓鱼的行为，彻底打破了小鱼心中的幻想，也谋杀了小鱼和妈妈的性命。

我们在为小鱼和妈妈的遭遇感到惋惜的同时，也不由得对人类自身的行为产生怀疑。想一想，人类真是冷酷无情，我们对童话中的小鱼爱得不得了，可是一转眼，就在小河边变成了钓鱼的杀手，在餐桌前变成了吃鱼的食客。这是鱼类的不幸，又何尝不是人类的悲哀呢？

微型小说《没有童话的鱼》用拟人化的手法，借一条鱼的诉说，完成了对人类嗜杀生灵这一行为的控诉。其中蕴涵着的丰富的想象力和强烈的批判意识，颇能引起读者的思考和共鸣，也无形中加重了这篇作品本身的分量。

难道有些真相，非得要经历一番疼痛后，才能明白？落地的瞬间，我第一次嗅到了青草的芳香。我想起了妈妈，想起了那本我永远也读不完的童话。

Part Nine 绿芽一代

我们在春天的原野上萌动发芽，在和煦的阳光中成长。我们豪迈地向世界宣告，这是绿芽一代！我们知道，只有经历风雨的洗礼，雷电的考验，烈日的曝晒，寒霜的敲打，我们才能脱颖而出，显现出与野花小草的区别——我们是参天大树！

同胞兄弟俩不同的命运和结局，就像一面镜子，艺术化地折射出我们的家庭教育存在着的缺陷：即重道德知识灌输，轻道德行为养成。

让 梨

邱成立

有弟兄俩，是双胞胎。弟兄俩不但相貌长得像，还有一个共同的爱好，都特别爱吃梨。

有一天吃过晚饭，母亲拿出来两个梨，一个大梨，一个小梨。弟兄俩嗷嗷叫着，就要扑过去抢那个大梨吃。母亲连忙拦住他俩说："你们俩都听说过孔融让梨的故事吧？"弟兄俩一齐点点头，母亲接着说，"人家孔融4岁就能让梨。你们俩今年都8岁了，也该学学孔融让梨吧？"弟兄俩又一次点点头。

母亲先问哥哥："你是哥哥，你先说，你想吃大梨还是小梨？"

哥哥看了看桌子上那个黄澄澄的大梨，又看了看母亲和弟弟，说："你让我说实话还是说瞎话？"

母亲说："当然说实话！"

哥哥使劲儿咽了一口唾沫，用手指着那个大梨结结巴巴地说："我当然想想……吃……吃大的……"

"啪"的一声，哥哥的脸上挨了一巴掌。

母亲转回头又问弟弟:“你说,你想吃大梨还是小梨?”

弟弟看了看桌子上那个黄澄澄的大梨,也狠狠地咽了一口唾沫,说:“我想……”话说了半截,弟弟看到了哥哥泪流满面的脸和脸上五个红红的指头印,立刻伸手拿起了那个小梨,说:“我是弟弟,大梨让哥哥吃吧!”

哥哥听了,咧开嘴笑了,脸上的泪也顾不得去擦,伸手就去拿大梨。

“啪”的一声,哥哥的脸上又挨了一巴掌。

母亲从桌子上拿起大梨,塞到弟弟手里,又从弟弟手里夺过小梨,塞到哥哥手里,对弟兄俩说:“记住:想占便宜的人,往往占不到便宜!”

哥哥看了看自己手中的小梨,又看了看弟弟手中的大梨,显出一脸的无奈。

过了几天,吃过晚饭,母亲又拿出来两个梨,仍然是一个大梨,一个小梨。母亲对哥哥说:“今天还是由你先挑,你说吧,想吃大梨还是小梨?”

哥哥说:“让我说实话还是说瞎话?”

母亲说:“当然说实话!”

哥哥毫不犹豫地说:“我想吃大的。”

“啪!”哥哥的脸上挨了一巴掌,“我再问你一遍,想吃大梨还是小梨?”

“大梨!”哥的脸上很快显出五个红指头印,可这次哥哥却忍住了,没有哭。

母亲失望极了,转回头问弟弟:“你呢?你想吃大梨还是小梨?”

弟弟害怕极了,用手悄悄地指了指那个小梨,又赶快把手缩了回来。

“好孩子。”母亲说着,把大梨塞到了弟弟的手里,自己拿着那个小梨吃了起来。吃完梨,母亲对弟兄俩说:“记住:想占便宜的人,有时候反而吃亏!”

20 年后,弟兄俩长大成人。

哥哥做了法官,说出的每一句话都代表法律的尊严。

弟弟却成了诈骗犯，说出的每一句话都是美丽的谎言。

在庄严的法庭上，法官哥哥问罪犯弟弟："什么时候学会了骗人？"

罪犯弟弟想了想，说："从那次让梨……"

表层讲述 深刻意蕴

◎ 陈艾明

《让梨》具备了微型小说立意的三个显著特点：贴近生活的现实性、深刻独到的哲理性和鲜活辛辣的新奇性。

《让梨》主要由两个几乎相同的情节和细节描写拼合而成的：(1)母亲让兄弟俩选梨，哥哥因选大梨而挨了母亲两巴掌，结果母亲让弟弟吃了大梨，哥哥吃小梨；(2)母亲又一次让兄弟俩选梨，哥哥仍然诚实地选大梨，而又挨了母亲一巴掌，结果母亲让弟弟吃了大梨，自己吃了小梨，哥哥没有；(3)长大后，哥哥成了法官，弟弟成了诈骗犯。作者在作品中鲜明、集中地展示了三次"A—A"式的艺术变化和多次回环往复，增加了作品的意蕴厚度。

这篇作品所选的材料在我们的现实生活中是常见的。然而，作者通过这贴近生活的取材，对人们心灵中一些不易察觉的深层心理作出了犀利的促人深思的揭示和解剖。面对大小梨的选择，我想，谁都会想吃大梨，只不过有人诚实地说出自己内心的想法，而有的人则虚伪或无奈地说着那华丽的谎言，正如哥哥说实话，挨了母亲的巴掌，弟弟说谎，得到母亲的赞赏，这两种不同的情况也隐喻着兄弟俩两种迥然不同的结局。

记住作品中母亲对兄弟俩说过这么两句话："记住，想占便宜的人，往往占不到便宜。""记住：想占便宜的人，有时候反而吃亏。"这两句话是同一个意思，这其中的道理也是正确的，可见在作品中显然讽刺的味道很浓，哥哥与弟弟谁是想占便宜的人？这很耐人寻味，也暗示了弟弟的悲剧结局。

作品的结尾可说是既在意料之中又在意料之外，这是作品中最精彩的高潮部分，作品的价值也就在于此。哥哥做了法官，弟弟成了诈骗犯，作者犀利、一针见血地指出了罪犯弟弟悲剧结局的原因，法官哥哥问罪犯弟弟什么时候学会了骗人，罪犯弟弟想了想，说是“从那次让梨……”这句话所含的意味是值得读者去体会的，省略号为读者提供了一种振聋发聩的思考，这空白的艺术，使作品在有限的篇幅中显出了无限的意蕴。

同胞兄弟俩不同的命运结局，就像一面镜子，艺术化地折射出我们的家庭教育存在着的缺陷：即重道德知识灌输，轻道德行为养成。这，也许才是这篇作品要探讨的根本问题。

父母的行为举止对一个小孩，尤其是对思想还没有成熟的小孩来说，有着不可忽视的影响。

精神

谢志强

终于，她答应陪儿子去吃“肯德基”了，不过，她说：“一言为定，只买一份鸡腿、一杯饮料。”这事提出已经有 3 个月了，她总推说我们不是享受“肯德基”的家。儿子列举了班级中吃过“肯德基”同学的数字，可她一直不松口。

显然，儿子不止一次光顾这个环境了。他远远地指着豪华的门面一侧立着的穿着奶白色西服的塑像，说：“那就是山德士上校。”她觉得这位老人显得富态而又慈祥。

厅内，宽敞、宁静，只有 3 对青年分布在不同的角落。母子俩选了张离服务台不远的桌子。桌面上摊着一张报纸。他掀起，说："妈妈，你看。"

一张 10 元面额的纸币和 8 个 1 元面额的硬币。她惊讶了，脱口说："你说怎么办？"

他说："交给老师。"

她笑了说："也好，这些钱保不住会被旁人拿走。"

他收起钱。她禁不住四下望了望。她像是在做一桩丢人现眼的事儿。她的心"怦怦"地直跳。其实她心里真想白捡了这 18 元钱，只是儿子在场，他还小。服务小姐端来了两个鸡腿，一杯可乐，她当即付了款。她奇怪地想：能不能将那 18 元钱用来支付，那样的话，她也能点个便宜点儿的点心，毕竟自己是首次坐进这个幽雅的环境呀。

他递过来说："姆妈，你尝尝。"

她摆摆手，说："我不喜欢吃鸡，你慢慢吃，妈妈陪你。"

他遗憾地说："妈妈，可香呢。"

她微笑着点点头，说："慢慢吃，吃快了就吃不出味道了。"

儿子咽下一口，又有模有样地喝一口可乐说："妈妈！肯德基的鸡是美国运来的吗？"

她笑了，说："那是用中国的鸡制作的。"

他放慢了速度，却已经只剩根细骨了。他仰脖喝完可乐，站起，精神抖擞的样子，说："味道真的很好呐。"

翌日，他临上学校，说："妈妈，早餐钱你还没有给我呢。"

她刚睡醒，说："我没零钱，你先垫着吧。"

他说："我口袋的钱不够吃早餐。"

她说："昨天在肯德基的桌上捡的钱，不是在你袋中吗？要么，先垫着。"

他说："那钱我要交始老师呢。"

她打开皮夹，抽了张 10 元面额的纸币，说："晚上再结算。"

傍晚，她一进门，看见正在做作业的儿子，首先想到那笔钱，似乎那 18

元钱关系着儿子今后的成长、发展。她期望儿子单纯、美好——儿子面前，她仍是一个正面的形象，并且希望能永远保持着这种形象。恐怕今生今世儿子也不会料到，她曾打过那笔钱的歪主意。她说："18 元钱你上交了吗？"

他迎上来，说："妈妈，上课前，我已经交给赵老师了。"

她说："赵老师说啥了？"

他说："也没说啥，赵老师马上要上课呢。她说：'唔，捡了东西是该上交。'"

再一天，上班，她接到一个电话，是赵老师的电话。赵老师请她赶快到学校来一趟。

她说："出了什么事了？"

赵老师说："肯德基快餐店经理赶到学校说要见见你们母子俩。"

经理是一个操着外地口音的中年人，没有像店门口永远站立着的"山德士上校"那么有风度，却也显得精明。他说，那 18 元钱是他特意摆在桌上的，他决定，谁拾金不昧，他就奖励谁 188 元，在学校颁发这笔奖金。

儿子一个劲儿地瞅她。她觉得受了"山德士上校"作弄了一样，说：我不要这笔奖金，我不要，我和儿子只不过偶然去了店里，我只不过不想叫儿子失望，他父亲两个月前外出打工……好了，我现在还要去上班呢。

周围响起了热烈的掌声，都看着母子俩。她觉得浑身发热，抚抚儿子的头，说："妈妈上班去了。"

下班回家，儿子欢喜地迎上来说："妈妈，赵老师通知我，明天我当光荣的升旗手。"她拍拍儿子稚嫩的肩膀，说："妈妈替你高兴。"

据悉，那家"肯德基"生意突然红火起来，常常座无虚席。

金钱有价　诚信无价 ◎宁　静

去吃一顿肯德基原本应该是一件极平常的事情，然而谢志强的《精

神》这篇微型小说记叙的一对母子在肯德基引发的一系列故事，看似在情理之中，实际却又出人意料，我们从中能体会到母亲对儿子教育的良苦用心。

从“我们是享受肯德基的家吗”一句，我们不难看出她家并不富裕，在儿子多次要求之下，她最后才同意带他去吃肯德基，由此可见她对孩子的疼爱。

然而他们在餐厅的一张报纸下发现了18块钱，虽然文中两次提到她想把那18元钱据为己有——“其实她心里真想白捡了这钱”可是最终为了儿子的成长、发展，她还是引导儿子把钱上缴，她打消了“用拾来的18元来支付对儿子的诺言”这个念头。她知道父母的行为举止对一个小孩，尤其是对思想还没有成熟的小孩来说，有着不可忽视的影响，她希望自己能够给儿子积极的影响。她非常关心儿子的成长，体现在她关注儿子是否及时把钱上缴给老师，“18元钱你上交了吗？”“老师说啥了？”“唔，捡了东西是该上交。”当老师打来电话时，她表现出对儿子十分紧张的情绪。在故事的高潮，也就是经理要奖励孩子拾金不昧的精神时，她拒绝了这笔奖金。因为她觉得自己曾经打过那18元钱的主意，她不能问心无愧地接受这笔奖金，然而她的行为为她和儿子赢得了热烈的掌声。她的行动也确实对儿子的思想起了积极的影响，最后她也为自己的做法感到满意、高兴。

这篇小说立意深远，母亲爱儿子，这种疼爱又不单是满足孩子物质上的要求，更突出的是表现在她对孩子思想品德的培养上。一个母亲为了儿子健康成长而进行的思想斗争，她虽然生活贫困，但她明白孩子的成长、发展、优秀比任何东西都重要，因此她没有为了金钱而放松对孩子的思想品德的正确引导。

不管人与动物，还是人与人，只要真诚相处，真心以待都可以相处得很好。

狼　变

亦　农

桂子和老狼相遇在金黄的一望无际的麦田里。

桂子给在地里割麦的爹娘送完饭，一边啃手中的馒头一边雀跃着往回走。老狼突然间呈现在她面前，它安静地坐着，前腿直立，支撑着脑袋和双肩。桂子把一块馒头塞进它的嘴里。桂子走几步，回头，老狼还伫立在那里。桂子招招手，同时丢一块馒头在地上。老狼迟疑片刻，跟过来，很准确地叼起那块馒头咽下去。桂子很高兴，又走几步，又丢下一块。它是真跟上来了。桂子暗喜，她真的开始喜欢这个动物并决心把它引诱到家里养起来。

村口有一帮人，有的捧着碗大口大口吃凉面条，有的一边喝水，一边大声讲着粗鲁的笑话。桂子从金黄色的麦田里钻出来，有人看到了，但没有人更多注意这个瘦小的小姑娘。紧接着，老狼出现了，立即引起人们一片惊慌。

“狼，快看狼！”首先一人大呼。人们呼啦散开，很快拿着棍子、铁锹、砖头奔出来，绕过桂子，扑向老狼。老狼收住脚，眼中闪过一丝失落，转身遁进麦田深处。桂子伤心地抽泣说：“你们赔我的大狼狗！”

爷爷正在擦猎枪，他是有名的猎人，更是方圆百里闻名的赤脚医生。桂子抹着眼泪把经过告诉爷爷。“桂儿别哭，爷爷信你，不是狼，是大狼狗！”爷爷安慰她。

次日，桂子在同一个地方，又遇见老狼。桂子欢快地冲老狼招招手。她走几步扔一块馒头，老狼便一步步跟过来。来到麦田地边，老狼止住脚步，任桂子怎样招呼，它都不走，只是那目光充满了慈祥和忧郁。桂子说：“你等着，我去叫爷爷。”

爷爷来时，已没了老狼，只有一眼望不到边的麦浪，一波一波地滚来滚去。“它是一只好狼狗哩！”桂子说。爷爷望着麦田若有所思说：“娃啊，爷爷知道它是！”桂子不晓得，敏感的猎人已经发现藏身于麦田中正在偷窥的老狼。

第三天，同一个地方，桂子又见到老狼。让桂子吃惊的是，老狼的一条前腿鲜血淋淋。“你受伤了！谁把你伤成这样的？”桂子心疼得差点儿掉泪，她摩挲着老狼的脖子说：“跟我走吧，回家让爷爷给你治伤。”这次老狼跟着她走出了麦田。爷爷正站在村口，背个小包，手里提着一杆锃亮的猎枪。“它受伤了！”桂子说。爷爷放下猎枪，蹲下身子，仔细审看那个伤处，然后从背包中捧出一包紫色药粉，给它敷上，又用蓝布包扎好。老狼侧过头舔舔桂子的小手，转身消失在麦浪中。

“桂娃儿，它不是狗，是一只母狼！”爷爷说。“它真的是一只老狼吗？可是它看上去一点儿也不凶！”桂子说。“这是一只有心事的老母狼，它腿上的伤不是别人打的，而是它自己用牙咬坏的！”爷爷一边说，一边皱着眉思索。“它为什么要咬伤自己呢？”桂子大惑不解。

两人往村里走了十几米，爷爷停下来说：“桂娃儿，咱们现在可以拐回去看个究竟了。”桂子问：“为什么刚才不跟在它后面呢？”爷爷说：“那样它很快就会发现我们，它就不会去它真正要去的地方了。”桂子随着爷爷走出村，钻进麦田中，两人东钻西钻有半个小时，来到一个山坡上，爷爷屏住呼吸，指着前方说：“桂娃儿，你瞧！”

桂子睁大眼，她几乎不相信自己看到的一切。老狼在一个小山窝里，它身边还有一只狼崽儿，一条前腿没了，血已结成块儿，糊在胸腹处。老狼正在用尖锐的牙齿把那刚包扎过的腿布撒开，用舌头舔腿上的紫色药粉，然后一口口吐在狼崽儿胸腹处。

爷爷说："我明白了，为给小狼崽儿治伤，这条母狼费尽心机，它先和你亲近，然后把自己的腿咬伤，好从我们这里搞到治伤的药，再回来给它的崽儿医治。"

"它是一匹善良的好狼妈妈！为了孩子，不惜伤害自己。"桂子说。

爷爷已经端起枪，瞄准。爷爷枪法很准，他很少放空过。

"不，你别打它。"桂子大声阻止。

老狼闻声抬头望来，眼含凶光。当它看到站在那里的桂子。目光又慈祥下来，低下头，叼起自己的狼崽儿，缓缓走向田野深处。

爷爷的枪没有响，爷孙俩看着老狼和小狼崽儿一步步走远，消失在山坳那边。

人与动物共处 ◎ 薛荣建

在人们的印象中，狼的本性是凶恶的，而作者笔下的狼却是另一番样子。这只狼善良、慈祥、机智、勇敢，使人产生一种可亲感。

第一次在桂子回家的路上遇见狼。桂子抚摸着狼，它没有伤害桂子，反而伸出舌头舔舔桂子的小手，体现了老狼善良的一面；第二次桂子又在同一个地方遇见狼，但无论桂子怎样招呼它都不走，只是目光充满了慈祥，这时的狼体现慈祥的一面；第三次还在同一个地方遇见狼，这时狼一条前腿鲜血淋淋。被人打伤的吗？直到最后才知道狼是为了医治狼崽，而把自己咬伤的，这里体现了狼的慈爱和机智。老狼知道，接近人类，很有可能被随时打死，但是，为了小狼崽，它勇敢地面对了。这是一位善良、勇敢、富有母爱的狼妈妈。

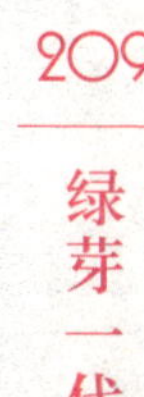

狼求人医治，人给狼治疗，这里说明了一个问题，人与自然是可以相处的。

作者在行文结构方面也费了一些心思，给读者留下想象的空间。老狼与小孩一次又一次地在同一个地方相遇，难道是偶然？特别是第一次，狼见了桂子不但没有伤害桂子，反而任由桂子抚摸，这似乎违背了狼凶恶的本性。直到爷爷给狼包扎后，才揭开谜底：伤口是狼自己咬的，为的是给断腿的小狼崽取得药水。为了儿子，不惜自伤，伟大的母爱！从初遇老狼到医治小狼，作者采用的是“突然转弯”写作手法。这既出人意料，又在情理中，很能扣住读者的探究心理。

《老狼》告诉我们，无论人与动物，还是人与人之间，只要真诚相处，真心以待，就能和谐相处。

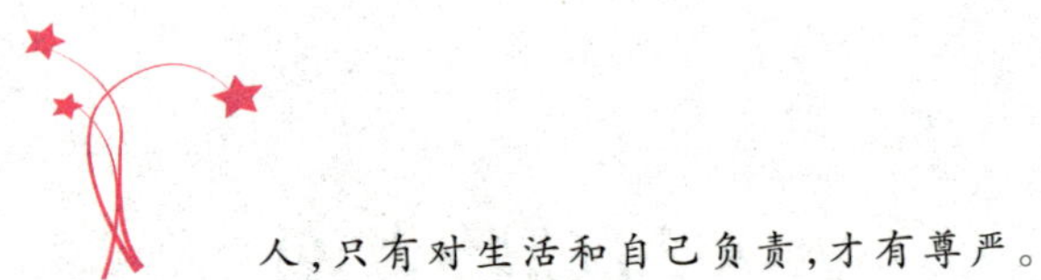

你有什么资格说尊严

赵宇玉

直到18岁那年，我才真正懂得什么叫尊严。

我出生在农村，家庭条件很不好，母亲在我考上大学前一年去世了。

大学第一年学费总算对付过去了，第二年快开学时，父亲东奔西跑十多天，也没有借到几个钱。最后，父亲长叹一声，对我说：“现在只有去求张云田这一条道儿了。”

张云田是我们那儿远近闻名的首富，几个月前才搬到我们村，虽然和父亲也算熟络，彼此间却从来没有办过任何事儿。而且大家都说张云田非常有性格，行为处事与常人有些不同。

不到一炷香的工夫，父亲低着头回来了："孩子，他叫你亲自去见他。"

"爹，你告诉我，他到底说了啥？"

父亲的眼泪再也止不住地淌了下来："孩子，张云田跟我说：'你那么大岁数了，把钱借给你要是你死了呢，我这钱向谁要去？'我说我把家里的房子抵押给他，他又说：'你那两间破房子，还不如我的仓房值钱呢！'我一再求他，他最后才同意见见你，根据你的情况再决定是不是要借给我们钱。"

"这个浑蛋！"我浑身的血一下子全冲到了头顶，狠狠地一拳砸在了桌子上，"有钱你就牛呀？有钱人就可以不顾穷人的尊严吗？我这就找他算账去！这个大学我宁可不上了！"

"啪！"父亲狠狠地给了我一耳光，"不上了？这也是你说的话？你妈死的时候闭不上眼是为了啥？爹省吃俭用又是为了啥？只要你有出息，爹不要什么尊严！你立马给我去张云田家，好好跟人说，必须把钱借来，你必须给我念完大学！"

看着从来没有这么愤怒过的父亲，眼泪顺着我的腮边淌了下来，最后我还是硬着头皮怀着满心的愤恨去了张家。

一进张家，我强忍着愤怒，向张云田问好后坐在了椅子上。

张云田看看我说："我的那些话应该知道了，能看出来，是你爹逼着你来的。可怎么才能让我把钱借给你呢？就凭你是大学生？现在的大学生可是多如牛毛，还不如我养的奶牛值钱呢。"

我"腾"地站了起来："请你说话放尊重一点。我穷，不假，可我也有尊严！你再多的钱，我不借！"我说完拉着刚进门的父亲就往外走。

"啪"！张云田狠狠一巴掌拍在了桌子上："你给我站住！尊严，你有什

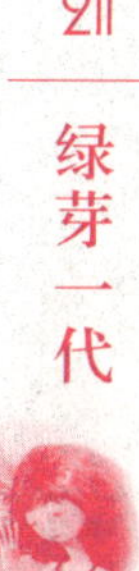

么尊严？你多大了？你19岁了，不是小孩儿了。你爹多大岁数了？60多了，身体又不好，可为了你，他吃糠咽菜，还像牛一样干活儿，是拿命给你挣钱！可你呢？你体谅你爹吗？他起早贪黑四处求人，他听过多少难听的话，受过多少受不了的气，他就没有尊严？”

我和父亲全愣在了那儿。

张云田眼里含着泪继续说：“要说有尊严，你爹才是最有尊严的人。他虽然穷，可他穷是因为给你妈治病，为了家人过上好日子，为了供你上大学。他是爷们儿，他的所作所为让人尊敬。我告诉你，人，只有对自己对生活负责，才有尊严！”张云田说着一把拉住父亲的手，“老哥，我刚才的做法都是为了让他来，让他真正体谅父亲，让他明白他必须要自立。我为刚才的话向你道歉。钱我借给你们，他大学4年需要多少钱我就借多少。实在还不上我就不要了。你们父子俩让我想起了我爹和我，当年我们家的处境和你们现在差不多，当时也是别人帮了我们。”

后来，在张云田的帮助下，我读完了大学。大学期间，我做了许多兼职，最后已经能够完全养活自己，因为张云田的那句话已经深深地印在了我的生命中：人，只有对生活和自己负责，才有尊严。

伟大的父爱 无价的真情 ◎田 野

《你有什么资格说尊严》这篇微型小说让我想起了我的父亲。我也是一个在农村长大的孩子，家穷，为了供我念书，父亲也不止一次地四处求人借钱。在一次借钱遭拒后，父亲回家后狠狠地对我说了一句话：“儿子，你一定要有出息！”那时候我还不太懂得这句话的含义。读完这篇作品，我一下子理解了父亲当时的用心。

一个大男人，不顾自己的尊严，低三下四地去求人，是为了什么？还不是为了儿子的前途！“你体谅你爹吗？他起早贪黑四处求人，他听过多少难听的话，受过多少受不了的气，他就没有尊严？”作品中张云田的话不啻(chì)为一声响亮的惊雷，唤醒了儿子的年少无知，也道出了父亲的忍辱负重，道出了父爱的伟大！

对于父亲来说，只有儿子有出息了，只有儿子活得有尊严，才能找回父亲失去的尊严，才算是对父亲最好的报答。而作为儿子，所谓的尊严，就是要对生活和自己负责。作品中张云田为了让“我”明白这一点，真可谓是用心良苦。因此，从这个意义上来讲，他对“我”的帮助，绝不仅仅是金钱上的，更在于一种精神上的鞭策和鼓励。对“我”而言，这种饱含真情的鞭策和鼓励，同样也是无价的宝贵财富。

爸跌在院坝边上，满身是水，但脸上流淌的却是大把大把的泪……

12岁的油漆匠

何　晓

我的老家在四川东部的一个偏远山村里，那里一直很穷，学费偏偏又贵，女孩子极少有上到中学的。小学毕业后，我考上了县城的重点中学，非常固执地要去读，家里没有办法，就卖了一台柜子，为我交了学费。但翻年初二开学时，直到9月1号早晨，爸还在和妈商量要不要把新谷子卖了换学费。爸是上门女婿，事事都依妈。妈嘤嘤地哭，说谷子才三毛钱一斤，卖了吃啥？通过土墙间容得下我的手掌伸入的缝隙，我看到妈披头散发地跪在床头看着爸，爸蹲在床脚大口大口地抽旱烟。

我没有流泪，只是推开门，站在房檐下，面对着远处光秃秃的高山大声说："我要学个手艺挣钱。"

3 天后，我办理了休学手续，成了油漆匠炳宽叔的女徒弟。刷漆的活在我们那里是很下贱的，油漆匠的身份也没法和木匠、砖瓦匠、篾匠相比，所以，那些匠人都好找徒弟，唯独炳宽叔连个帮手都没有。也正因为这个原因，给炳宽叔当徒弟可以不用交拜师钱。

拜师的第一天上午，炳宽叔只让我看，下午，炳宽叔就让我摸砂纸了。下半年，做家具准备结婚的人多，油漆匠的活多，主人家给工钱也爽快。本来当学徒期间是没有工钱的，但炳宽叔见我听话、手脚勤快、家里又穷，每次都要分一些工钱给我，有时几块，有时十几块。妈用这些钱买了只母猪，想靠母猪产崽把钱变活。爸一天到晚都在田里地里，几乎不和我打照面，偶尔碰到了，我叫他，他也不应。

春节过后，生意淡了，人也闲了，我就在家翻来覆去看那几本初一的课本。怕爸妈知道，我把背对着窗户。

3 月初的一天，我正在家里给怀了崽的母猪砍红薯，炳宽叔背着工具来找我，说有活了，去马家大院子给马老太太漆寿材。

寿材摆在院坝里的大榕树下，第一道工序还是炳宽叔拌灰，我打磨。拌灰是个技术活，干了稀了都影响效果，还浪费材料。打磨就是用砂纸把粗糙的寿材表面尽量砂平整，这样漆出来才光亮。我像往常一样，埋着头狠命地砂，一直不停地砂，直到炳宽叔说第三遍"好了"，我才住手。炳宽叔把拌好的灰给我，又去兑漆。我接着给寿材刮灰，把木材上的结巴处糊平。因为用力过猛，我的脸通红，大冷天呼着热气，身上直出毛毛汗。

炳宽叔兑漆用的是汽油，老远闻到了，鼻子里的毛孔就像全张开了一样，很难受，眼泪也不由自主地往下落。炳宽叔见了，也像往常一样，摇着头说："造孽呀，要是坐在学堂里，哪得受这个罪哦！"然后，就喊我去旁边歇一会儿，他来上漆。我等炳宽叔把话说完，就飞快地跑到院坝边的公路上去，面对着公路那边的菜地做深呼吸。

就在这个时候，传来一阵嬉闹声，特别耳熟，我转过身，看到远处走来三个小学时的同学，都背着鼓鼓的布书包，一边大声地说笑，一边用手起劲地比画，一副指点江山激扬文字的样子。他们在乡上读普通中学，当时大概是利用周末，结伴回家拿粮食。我想和他们打个招呼，可他们从我面前走过的时候，居然没有认出我，连头都没有转一下！我边取下帽子拍打着身上的灰，边死盯着他们充满激情的、自由的背影，直到他们转过弯……

那一刻，长路如一根突然刺来的矛，击中了我的心脏，使我猛地醒了。我不顾一切地往家里跑，什么都听不到，什么都看不到，只是下意识地不停地跑，直到一头撞倒了正挑水回家的爸。我拉住爸，如喷发岩浆般地吼了一声："我想读书哇！"

爸跌在院坝边上，满身是水，但脸上流淌的却是大把大把的泪……

令人揪心的吼声 ◎田 野

读完本文，我的脑海中浮现出一张照片：一名贫穷地区的小女孩伏在案前，一手握笔，一手摁纸，一双纯真的大眼睛注视着前方，目光中充满了求知的渴望……这幅名为《大眼睛》的照片是由摄影师解海龙1991年在安徽拍摄的，其强烈的视觉效果，引起全社会对失学儿童的关注，并作为"希望工程"的标志影像广为传播。

《12岁的油漆匠》讲述的也是失学儿童的故事，12岁的"我"为了圆上读书的梦，成了油漆匠炳宽叔的女徒弟，甘愿在刺鼻的油漆味中吃苦受罪。而当她看到自己的同学背着鼓鼓的书包在路上走过时，强烈的求学渴望再一次在心中升起——"我想读书哇！"那声如岩浆喷发般的吼声，是多么的令人揪心啊！

贫穷使很多偏远山区的孩子不得不远离课堂，他们的梦想，是我们这个时代的隐痛。"再穷不能穷教育，再苦不能苦孩子"，但愿这不仅仅是一句口号。

那句话已经深深地印在了我的生命中：人，只有对生活和自己负责，才有尊严。

Part Ten
绿原异象

天下熙熙，皆为利来；天下攘攘，皆为利往。不知从何时起，我们周围变得复杂起来，荒诞开始滋长。面对形形色色的诱惑，面对不再单纯的世界，站在人生十字路口，我们该何去何从，作何选择？

荒唐的情节及无奈的结局揭示出，人类思想观念随着科学、工业的发展，而渐渐异化。

最好吃的苹果

刘禹洲

弗莱明的基因农场新出产了一种苹果，他举行了一个盛大的午餐会来庆祝，半个镇子的人都来了。人们看着一个个形状、大小、颜色完全一样，和口红一样鲜艳，和梦露的身材一样性感的苹果，赞叹不绝。

只有老福克斯一言不发地吃着苹果。这位镇上最出色的老果农对弗莱明说："恕我直言，你的苹果长得很性感，但吃起来可没什么味道，你看，皮太厚，口感太软，没有什么人肯花钱买这种货色的。"

弗莱明微笑着回敬道："我敢跟您打个赌，在一年之内，我的苹果能摆上全州的餐桌。"

老福克斯撇着嘴离开了午餐会。没过多久，他就发现自己被苹果包围了，电视里、报纸上、超级市场的货柜里，全都塞满了这种性感的苹果。有一则电视广告最让他喷饭：一群女拉拉队员在扭屁股，屁股淡出，一排苹果淡入，然后有个男人用诚实的声音说，这些是"最好吃的苹果"。老福克斯想，让他们闹去吧，谁会吃这些难吃的塑料呢？

但是出乎他意料的是，弗莱明的性感苹果销路好极了，每一家的餐桌上都摆着这种苹果；人们探望朋友也不再送鲜花，而开始流行送性感苹果；圣诞节的时候，大家甚至把苹果挂在圣诞树上当装饰品。老福克斯小心翼翼地不去碰弗莱明的苹果，但是有一天，他的老伴却把满满一篮提回家来了。

“天哪，我不知跟你说过多少次了，不要把这难吃的骚货带进家门！”老福克斯发火了。

“老头，尝一个吧，”老伴说，“现在大家都吃这种苹果，好像没有什么人说它难吃呀。”

“哼，我种了60年苹果，知道什么是好的。快把弗莱明的漂亮妞拿走吧，给我换个结结实实的小姑娘回来！”

“可是，外面现在只有这种苹果在卖呀。现在全镇、全州的果园都只种这种苹果了。”

“什么？那脆生生的‘巴顿将军’呢？那水汪汪的‘弗吉尼亚美人’呢？那比巧克力还甜的‘朱丽叶三世’呢？天哪，这些好孩子，难道我们要把它们抛弃？”

“谁让它们长得不好看呢？”老伴嘟囔着。老福克斯发誓说，他一定要种出真正好吃的苹果。一段时间之后，终于有人发现性感苹果并不好吃，但是他们已经忘了以前的苹果是什么味道了。既然每个人都知道这是“最好吃的苹果”，他们就想：可能苹果这东西不对我的口味吧。越来越多的人不吃苹果了，但是他们总能收到别人送的苹果。既然大家都这么喜欢苹果，看来苹果还是个好东西，他们也就照例送苹果给别人。这时，弗莱明也不失时机地把性感苹果的广告词改了，有两个版本，一个是“送给他一个小美人”，另一个是“送给她一个大帅哥”。

这一年，老福克斯的“巴顿将军”“弗吉尼亚美人”和“朱丽叶三世”终于结果了。他把它们送给朋友们吃。经过他的耐心解释、亲身示范甚至赌咒发誓，满腹狐疑的朋友们终于相信了这是苹果，并且最终爱上了这种好吃的东西。老福克斯走遍了每一个果园，把自己的种子送给他们，但是每一个果园主都告诉他，他们只种弗莱明的性感苹果，因为人们只买这

一种苹果。

老福克斯只好守着自己的一小片地，每年种出的苹果还不够自己的朋友们吃。

性感苹果的广告仍然无所不在，它的销量仍然好得出奇。人们把它当做送人礼物、玻璃柜里的饰物、孩子的玩具、宠物的饭后水果、学校的手工课原料、抗议活动的投掷物，等等。还有一些美术家用它发明了“果雕”，一些前卫音乐家甚至把它制成了打击乐器。但是，几乎没有人想起来去吃它们了。

又过了很多年，人们已经彻底忘记了苹果的味道和用途。百科全书里的“植物”及“食品”目录中已经找不到苹果；它被归于“工业”卷之“轻工产品”一集中。弗莱明家族仍然控制着全国的苹果工业，性感苹果的广告词已经变成了“我的情人，时刻相伴”。

小福克斯家的几棵老苹果树仍然能结出苹果，在一次轻工业博览会上，他把他的“巴顿将军”、“弗吉尼亚美人”和“朱丽叶三世”带去，并和朋友们当众把它们吃了下去。第二天，《艺术家报》报道说，一群行为艺术家昨天表演了令人激动的吞食苹果，表达了人与工业的某种神秘关系。

而《新经济》杂志则尖刻地评论说，几个乡下青年带来了一些设计丑陋的小玩意，他们竟天真地把它叫做“苹果”，向弗莱明的工业帝国发起了可笑的冲击。虽然他们勇敢地把它吞了下去，但观众们显然把这看做一场马戏表演。

怪异手法　人间谬事 ◎ 文圻铠

弗莱明制造出中看不中吃的“性感苹果”，老果农福克斯断定其没有好销路。出乎老果农的意料，每个人都去买“性感苹果”。老福克斯不服，培植了“真正”的苹果“巴顿将军”等。随着时间的推移，人们把苹果当做了工业产品，竟忘记了苹果的味道和真正用途，小福克斯与朋友们在工业博览会上当众吞吃真正的苹果，却受到人们的荒唐的误解。《最好吃的苹果》内容荒诞怪异，令人忍俊不禁，但让人深思。

故事一开头就用老福克斯“没有什么人肯花钱买这种货色”和弗莱明“我的苹果能摆上全州的餐桌”这两句截然对立的话奠定整个故事情节的基础。读者认为老福克斯会胜利，可是并非如此，这只是第一个转折；人们都买“性感苹果”，后来居然因此失去对苹果的所有记忆，这更是一个怪异的转折；小福克斯与朋友们想通过当众吞吃苹果从而唤起人们对真正苹果的回忆，可得到的却是人们的误解甚至嘲讽，故事最后以荒唐的结局收尾。

《最好吃的苹果》整篇洋溢着一种荒诞离奇的味道，使小说更具可读性，从而深刻地揭示道理。例如，人们已经彻底忘记了苹果的味道和用途，百科全书里的“植物”及“食品”目录中已经找不到苹果，它被归于“工业”卷之“轻工产品”一集中，这是多么离奇古怪呀。作者在这里用一种“中立”的口吻描述，仿佛真有此事，以“真”衬假，事情更虚假更怪异更滑稽，这样增强了小说的可读性。又如，《艺术家报》报道说，一群行为艺术家昨天表演了令人激动的吞食苹果，表达了人与工业的某种神秘关系。而《新经济》杂志则尖刻地评论说，几个乡下青年带来了一些设计丑陋的小玩意，他们竟天真地把它叫做“苹果”，向弗莱明的工业帝国发起了可笑的冲击。虽然他们勇敢地把它吞了下去，但观众们显然把这看做一场马戏表演。这些忘记苹果的人们对吃苹果的评价，无不突出了小说的怪异，荒唐的情节及结局揭示出，人类思想观念随着科学、工业的发展，而渐渐异化。小说的立意通过荒诞的手法被深切地揭露出来了。

采用荒诞手法处理情节，在微型小说中是一种重要的方法。但在处理情节时要适当，千万不要过火，否则会使文章变得无可读性甚至无聊。《最好吃的苹果》是成功的，为初学写作者提供了一些荒诞手法的经验。

她一生气，抬杠似的说："那就把我押上。"不料老板说："更不行，我怕你回头敲诈我一笔。"

失窃的尴尬

马新亭

最后一口包子还没咽下去，她便伸手往衣兜里去掏钱。掏了半天没掏出来。钱包不知什么时候被人拿去了。她低头在地上找找，左右看看，然后讪笑着说："钱包被人偷去了。"

站在一旁等着她付钱的老板说："屋里就你和你的孩子，再就是我，又没有别人，这么就是我偷了你的钱包？"

她脸上闪过一叶红晕说："我没那个意思，可能是我排队的时候被小偷偷去的。"

老板用狐疑的目光盯着她说："才发觉？"

她张了几次嘴，再没说出，有一种无法解释清楚的感觉，然后换上一副笑脸说："我留下一张欠条，办完事回来从这里路过时还你钱。"

铁塔般的老板摇着冬瓜似的头说："这种事我碰上过几次了，到现在光见欠条不见人。"

她摸出驾驶证从里面抽出一张银行卡说："那我把我的银行卡留下，到时候我拿钱来赎。"

老板说："要是你这张是废卡呢？"

她说："绝对不是，这里面好几千呢。"

老板说："可我现在看不出来你那玩意里面到底有没有钱。"

她又抽出身份证说："就把我的身份证留下，放心了吧。"

老板说："身份证也可能是假的。前几天我就听说有人利用假证件骗走人家好几万。"

她想了想："把我的手机留下做抵押。"

老板说："谁知道你这手机是哪里来的，我还怕公安局来找我麻烦。"

她浑身摸摸再没有值钱的东西，便说："干脆把我的摩托车押在这里总行吧？"

老板说："不行，我怕你的摩托车弄坏了，要求索赔，我可赔不起，现在什么人都有哇！"

她赌气说："那我把孩子押在这里。"

老板看看她的脸，又看看孩子的脸说："这孩子一点都不像你。"

她说："像他爸爸。"

老板说："我又不认识他爸，我不知道是不是你的孩子。现在贩卖人口的偷孩子的合伙诈骗的可多了。再说孩子长着腿，我光给你看孩子，甭用卖包子啦。"

她一生气，抬杠似的说："那就把我押上。"

不料老板说："更不行，我怕你回头敲诈我一笔。"

她焦急地说："那你说咋办？"

老板说 ："没钱就别想走人。"

她说："我还有很紧急的事要办。要不能到现在才吃饭？"

老板说："这附近你有没有认识的人？"

她说："没有。"

老板说："用手机打电话让你家里人送钱来？"

她说："那就晚了。我绝对不是骗子，一定会来还钱的。"

老板斩钉截铁地说："晚了也不行。我怎么知道你是不是骗子。"

信任危机 ◎ 陆艳萍

微型小说情节的炼制，作者需要一把"利剑"把繁枝冗节砍去，以求包孕丰富的单纯。《失窃的尴尬》是一篇典型的"戏剧视点"微型小说，很能体现社会的怪诞性。一位女士在馆子里吃东西要付账时，发现钱包不见了，无奈之下，要留下一张欠条办完事再来还钱，老板却说她想赖账；要把银行卡留下，老板怀疑那东西没钱；要把身份证留下，老板说有人利用假证件专门骗人……他们进行了一系列的"谈判"，但都无法解决问题，陷入尴尬之中。

这篇小说把整个故事浓缩成一个短暂的镜头——她与老板的对话和表情。作者不作任何解释与提示，也不进入人物内心，全让"镜头"说话。至于她的一系列尴尬，都由她与老板的"谈判"来传达。这么一来，小说便省略了一般性的情节和连续性的场景转移，达到了"言简意赅"的境界。

这一短暂的对话极富包孕性，包含着深广的社会内容，毫不留情地指出社会已处于信任危机之中。社会中种种的骗局，让人防不胜防，生活中种种的角斗导致人与人之间丢失信任。

无论做什么事，都要注意分寸，如果分寸不当，往往适得其反。

仿　佛

滕　刚

天刚亮，张三就去桥头的五草堂给父亲抓药，五草堂还没开门，张三敲响了门，听见里面有人喊："来啦，来啦。"就在这时，张三看见一伙御林军骑马从街那头冲过来，张三以为马队往西头的，却不料马队停在了五草堂门口。张三听见里面有人喊："来啦，就来啦。"张三听出来是阮元甲的声音，御林军已经撞开了门，把张三也撞了进去。有人问："是阮元甲家吗？"阮元甲扶起张三说："我就是阮元甲。"张三看见为首的御林军从袖筒里放出一张宣纸，说："抄家。"御林军就冲了进去，封锁了所有的进口和出口。几个御林军从马背上抬下一个工具箱，拿出工具，冲进了阮家的宅子。张三被当成了阮家的人，所以他平生第一次目睹了抄家的全过程。

御林军离去后，张三三步一回头，以最快的速度奔到了家。

张三进门就说："怕人怕人，世界上没有比抄家更怕人的了。你们没看过抄家，我全看见了。"

父亲说："抄到了吗？"

张三说："抄到了，你们不知道抄家是怎么抄的，怎么会抄不到，抄光了。"

张三把屋里扫视一遍说："你们开玩笑，这样放东西还不被抄光。如果你们知道抄家怎样抄，绝不会这样放。阮元甲一点准备都没有，他要早准备有人抄他的家，绝不会被抄得这样惨。我到外面望风，你们把东西藏一藏。"

父亲说："会抄我们家吗？"

张三说："我问阮元甲，他说到现在都不知道为什么抄他的家，这就说明谁的家都可能被抄。你们不能等，他们的速度很快，我才看见他们的马队，他们就撞开了门。"

张三爬上门前的大树，在树上系了一个风铃。从树上下来后，他把耳朵贴在门前的青石板路面上。如果有马队，几公里外就能听见。

父亲出来说："藏好了，你来看看。"

张三说："我来了。"他让儿子爬到树上，说："看到马队，听到马蹄声，就摇铃。"

张三进了屋子，一家人洋洋得意地望着他。屋里跟先前不一样，有些东西不见了。

张三拿起一把锄头，对灶房的那口大缸，"咣当"，缸砸碎了。藏在缸底的东西露了出来。全家人大惊失色。

张三说："他们就是这样抄家的。你们这样放根本没用。你们一定要知道他们是怎样抄的。"张三拿起一根铁棍，冲到父亲的房间，只几下，就把父亲的大床砸散了，藏在床肚里的东西露了出来。全家人大惊失色。

张三说："我出去望风，你们继续藏。你们刚才看到了，人家是这样抄家的，你们就应该知道怎样藏，他们才抄不到。"

张三把耳朵贴在门前的青石板路面上。

邻居赵三把耳朵凑过来说："知道阮元甲家被抄了吗？"

张三说："我在现场。"

赵三说："下一个会是谁？"

张三说："你家，我家，任何一家，都说不定。"

“什么时候？”

“我正听着呢。”

赵三爬起来就往家里奔。

父亲出来说：“好了。”

张三爬起来，跟树上的儿子做了个手势，就进了屋。

张三拿起锄头，对准壁橱砸去，壁橱被砸了个稀巴烂。没有发现任何东西。

张三拿起铁棍砸碎了几个花瓶，什么都没有。

父亲他们得意地笑着。

张三拿起锄头，从门口开始，一边轻轻地敲墙，一边用耳朵听，张三敲到西房墙壁，听到了空心声。他抬头看全家人，全家人手挽着手十分紧张。张三挥起锄头，对准空心墙，连砸三下，一个暗橱露了出来，张三掏出了藏在里面的东西。全家人大惊失色。

张三说：“抄家就是这样抄的，你们这样藏肯定不行。”

父亲说：“但是有些东西他们还是抄不到。”

张三说：“是吗？你看过抄家吗？”张三到门后拿了一把锯子，随手拿过一张竹椅，只几下，就锯下了椅子的把手，藏在把手里的东西露了出来。张三锯桌腿，桌腿锯断了，藏在桌腿里的东西露了出来。张三拿来梯子，爬上屋梁，锯断了一根椽子，藏在椽子里的东西掉了下来。全家人大惊失色。

父亲说：“他们要是这样抄，我们真没办法了。”

大家把要藏的东西放在张三面前。

父亲说：“你看过抄家的，你知道应该怎样藏的。”

张三捧着那些东西在屋里转了几圈，来到锅灶前，把东西放进灶膛，然后在上面放了个铁锅。张三仔细看了看，拿起锄头，向铁锅和锅灶砸去，藏在灶膛里的东西暴露无遗。张三说：“不行，这样不行。”张三来到院子里，挖了个坑，把东西放了进去，然后用土埋好，还在表面栽了葱。

父亲说："藏好了？"

张三说："藏好了。"

父亲他们拿着钉耙、铁锄等工具冲进院子，只几下，就把那个坑刨了出来，藏在坑里的东西像垃圾一样被扔在坑边。

父亲说："他们是这样抄的吗？"

张三说："看样子还真没办法，难道我们就这样等他们抄吗？"

小题大做　弄假成真 ◎ 邓景阳

在这里，我们不谈作者如何运用朴素的语言对人物进行侧面描写，显得超凡脱俗，甚是扣人心弦。也不谈作者如何通过动作、神态等描写把人物的形象刻画得淋漓尽致，产生很强的吸引力。我们单从作者是如何采用"反转""重复"的写作技巧不断推动故事情节的发展，产生了不同凡响的艺术效果的。

《仿佛》叙述了张三去为父亲抓药的途中目睹了御林军抄阮元甲家的全部过程，为了防止自家被抄，回到家后进行防抄演习。可是由于演习太逼真了，结果把自己家抄得更惨。

故事反映了社会的腐朽黑暗，也讽刺了现实中的某类人，它充满了"黑色幽默"色彩。但是，我们笑过之后是否会想：无论做什么事，都要注意分寸，如果分寸不当，往往适得其反。

那么，作品是如何产生这种艺术效果的呢？文章一开始就写主人公张三天刚亮就去为父亲抓药，体现了他的孝顺、勤劳的特点。然而这与后面他表现出来的愚蠢形成了鲜明的对比，把本来有利的事变成了不利的事，形成了反转，出乎读者的意料。文章的结尾更是寓意无穷，只用一句，张三说："看样子还真是没办法，难道我们就这样等他们抄吗？"更突出了张家的愚蠢，而且构成了悬念，究竟他们会用什么办法来对付抄家呢？结果又会怎样？这给读者留下了相当广阔的想象空间。文中有四处写“全家人大惊失色”，但又不显得啰唆，这是典型的“艺术重复”。一个艺术情节重复多次，无非是为了更好地突出文章的主旨，在《仿佛》，这点已达到了，因为它给读者留下深刻的印象，深沉的思索。

葛乡长惊吓以后，静下来想想，自己怎么会糊涂到如此田地，两年乡长算是白当了，居然上了这个老不死的当！

良　方

黎　莎

小葛当了两年乡长，从一个“瘦猴子”变成了“一团面”，两只眼睛眯成一条缝，走路一步三喘，肚子大得像即将临盆的孕妇。小葛感到行动不便倒是其次，因为他有专车，他最担心的是血脂增高，血压上升，有朝一日摔倒在地，脑血管破裂，命归黄泉，那可不是闹着玩儿的。

小葛进过不少医院，找过不少名医，但均未见效。

一天，他听说本乡清廉村有位 90 岁的郎中能治疑难百病，就驱车前往求诊。

老医生慈眉善目，须白唇红，大家都叫他莫神医。他诊病有三怪：一是诊治时到他的一间静室，室内焚一支清香，只准病人一人入内，家属和陪同人员不得进去；二是把脉时一手把脉，一手把弄着放在桌上的黑匣子，头不住地摇晃，不出声；三是治病不当场收费，等病好了再付，病不好不收。

莫神医给葛乡长把脉后，沉思良久，说："乡长，这病，说好医也好医，说难医也难医。"

葛乡长有些糊涂，便说："此话怎讲?"

莫神医说："说好医就是你必须对我讲实话，古人云'诚则灵'；说不好医，那就是你不肯说实话，我不能对症下药，病自然治不好。"

葛乡长说："请老前辈放心，为了治好我的病，我一定如实回答你的问题，决不说半句虚言!"

"那好。"莫神医说，"自你当乡长以来，喝过多少名酒，吸过多少名烟？"

葛乡长说："自我当乡长以来，吃过上中下三等酒席近百桌；吸过名烟上百条。"

"第二，自你上任以采，收纳过人家多少礼品，多少钱财?"葛乡长说，"礼品嘛，有营养滋补品、土特产等；钱财嘛，有几千元了。"

莫神医听了点点头道："你这病，让我晚上翻阅医书，寻得良方，明日派人送到府上就是。"

第二天，葛乡长在家接到别人送来的一封书信。拆开一看，他大吃一惊。信中说："昨日你来敝舍治病，所言一切，老朽已录音下来，寄给检察院了。"葛乡长读到此，当即昏倒在地，吓得夫人又是掐人中，又是浇凉水。葛乡长醒来后，又见信的后面写道："老朽早就想告你这个贪官污吏，恨无证据，昨日你自己亲口所言，证据确凿，你等待人民的审判吧！"

葛乡长惊吓以后，静下来想想，自己怎么会糊涂到如此田地，两年乡长算是白当了，居然上了这个老不死的当！

自此以后，葛乡长寝食不安，看见大盖帽就浑身发抖，听见警笛声就心惊肉跳。每天到乡政府上班，葛乡长总是没精打采。书记关心地说："小葛，病了？"葛乡长说："没病没病，稍微有点不舒服。"

如此不到一个月，葛乡长很快消瘦下去，体重降了 30 多公斤。

一天清早，葛乡长战战兢兢坐在家门口，只见一位老汉递给他一封信，信封上写着：葛乡长收。旁边注着：“先照镜子，后看信。”葛乡长大惑不解，回到家中对着镜子一照，镜中出现了一个身材适中的青年人，原来大腹便便的自己不见了。“葛乡长：你受惊了，上次去信，就是你的治病良方，现在恭贺你身体复原。你还年轻，希望你今后勤政爱民，做个好官，为人民多做好事，不做坏事。珍重!珍重!莫老朽。”

葛乡长顿时大彻大悟，他觉得莫神医果然是个神医，一个好医。

良方良方　廉政即良 ◎ 郑依慧

《良方》写了这样一个故事：小葛当了两年的乡长就发福得不成样子了，为健康着想，他找到了莫神医为他“减肥”，莫神医让他把上任以来贪污、受贿的丑事抖出来，说这样才能对症下药。小葛求医心切便乖乖地说出真相来。读到这里，读者便会对小葛发福的原因有所了解，同时也嘲笑小葛的大意，他就不怕被莫神医“陷害”？果真如读者所料，第二天葛乡长收到莫神医来信，信中说，他已把小葛所言一切录音下来寄给检察院了。乡长因此一直寝食不安，体重降了30多公斤。当读者猜想这个贪官将要锒铛入狱时，乡长却又收到莫神医的来信，原来上次的信就是给乡长治病的良方，一语双关，不禁令人拍案叫绝。

《良方》的故事结局不仅出乎作品中人物的预料，也超出读者的猜测。莫神医热心为乡长治病，接着却来信说要告发乡长，故事结尾又说希望他做好官，上次去信是给他治病的良方，情节开端和情节结尾之间出现相反的延变使情节显得更曲折。作者就在相反延变这种情节样式里故意麻痹读者，故意设下“圈套”诱导读者朝莫神医想必揭发乡长的特定方向联想。当作者做足诱导工夫后，情节的发展方向突然出现逆转——信中所说的都是吓唬乡长的话，实质是乡长的减肥良方。读者的判断和感觉也在这一瞬间发生了变化，于是产生了惊奇的感觉，给人顿悟之感。需要说明的是，“良方”具有双重意义，即既指减肥之良方，更指为政之良方。

我洗了手，慢慢地坐回椅中长长地吁气：这个月的任务又超了，等着发奖金吧！

杀　羊

于心亮

端坐门诊：来了一病人，诉说鼻塞、流涕，稍有头痛、咳嗽，可能是感冒了。

我问姓名、年龄、职业。病人稍稍一迟疑，说：我是杀羊的。

我说：杀羊？那钱不少吧？

病人说：还行，基本上杀一只能赚一只。

我说：那钱确实不少挣。

我说：杀羊也有诀窍吧？

病人说：那当然，给羊放不放血就有门道呢！放了血，分量就轻了，不放血，把血憋进肉里，分量就轻不了。

我说：噢，心想可怜的羊们啊。

忽然想起一个问题，问：听说杀羊，有的羊会哭？病人说：是啊，有的确实会哭，还下跪呢！病人的表情显得兴奋。那是一只母羊，很肥，我绾着绳扣靠近它时，它就朝我流泪了。我挺惊疑，但还是把绳扣套上它脖子，这个时候它跪下了。我心一软，放了它。然后我到饭店去催账，钱没到手，反而挨了一顿揍，我那个气呀！回来就把母羊给杀了，一剖开它的肚子，俺的娘啊，它肚子里有3只小羊！我那个后悔呀……

我说：是啊，太可怜了，可怜天下父母心。

病人说：是啊，我当时恨自己呀，干吗非杀母羊呢？等它生下3只小羊，我又能另外赚多少钱呀！

我口里说，噢，心里想，狠心的你真的钻进钱眼里了。

我给病人搭脉，观舌苔，量体温，测血压，慢慢地我的脸就变得很凝重，我说先查个血，然后拍几张片吧。

病人遵从我的医嘱查了血，验了尿，拍了X光，做了心电图，还有B超和CT，然后捧着一摞单子又坐到我面前。我一一验看，眉头一会儿紧，一会儿松。病人的脸皮也跟着一会儿紧，一会儿松。然后我就开始摇头，把病人的脸色摇得青一块紫一块。最后我用和缓地口气说：慢慢调养吧，先给你开点药。

病人战战兢兢地捧着一叠处方去划价，交款，取药。我想他回去后可以开药铺了。我洗了手，慢慢地坐回椅中长长地吁气：这个月的任务又超了，等着发奖金吧！

下班时，有同事来问：杀了几只羊？

我说：就杀了一只，羊毛却不少挣。

同事问：那人大款吗？

我说：不，那人是杀羊的。

同事又问：啥病？

我说：感冒。

谁比谁更狠 ◎田　野

这是一篇情节设计很巧妙的微型小说。

病人来门诊看病，作为医生的“我”和他看似随意地闲聊，当病人向“我”讲述自己的职业和杀羊的经历时，“我”言语中充满了对羊的

同情……

读到这里，你或许会以为，这个医生是一位心地多么善良的好人啊！甚至还可能会在心里对那个手段残忍的杀羊者，隐约地产生那么一点仇恨。

然而，小说却在结尾处情节突转，出现了令人意想不到的结局——诊所里的医生们，竟将给病人看病也当成是“杀羊”，而表面看起来善良无比的“我”，竟然将杀羊者的感冒当成大病来治，从病人身上拔下了大把大把的“羊毛”！

读完全文，读者朋友们脑海中可能会升起这样一个问题：同样是“杀羊”，这个医生和这个病人，究竟哪个更狠？

此时，恐怕大多数读者心中的天平都会有所倾斜，不由自主地对那个杀羊的病人抱以同情，而对那个外表善良实则心狠手辣的医生充满憎恶了。

作品不动声色地针刺了某些黑心医生将病人当成羊来宰割、来谋利的丑恶行为，鞭挞了当今社会中那些只顾追逐金钱而良心丧尽的丑陋现象，叫人掩卷深思。